異世界迷宮の最深部を目指そう 14
Aim the deepest part of the different world labyrinth
割内タリサ　イラスト／鵜飼沙樹

横を見れば、ラスティアラも
僕と同じように頬を染めていた。
「あ、余り、こっちを見ないように……」

僕の視線に耐え切れず、
ラスティアラは少し顔を背ける。

二人の正体を、私はよく知っている。
知らないはずがない。

『相川渦波』と
『ティアラ・フーズヤーズ』

異世界迷宮の最深部を目指そう 14

割内タリサ

OVERLAP

異世界迷宮の最深部を目指そう

Aim the deepest part of the different world labyrinth

登場人物紹介

ラスティアラ・フーズヤーズ

聖人ティアラの再誕のために用意された魔石人間。

相川渦波

異世界に召喚された少年。次元魔法を得意とする。

スノウ・ウォーカー

何に対しても無気力な竜人だったが、最近は少し前向き。

マリア・ディストラス

カナミの奴隷。家を燃やした子。アルティと融合し、力を得た。

ディア

魔法を得意とする少女。シスの魂と分離し、自身を取り戻した。

セラ・レイディアント

ラスティアラに忠誠を誓う青い狼の獣人。男性を苦手としている。

ライナー・ヘルヴィルシャイン

自己犠牲の精神が強い少年。カナミの騎士として付き従う。

グリム・リム・リーパー

呪いから解放された『死神』。カナミの癒やし。

パリンクロン・レガシィ

天上の七騎士。いくつもの策謀にカナミを陥れるも、敗北を喫した。

聖人ティアラ

再誕の機会はあったものの、現代の若者に力を託して消えた聖人。

ラグネ・カイクヲラ

天上の七騎士の一員。舞闘大会で魔石に異様な執着を見せた。

理を盗むもの

『未練』を持つ迷宮の門番たち。

十階層

【十守護者】火の理を盗むもの
アルティ

二十階層

【二十守護者】闇の理を盗むもの
ティーダ・ランズ

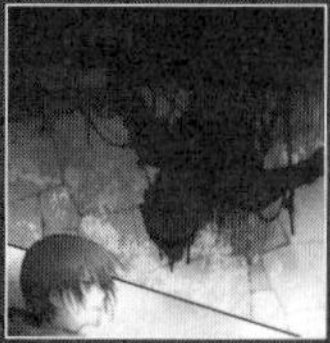

三十階層

【三十守護者】地の理を盗むもの
ローウェン・アレイス

四十階層

【四十守護者】木の理を盗むもの
アイド

五十階層

【五十守護者】風の理を盗むもの
ロード・ティティー

六十階層

【六十守護者】光の理を盗むもの
ノスフィー・フーズヤーズ

七十階層

【七十守護者】■の理を盗むもの
■■■■■・
ヘルヴィルシャイン

八十階層

【八十守護者】■の理を盗むもの
セルドラ・
■■■■■■■■■

九十階層

【九十守護者】■■の理を盗むもの
■■・■■・
■■■■■■

最深部

【百守護者】■の理を盗むもの
■■■■・■■■

CONTENTS

1．パーティー再結成

「う、うぅ……。うぇえ、うぇえええぇ……」

すすり泣く声が部屋に木霊する。

飾り気のない無機質な部屋の中に、五人の男女がいた。

まず中央で泣き崩れる竜人《ドラゴニュート》スノウ。その後方のテーブルには、ディアと眠る陽滝《ひたき》が並んで座っている。僕とラスティアラの二人は、所在なげにスノウの目の前に立っている。

いま僕たちは愛用の船『リヴィングレジェンド号』の一室に集合して、あの十一番十字路での『告白』の清算を行っているところだった。

部屋の窓から覗《のぞ》く景色は、夜の海。波によって、部屋は軽く揺れている。

《ディメンション》を使うまでもなく、周囲十キロメートル内に他人はいない。

先ほどから、ずっと頭の中でスキル『感応』の警告音が鳴り続けてる。一年前を思い出す懐かしさだ。偶然にも、同じ時間帯に同じ場所で、似た問題に直面している。一騒動を終えた後の夜に、また『リヴィングレジェンド号』内で僕の胃壁は荒れていく。

いま起こっている問題は、泣いているスノウだけではない。

すすり泣くスノウの後ろで、ディアはティーカップに口をつけている。

それは気分を落ち着けるために用意されたお茶なのだが――

パリンッと、ディアの持っているカップが割れて、ディアが不思議そうに首を傾《かし》げる。

「あ、あれ？　おかしいな……？」

「あ、カップが……。ごめん、カナミ。なんでだろ、変に力が入る。あれ、また――」

ディアは別のカップを使ってお茶を飲もうとするが、そのカップも割れて中身が零《こぼ》れた。

パリンパリンッと小気味良い音と共に、僕の用意した気分を落ち着けるためのティーセットは全滅に近づいていく。

ディアに悪意はないのはわかっている。無意識の内に強く摑《つか》んでしまっているのだろう。

ただ、無意識だからこその恐ろしさが、そこにはあった。さらに、なぜかディアの隣からも妙なプレッシャーを感じる。目を瞑《つぶ》ったまま、ぴくりとも動かない妹の陽滝だ。

妹相手に引け目を感じる必要などないはずなのに、静かに座っている陽滝から冷気が漏れ出しているような気がした。

冷や汗が流れる。足が震えかける。……けれど、もう逃げるつもりはない。

一年前と違って、問題を先送りにするつもりもない。その必要は、もうないのだ。

最大の敵だったパリンクロンはいなくなった。感情に蓋をしていたスキル『？？？』もない。妹の陽滝だって取り戻している。何より、僕は一世一代の『告白』をした。

誰が好きなのかを選択して、その道を死んでも突き進むと決めた。

一年前にはできなかったことを、僕はやってのけた。

フーズヤーズ国の十一番十字路で多くの人たちが見守る中で、誓った。

ただ、これから話をする前に、この『リヴィングレジェンド号』の自室に帰り着くまでの流れを再確認しようと思う。スキル『感応』の死の警告を無駄にしないためにも、これからの行動は慎重に選択したい。選択を間違えれば、船が今度こそ沈む。

――全ては、一通の手紙から始まった。

あの『本土』にある北の国ヴィアイシアで僕は、『木の理《ことわり》を盗むもの』アイドと『風の理を盗むもの』ティティーの二人と決着をつけて、ルージュちゃんとクウネルに『北連盟』を任せた。そして、これから『南連盟』に向かおうと思い立ったときに、『救援』の要請が書かれた手紙を受け取った。

その手紙はセラさんから送られたものだった。要約すると「一年前の聖人ティアラ『再誕』の儀式を、またフーズヤーズで行う。しかし、フェーデルトの謀略によって、私はラスティアラから離れることになる」と書かれていた。

ラスティアラの安否が心配になった僕は《コネクション》で、単独で一目散に連合国のフーズヤーズに向かい、辿《たど》りつくと同時に、あの聖人ティアラと出会った。

千年前の記憶を思い出す限り、始祖カナミと聖人ティアラは友人だったと思う。もしくは師弟として信頼し合っていた。僕の目の『表示』は、ティアラが『人』ではなく『魔法』であることを解析していた。さらに目を合わせた瞬間、彼女と過ごした記憶はなくとも、僕の味方であるのは直感で伝わった。本当に不思議過ぎる感覚だった。

その味方であり『魔法』であるティアラは、新しい物語を進めと言って、僕の背中を押してくれた。ラスティアラと僕の幸せを願って、全身全霊で――ちょっと洒落《しゃれ》にならない暴露とかもあったけれど――本当に命懸けで、『告白』の後押しをしてくれたのだ。

その旧友の助力の末、僕とラスティアラは時も場所も選ばずに、感情のままに互いの愛を叫び合った。大変恥ずかしい思いをしたものの、僕たちは結ばれた。

思えば、ここまで長かったものだ。スキル『？？？』や千年前の因縁など、色々な障害があったけれど、ようやく辿りついた。

――ただ、問題は、その後だった。

観衆の大喝采に囲まれて、ライナーのやつが卑怯《ひきょう》にも逃げ出して、十一番十字路に取り残された僕とラスティアラは動けないまま、数分ほど。

その後、強襲を受けた。当然の如《ごと》く、その犯人たちは僕の身内だった。

ことの流れは単純で、『告白』の話を魔法の盗聴で聞いていたスノウとディアが、僕の使った《コネクション》を通って追いかけてきて、十一番十字路までやってきたのだ。

そして、スノウは衆人環視の中で、泣き出した。恥も外聞もなくの大泣きだった。

移動中、僕たちの『告白』を盗聴しながら、色々と考えが飛躍したのだろう。いまにも爆発しそうな魔力を纏《まと》って、「捨てられたら、死ぬ！」と言って詰め寄ってきた。

そのとき、ティアラの暴露のせいで地の底に落ちていた僕の評判が、さらに地中深くまで沈んでいくのを感じた。なまじスノウが有名人なのが、評判の下落に拍車をかける。

特に女性の視線が、本当に冷たかった。

ちなみに一緒にやってきたディアは、なぜか無言でスノウの味方についた。

彼女の答えは、無言で放たれた《フレイムアロー》が物語っていた。

いまやディアも有名人だ。周囲の観客たちは「フーズヤーズのお姫様だけじゃなくて、使徒様にも手を？」と、呆《あき》れを通り越した白い目で僕を見ていた。

その惨状を共にするラスティアラは、告白時のスタンスを有言実行し、本当に楽しそうに笑っているだけで一切助けてくれる様子はなかった。仕方なく、僕は一人でスノウとディアを宥《なだ》めつつ、放たれる魔法を《ディメンション・千算相殺《カウンティング》》で相殺していくしかなかった。その戦いは、守護者《ガーディアン》との戦いに匹敵する領域だったと思う。

というか、正直、二人とも『木の理を盗むもの』アイドより普通に強い。

レベル59のディアの魔法は、僕でも消しきれない。火力だけで言えば、数倍はある。

その私闘の結果、いくつかの魔法の矢が僕を貫いたりもした。たった数秒でアイドよりも戦果を挙げてしまった二人との戦闘は激化していき、命の危険を僕は本気で感じて――このままだと、マジで死ぬ。そう僕が思ったとき、運よく予期せぬ味方が十一番十字路に出現してくれる。騒音によって目を覚ましたフェーデルトだった。

フェーデルトは起きるなり「早くラスティアラ様の捕縛を！」と周囲の騎士たちに命じてくれたのだ。周囲の状況を理解するよりも早く、彼は当初の目的に執着した。

その横槍《よこやり》に、スノウとディアの気が逸《そ》れる。

大事なお話の邪魔をしようとしたフェーデルトに、二人の敵意が集中した。

あれは本当に助かった……。

あのとき、フェーデルトが横から入ってくれなかったら、本当にやばかった……。

フーズヤーズの地図から十一番十字路が削れるぐらいではすまなかっただろう。

僕は心からフェーデルトに感謝しながら、すぐさまスキル『感応』が教えてくれる通りに行動に移っていった。

とりあえず、「邪魔するフェーデルトを倒して、一度落ち着ける場所で話そう」と、スノウとディアにスキル『詐術』で話しかけたのだ。

必死で、僕の持つスキル全てを総動員させた。フェーデルトの横槍のおかげで少し冷静になったスノウとディアは、その僕の交渉になんとか応じてくれる。

こうして、十一番十字路での激戦は、スノウとディアの鬱憤の溜《た》まった魔法がフェーデルトに放たれて、なんとか終結する。

勇敢なる宰相代理殿の犠牲によって、十一番十字路は救われたのだ。ついでに、僕の命も救われた。

そのあと、薄情にも逃げ出していたライナーが、大聖堂から多くの騎士や役人を連れて戻ってきてくれたことで、後処理も完璧になる。

観客たちは強制的に解散させられて、僕やラスティアラたちも『白昼堂々と公的な迷惑も考えずに痴話喧嘩《げんか》を行った罪』で大聖堂に連行される。

ただ、連行されたと言っても形だけである。僕たちは軽い聴取だけで解放された。

そして、あとの面倒事は請け合うと言うライナーに全てを任せて、僕たちは逃げるようにフーズヤーズからヴィアイシアまで《コネクション》で移動して——しかし、すぐにルージュちゃんとクウネルから真剣な顔で、国外追放を命じられてしまう。せっかく再興しかけているヴィアイシア城を崩壊させるのは、僕も本意ではない。すぐに誰にも迷惑がかからない落ち着いた場所に移動しようと提案され、選ばれたのが『リヴィングレジェンド号』だったわけだ。

ヴィアイシア再興の際にばら撒《ま》いた《コネクション》を利用して、僕たちは船に移動して、たとえ範囲魔法が発動しても死人が出ない海上まで移動したところで……やっと落ち着いて、話ができるようになり、船で一番広い部屋に集合した。

——そして、現在に至る。

すすり泣きながらも、偶《たま》にこちらの様子を窺《うかが》うスノウ。零れたお茶とカップの破片を片付けるディアに、その隣で静かに眠っているようで妙な魔力を発する陽滝。

悪酔いしそうなほどの濃密な魔力が充満して、ちょっとした会話の火花で爆発しそうだった。冷や汗だけでなく、脈拍数も上がっていく。

ただ、一年前のときと違って、一歩も動けないとまでは思わない。

日毎《ごと》に、僕たちは成長している。もちろん、レベルやスキルの話ではない。

僕だけでなく、ラスティアラもディアもスノウも、みんなが少しずつ前に進んでいる。

ラスティアラとディアは自分の中にあった別人格を振り切って、スノウは一年かけて弱さを克服している。だから、以前と同じになるはずがないのだ。

自然と、僕の表情は自信に満ち溢《あふ》れたものになる。そう思っていたのは僕だけじゃなかったようで、隣のラスティアラも同じような顔で一歩前に出た。

「カナミ、ここは私にやらせて……」

身を痺《しび》れさせる凶悪な魔力の中、先に行動を決断したのはラスティアラだった。

僕はラスティアラの意志と力を信頼している。

今日の一件で、その想《おも》いは、より強くなっている。そのラスティアラが「任せて」と言うのならば、僕は言葉なく頷《うなず》き返して、彼女たちを見守ることを決める。

任されたラスティアラは、すすり泣くスノウの下に向かう。スノウの傍《そば》まで近づいてから、膝を折って身を屈《かが》めて、目線を同じくしてから優しく話しかける。

「スノウ、私の話を少し聞いてくれないかな……？」

まずラスティアラは手を貸して、優しくスノウを立ち上がらせた。

しかし、スノウは立ち上がることはできても、すすり泣くのは止まっていない。ありがちな優しい言葉だけでは変えられない感情が、そこにはあった。

それはラスティアラもわかっているのだろう。

泣き続けるスノウの両肩を掴んで、真正面から真っ直《す》ぐ顔を見つめる。

スノウの泣き顔とラスティアラの真剣な顔が向き合った。

「泣かないで、スノウ……。私はスノウが好きだよ。いまなら、はっきりと言える。あの

『舞闘大会』でのやり取りは、いまでも忘れられない。本当に大好き、スノウ」

そして、唐突過ぎる告白がなされていく。

信頼して任せたのを後悔しかけるほどの突撃っぷりだった。

「え？」

「え？」

僕とスノウは、同時に困惑した。

スノウは泣くのを一時中断するほどだった。

けれど、ラスティアラはお構いなしに、ずいっと一歩近づく。

ただでさえ近かった距離が、さらに縮まっていく。

「グレンのやつからスノウの話は、ずっと聞いてたからね。思えば、初めて出会ったときから惹《ひ》かれてた気がする」

浮気……ではないと思いたい。しかし、今日僕に『告白』した同じ口で、同じような台詞《せりふ》を別の人に言っている。相手が同性であることを差し引いても、この二度目の告白によって、一度目の価値が薄まっている感覚は凄《すさ》まじかった。

「え……、ラスティアラ様？」

ずいずいと前に出るラスティアラに対して、スノウは後退を余儀なくされ続ける。

その結果、部屋の壁まで追いやられたところで、ラスティアラは決め台詞を口にする。

「まだスノウの『英雄役』の席は残ってる？」

いまにも壁にドンッと手をついて、スノウの顎をくいっと持ち上げそうだった。

ラスティアラは自分の好きな恋愛劇の男役を参考にしている節がある。

それは稚拙な誘惑だったが、それを行うのがラスティアラならば、話は別だった。

そういう風に造られたのだから当然だが、はっきり言って彼女は連合国で最も顔が整っている。その理不尽な魅力の中には、男性的なものも混じっている。

ラスティアラは女性さえも問答無用で虜《とりこ》にできてしまうから、フーズヤーズの国民から現人神《あらひとがみ》と呼ばれていたのだ。その彼女に見つめられて、スノウは困惑し続ける。

「え、えっと……」

「大丈夫。これから先は、どんなときでも私が守ってあげる。だから、もう泣かないで」

常人ならば、思考の隙もなく頷かされるだろう。有無を言わさない存在感が、ラスティアラにはある。その脆弱《ぜいじゃく》な意思を塗り潰して支配する力を前に、スノウは首を振る。

「……いえ」

困惑の最中でも、それだけは違うと否定した。

「それは必要ありません、ラスティアラ様。もう私は都合のいい『英雄役』なんて望んでません……。そんな都合のいいものは、この世のどこにもないってわかっています」

「確かに、そうかもしれない。けど私なら、その都合のいい英雄を最後まで演《や》り切ってあげられると思うよ？　スノウが満足するまで、ずっと。私って、『英雄役』が趣味だからね！」

それはスノウを堕落させたいかのような誘惑だった。

だが、ラスティアラの本心なのも間違いないだろう。それをスノウも、わかっている。

そう長い付き合いでもないが、ラスティアラの本質はわかりやすい。

――ラスティアラは、こういうやつなのだ。

だからこそ、その本気の提案にスノウは頷けない。

先ほどまでの構って欲しいだけの泣き真似《まね》は止《や》めて、本気で返す。

「はい……。きっとラスティアラ様は私が頼めば、死ぬまで私の英雄として在ってくれると思います。でも、駄目なんです。そこの席はカナミじゃないと駄目だって、私はラスティアラ様に教えられました。カナミだけが、私の『好きな人』だから……」

「そっか。やっぱり、もう私じゃ駄目かぁ。ちょっと悔しいかも」

嬉《うれ》しそうにスノウの拒否に聞き届けて、ラスティアラは一歩退かされる。

「く、悔しいのは、こっちです！　私はラスティアラ様に負けました！　その『好きな人』を取られました！　正直、凄《すご》く悔しいです！　悔しいっ、けど!!」

スノウは憤慨して、本音を吐いていく。

しかし、最後には弱々しいものとなってしまう。

「薄々と、いつかはこうなると覚悟していました……。随分前から、カナミはラスティアラ様が好きだって知ってましたから……」

ラスティアラに対して言葉を飾る必要はないと、自分の弱い部分を曝《さら》け出す。

続いて、スノウは強い意志を保って、逆にラスティアラに懇願していく。

「すみません、ラスティアラ様。たぶん、まだ私は諦めていません。いつかカナミに好きって言ってもらいたいって、いまでも思ってます。……こんな私ですが、まだお二人の傍にいてもいいですか？　きっと私がいると迷惑になるって、わかってます！　わかってますけど、もう少しだけ頑張ってみたいんです！　もう少しだけお傍にいさせてください！　必ず、お役に立ちますから!!」

ラスティアラを『英雄役』としては受け入れられない。それどころか、ラスティアラの敵となる可能性すらある。それでも、傍にいたいとスノウは願った。

いまでも彼女には怠惰なところがあって、本気になるのは怖いだろう。けれど、挑戦したいとスノウは言ったのだ。代価として、役に立つとまで約束した。

その懸命な姿を見て、ラスティアラは――

「ああ、スノウ……!!」

名前を愛《いと》おしそうに呼んだ。

僕から『告白』されたときと同じくらい興奮した様子で、スノウの姿を見ていた。

そして、すぐさまラスティアラはスノウに抱きついた。溢れ出る感情のまま、飛びついたといった感じだった。驚くスノウに構わず、腕に力をこめて続きの言葉を紡ぐ。

「一緒にいて欲しいのはこっちだよ、スノウ」

「……あ、あれ？」

予想していた反応と違っていたのか、さらにスノウの困惑は加速する。

きっと挑戦状を叩《たた》きつけた手前、もっとギスギスした空気になると思っていたのだろう。けれど、現実は逆。これ以上ないぐらいに、ラスティアラは舞い上がっている。

その原因を僕はわかっている。今日、本気で『告白』したからこそ、そのラスティアラの異常性と歪《ゆが》みを、誰よりもわかる。

――いま、彼女はスノウの成長に見惚《みと》れているのだろう。

一年前のスノウを知っているからこそ、いまの立派な姿が魅力的で仕方ない。怠惰なスノウが少しずつ前に進むという物語の虜になりかかっている。

人そのものよりも物語に惹かれてしまうという――例の悪癖が、いま、全開だ。

「うん!! ずっと私たちと一緒にいてね、スノウ! それにスノウの言う通り、まだまだ諦めるには早いよ! 早過ぎるよ! 盛り上がるのは、これからなんだから!!」

だから、ラスティアラは提案に諸手《もろて》を挙げて、賛成する。

それどころか激励までしてくるので、困惑の果てにスノウは問いかける。

「こ、これからですか? いや、諦めないと言ったものの、正直それは悪足掻《わるあが》きくらいのつもりで……。だって、二人とも十一番十字路で、あれだけの『告白』して……」

「スノウ、連合国レヴァン教の婚姻は何歳から可能だっけ?」

「婚姻できる年齢の話ですか? 十二からです」

「私、まだ四歳だからね。あと八年も時間あるよ」

「え？」

ラスティアラは色々と吹っ切れたのか、やりたい放題の言いたい放題である。

その乱暴な直球の連続を、もうスノウは全く受け止め切れていなかった。

「え、あ、はい。確かに、その通りです。その通りですが、もう……」

「まだ私とカナミが互いに好きだって言っただけ。たったそれだけなんだから、これが物語なら、まだ折り返しくらいじゃないかな？」

「お、折り返し……ですか？」

ここでスノウも実感し始める。ラスティアラの歪みを。

彼女は自らの人生すら、どこにでもある本の一つ程度に扱って、その物語が劇的であることを心から望む。たとえ悲劇でも喜劇でも、どんなものでも喜んで受け入れられる。

「だから、スノウは諦めずに……、いつか私からカナミを奪えばいいと思う」

ラスティアラの歪みに、僕とスノウは軽く絶句する。

その台詞は本来ならば、嫌味に聞こえるだろう。勝利者が煽《あお》っているかのような挑発だ。

しかし、ラスティアラは本気なのだ。これは本気の激励なのだ。たとえ、恋人を奪われたとしても、それはそれでいいという異常な愛の軽さがそこにある。

――正直、一年前までは、ここまで酷《ひど》くなかったと思う。

マリアやスノウを応援することはあっても、まだ常識の範囲内だった。

しかし、今日の『告白』を越えて、ラスティアラの中から自重という言葉が完全に消えてしまった。絶対に幸せになると母代わりの『聖人』ティアラ相手に約束して、自分の趣味・性癖に全力になってしまっている。

「もしスノウなら、私は奪われても納得できる。スノウには、それだけの魅力がある。物語のメインヒロインになれるだけの魅力が！　一年前の物語を、いまでも私は鮮明に覚えてるよ。あのスノウの雄々しく狂おしい姿と叫びを。そして、この一年のスノウの苦難も知ってる。その全ての物語が、スノウもカナミに相応《ふさわ》しい子だって証明してる。私は心の底から思ってる。スノウが相手なら、きっと私は満足でき――」

「ちょっと待とうか!!」

思わず止める。今日交際し始めたのに、今日破局しそうな雰囲気だった。このままだと流れで、また振られ直す気がした。

その僕の焦りを感じ取ってくれたのか、ラスティアラはフォローを入れる。

「も、もちろん！　そうなったとしても、私はカナミから離れないよ？　私はカナミと幸せになるって、お母様に誓ったからね。どうなっても、ずっとカナミを追いかけると思う。もうカナミが嫌って言っても、ずっとずっと見続けるよ。カナミとは、何があっても、ずーっと一緒！」

ラスティアラは笑顔で答える。しかし、僕と彼女の『一緒』の意味は違うと、いま、はっきりとわかった。僕は『一緒』という言葉に、同じ家に住む家族を思い描いていて、ラスティアラは同じ舞台の共演者を思い描いている。『告白』は上手《うま》く行けども、まだまだ道のりは長いと思える笑顔で、ラスティアラは話を続けていく。

「私はカナミと、ずっと一緒にいる。……けど、正直に言うと、私はスノウとも一緒にいたい。カナミだけじゃなくて、スノウもすごく欲しい。チャンスがあれば、カナミから奪いたいくらいに――」

強欲にも、奪いたいと宣言した。

それを聞いたスノウは、先ほどまでの勢いを失い、一歩後退《あとずさ》る。

「ラスティアラ様、そういえば……。以前に、私のことが好みと言ってましたが……」

「スノウのこと好きだっていうのは、その、色々と酷い目に遭ってるから……。見てると愛おしくなるというか、何というか……。スノウって、ちょっとカナミと似てるところあるよね？」

そのラスティアラの発言に身の危険を感じたスノウは、また一歩退こうとしたが、途中で肩をガシッと摑《つか》まれてしまう。そして、ラスティアラは優しくスノウの頭を胸に抱いて、撫《な》で始める。

「スノウ、ごめんね……。私たちのせいで色々あって、混乱してるよね。やっぱり泣きたいなら、うんと泣いていいよ。私が傍《そば》にいて、慰めてあげるから……。どんなときも、ずっと私は一緒にいるよ……。もう絶対に、スノウを一人にしない。どこかの誰かと違って、私は嘘《うそ》をつかない。約束も破らないから……」

「う、うぅ。ぁあぁあ……」

なぜか僕の悪口を乗せて、母親のように全力で甘やかしていく。

ただでさえ駄目人間の才能があったスノウは、そのラスティアラの抱擁を振り解《ほど》けないでいた。伝説の現人神による悪魔的な誘惑を延々と受けて、呻《うめ》く。

「ねえ、少し落ち着く時間を作ろっか？　まだまだ人生長いんだからさ、気長にやろう？何もかも、一気に話を進める必要なんてないよ。というか、そもそも私はカナミとスノウの仲が大好きなんだから、迷惑なんて思うわけない。……そうだ！　いつか、みんな一緒に暮らそうか？　とても楽しい日々になると思うよ。迷宮探索の仲間じゃなくて、本当の家族になるんだ。私たちって親なしばっかりだからね。そういうのも悪くないと思わない？」

「ラ、ラスティアラ様……！」

スノウは震えながら、名前を呼ぶ。

もう駄目だ。ラスティアラが「よしよし」と頭を撫でるのを、スノウは嬉しそうに受け入れている。その果てに、とうとう完全に折れてしまう。

「あぁぁ……、ラスティアラ様ぁ！　カナミが酷いんです！　こんなに私頑張ってるのに、全然好きになってくれないー！」

「そうだね。本当にカナミは悪いやつだねー。お母様が言ってた通り、最低なやつだよ」

最終的に、なぜか僕が完全に悪者となっていた。

そして、ラスティアラはスノウを手中に収めて、にやりと悪そうに笑う。

スノウは自分を全力で甘やかしてくれる理解者を得て、だらしなく笑う。

「えへへ……」

それで本当にいいのか、スノウ……。

正直なところ、この一連の流れでスノウが納得してしまっていることに、僕は驚きを禁じ得なかった。いわば、いまスノウは恋敵の胸の中で甘えている状態だ。ラスティアラも同様に、恋敵を胸の中で甘えさせている。

その二人の価値観が、僕には理解できない。

自然と眉間に皺《しわ》が寄っていた。僕にとって恋愛とは、もっと神聖なものだ。

――『たった一人の運命の人』と結ばれることだけが、『本物』。

二股など絶対に許されない。命を懸けて、一人だけを幸せにすべきだ。想《おも》い人《びと》を幸せにできないのならば、生きている意味はない。一度でも結ばれたのならば、その人と『永遠』に一緒であるべきだろう。死が二人を別《わか》つまで共にいるからこそ、その愛は『本物』と証明される。そう僕は思っている。しかし、二人は――

「よっし！　スノウが元気になって、私も嬉しいよ！」

「はい、ラスティアラ様！　悲しいのが収まって、ちょっと前向きになれてきました！」

「よかったぁ。……あっ、でも、また敬語に戻ってるから、ちゃんと直すようにね」

「うん！　ごめん、ラスティアラ！　私たち仲間だもんね！」

本当に仲良く、手を取り合っていた。色々な人間がいる限り、様々な人間の付き合い方があるのはわかっている。現代人と異世界人の間には、価値観の溝がある。時代や生まれが少し違うだけで、社会の文化は大きく変容する。

僕の眉間の皺は深まるばかりだったが、この状況を諦めて受け入れるしかなかった。

僕と違って、二人は納得していたし、幸せそうだ。そこに冷や水を浴びせようとは思わない。スノウは、このままラスティアラに任せていて問題ないだろう。はっきり言って、二人の相性は抜群だ。出会い方が違えば、ラスティアラは『スノウのためだけの英雄』になっていた可能性があるほどに。

その二人を置いて、もう一人の仲間に僕は目を向けることにする。

スノウの癇癪《かんしゃく》に付き合って、十一番十字路では無言で魔法を放ってきたディアだ。

ディアはテーブルについて、じっと二人の様子を見ていた。

彼女とは僕が話をすべきと判断して、声をかける。

「ディアは……、どう思ってるの？」

二人の辿《たど》りついた話の落としどころが、ディアにも通用するとは限らない。

許容範囲の広めなスノウとは違う考え方を、彼女は持っているはずだ。

「いや、俺は別に……。そういう男女の好きとか、余りわからないから……。ちょっと頭にきたところもあったけど、さっき十分暴れたからもう平気だ」

突然話しかけられて、ディアは少し焦り、顔を背けながら答えた。

前と同じ失敗は繰り返さないように、些細《ささい》な変化も見落とすまいと《ディメンション》を使い、彼女の様子を僕は見守る。

「俺はスノウと違う。俺がカナミに求めてるのは、そういうのじゃない。俺はカナミと一緒に迷宮を潜るって約束した仲間だから……。一緒にいられたら、それだけでいい」

多くは望まないと、ディアは告白した。

そして、背けていた顔をこちらに向けて、僕たちを祝福してくれる。

「二人とも、お似合いだと思うぞ。ラスティアラがいいやつだってのは俺も知ってるからな。特に文句はない」

陰のない笑顔で言い切った。

本心からの言葉のように聞こえる。一見、落ち着いているように見える。

純粋無垢《むく》なディアは、負の感情を持つことは一切なさそうだと、そう思いたくなる。

けれど、そうではないと、もう僕はわかっているから聞く。

「でも、ディアの『私』の部分は、そう思ってないんじゃないのか？」

「…………」

ディアの心の奥底のデリケートな部分に触れる。当然だが、彼女の陰のなかった笑顔が固まる。先ほどの「文句はない」という言葉は、ディアにとって本音だったことだろう。ただ、同時に正反対の感情を抱えているのも間違いない。だから、ディアの一人称は『俺』と『私』の二つで揺れて、いつも不安定なのだ。

図星を指されて、ディアは笑顔を崩し、観念した様子で告白していく。

「……だな。カナミの言う通りだ、ごめん。ちょっと格好つけて、また抑え込んでた。やっぱり、俺はカナミを手放したくない。二人ばっかり仲良くなって、放っておかれるのは、ちょっと嫌だ。たぶん、『私』が嫉妬して、堪《たま》らなくなると思う」

控えめに「ちょっと嫌だ」と言ったが、実際はちょっとどころではないだろう。

それはディアの身体《からだ》から漏れる魔力が証明していた。

物分かりのいい振りを止《や》めたディアは、その身の膨大な魔力を解放する。

そして、以前のように、その魔力で僕を包み、捕まえていく。

いまにも骨と肉を握り潰されそうな魔力の中、僕は冷静に話を聞き続ける。

「この一年で、俺は『ディアブロ・シス』のことがよくわかった。使徒シスは本当に嫌なやつだったけど、俺の本当の両親たちと違って、ちゃんと親らしいことをしてくれた……」

ディアは自分の抑え切れない魔力を見ながら、ぽつぽつと話していく。

「ような気がする。少なくとも、あいつのおかげで、俺は俺の『生まれ持《も》った違《ち》い』との付き合い方がわかった。いま、俺はカナミがいてくれないと駄目だって、素直に言える」

今度は陰のある笑顔で、あの使徒シスを親と評した。

どうしようもない自分の性を疎み、自己嫌悪に陥っているのかもしれない。

「きっと俺は、二人が男女の仲になろうがどうなろうが変わらずに、地獄の底までついていく気なんだろうな……。きっと死ぬまで、カナミを捕まえ続ける。この手で、ずっと。ずっとだ……」

ディアもスノウと同じように自分のスタンスを示して、微笑と共に謝罪する。

「だから、先に謝っておく。悪い。たぶん、俺は色々と嫉妬して、二人の邪魔をすると思う」

その謝罪は、いまのようにスキル『過捕護』によって、魔力が暴走してしまうことについてだろう。それを自ら理解していながらディアは、許可されなくともついていくと宣言した。その宣言に対しては、スノウを撫でていたラスティアラが答える。

「……ディアは悪くないよ。絶対、ディアは悪くない」

「ありがとな、ラスティアラ。もう『私』はどうしようもないほど、カナミに捕まってて、カナミを捕まえてるんだろうな……。だから、この有様だ」

部屋全体に満たされた自分の魔力に目をやって、自虐気味に肩を竦《すく》める。そのディアに向かって、ラスティアラは断言する。節操ない三度目の告白が、口にされていく。

「そんなディアが、私は好きだよ。前にセラちゃんと三人で迷宮探索したときも思ったけど、そのディアの不安定さが凄《すご》いお気に入り」

「そう言ってくれたのは、人生でラスティアラだけだ。……いまのところ、世界で一人だけだ。あのときも俺を見捨てずに付き合ってくれて、ほんとにありがとな。俺もラスティアラが好きだぞ」

その告白にディアも応えた。ラスティアラに思うところは多々あるだろう。けれど、二人は笑顔で好意を伝え合い、邪魔し合いながら協力し合っていくことを許容し合っていく。

同時に、ディアの身体から漏れる魔力が萎縮していく。きちんと本音を出して、自分の不安を相談したことで、心と魔力が落ち着いてくれたようだ。

船旅に相応《ふさわ》しい和やかな空気が、部屋の中に返ってくる。

僕は「よかった……」と一息つきながら、ふと一年前を思い出す。

一年前ならば、考えられなかった光景だ。あのとき、僕は本気で死の危険を感じていた。もし僕がラスティアラと付き合えば、死人が出ると思っていた。しかし、いま、その死線を越えた。それなりに殺意は飛び交ったけれども、確かに乗り越えてみせた。一触即発の様相ではなくなり、続いてラスティアラも大きく息をつく。ただ、その溜《た》め息《いき》は、僕のものと意味が少し違っていた。

「はー……。やっぱり、ここはいいよね……。とってもいい。胸がドキドキする。このいつどうなるかわからない綱渡りのバランス！　なんだかんだ言って、二人とも何するかわからない感じ！　明日にはカナミだって、どうなるかわからない感じ！　やっぱりここが私の本当の居場所!!」

いまのディアとスノウに惚《ほ》れ込み、しでかす期待をしていた。

僕たち三人は、とても綺麗《きれい》に話を収めたつもりだったが、ラスティアラは全く誰も信用していなかった。ディアとスノウは心外といった様子で反論していく。

「いや、もう俺は絶対にやらかさないぞ……！　魔法の制御も上手《うま》くなったし、そうそう暴走なんてしない……はず。た、たぶん……」

「わ、わわわ私も変なことしないよ？　魔法で盗聴とか、もう卒業したから！　ほんとのほんとに！　最近は、頼りになる総大将様なんだよー？」

その少し自信なげな反論に、ラスティアラは笑顔で元気良く即答する。

「うん！　二人とも、信じてるから！」

その「信じてる」は、どちらの意味なのか……。

僕はラスティアラの相変わらずのスリルジャンキーっぷりに呆《あき》れる。

あと、懐かしさも湧く。最初に出会ったときも、こんな感じだった。マリアの健気《けなげ》な挑戦を見守り、誰かが死ぬ直前までは絶対に手を出さないと言っていた頃のラスティアラだ。

あれから色々とあったが、本質は変わっていない。

いつだって彼女は貪欲に、自らの理想の物語を追い続けるのみ。

「……悪いけど、カナミ。私は目指すよ。私にとっての完璧な世界を」

たとえ、相手が僕であろうと――いや、相手が恋人だからこそ、この理想の邪魔はさせないという戦意に満ちた笑みを見せる。スノウの依存先も、ディアのスキル対象も、僕の恋心も、いつかは全部自分が頂くという欲望を強く感じる。

「わかってる。そういう約束で『告白』し合ったんだ。理解できるように努力するよ」

ラスティアラがそういうやつだというのは、今日痛いほどわかった。

それを否定はしないし、矯正するつもりもない。

その意志を伝え返すと、ラスティアラは仲間の一人の名前を呼ぶ。

「なら、あとはマリアちゃんだね」

まるで最愛の恋人の名を呼ぶかのように、熱っぽく口にした。

そして、その黄金の双眸《そうぼう》を、部屋の窓に向ける。正確には、窓の向こうの海の——そのまた向こうの『本土』にいるであろうマリアに向ける。

「カナミを奪い合うにしても、カナミからみんなを奪うにしても、マリアちゃん抜きなんて考えられないからね。早く、マリアちゃんに会いたいな」

「そうだな。何をするにしても、まずはマリアとリーパーだ。確か、セラさんも向こうにいるんだっけ？　急ぎたい……と言っても、船旅だから急ぎようがないんだけど」

いま僕たちの船は『本土』の南側に向かって、針路を取っている。『迷宮連合国のフーズヤーズ』ではなく『本土のフーズヤーズ』の港に向かい、首都まで直行するつもりだ。

そこには『開拓地』に新興した連合国と違って、千年の歴史のある本物の都会が広がっているだろう。この世界で最も巨大な都、俗に『大聖都』と呼ばれる場所だ。

その『大聖都』にラスティアラは早く辿りつきたいようだが、現実的に不可能であることを僕は諫《いさ》めておく。

「そうだね。どうにか急ぎたいけど、こればっかりはどうしようもないかー」

「ああ。もう今日は夜遅いから、無理もできないしな。本当に、今日は色々あって疲れた。みんな、寝よう。大事な話は大体終わったから、あとのことは明日にしよう」

一日の終わりを僕は提案した。

今日の朝はヴィアイシア城でお偉いさんたちと会議をして、昼からはフーズヤーズで『告白』大会。夕方にディアやスノウと戦って、夜に『リヴィングレジェンド号』で出港。はっきり言って、ここにいる全員が疲れ切っているのは間違いなかった。

大して反論もなく、みんなも同意してくれる。

ラスティアラとスノウは多少ふらつきながら、動き出す。

「そだねー。そろそろ寝ようか」

「一杯戦って、一杯泣いたから、眠い……」

ディアも席を立って、ずっと眠り続けている陽滝《ひたき》の手を引く。

「カナミ、ヒタキのことは俺に任せてくれ。スキル『過捕護』もあるから、同じ部屋で眠りたい」

「そうだね。妹のことはディアに任せるよ」

少し迷ったが、僕は陽滝とディアを同室にする。この一年間、ずっと二人は一緒だったのだ。ここで僕の我儘《わがまま》で無理に引き離すのは危険だろう。できれば、いついかなるときも僕が陽滝を守っていたいが、ここは断腸の思いでディアを信じる。

こうして、就寝を決めた僕たちは薄暗い船の廊下で別れを告げてから、一年前に決めた各々の自室に戻っていく。

僕もかつての自室に到着して、扉を開ける。そこには一年前と全く同じ光景が広がっていた。最後に見たままの家具と小物の配置に、自宅に帰ってきたかのような安息感に包まれる。流れるようにベッドへ向かって、勢いよく身体を放り出す。

さらに天井に目を向けて、大きく息を吐き出していく。

「っふうー……」

目を瞑《つぶ》ってから、僕は今日一日のことを軽く思い返す。眠る前に一日の反省を行うつもりだったが……思い返す記憶の中、少しだけ引っかかるものがあった。

――それは『聖人』ティアラの最期。

恐ろしく複雑で強大な魔法《再誕《リヴァイヴ》》で、彼女は消失した。

その瞬間が、ずっと瞼《まぶた》の裏に張り付いて消えない。

ティアラは本当に心からの愛情で、ラスティアラを慈しんでいた。

あの光景は、まるで本当の母娘《おやこ》のようだった。生まれたときは遠く離れて、外見も大きく違えども、その魔力や振る舞いが二人は似ていた。どちらも明るく前向きで、手段を選ばない強引さがあり、確かな血の繋《つな》がりを感じた。

あれこそ、親が子に贈る『本物』の愛情なのだろう……。

――心の奥から、どろりとした黒い感情が湧く。

ふと思い出す顔があった。

それは迷宮で出会った六十層の守護者《ガーディアン》『光の理《ことわり》を盗むもの』ノスフィーだ。

彼女もまた似ていると思った。かなり言葉遣いは違うけれども、ティアラやラスティアラと本質的なところが似ているような気がするのだ。少し前に『風の理を盗むもの』ティティーの人生を魔法で覗《のぞ》いたとき、ノスフィーがフーズヤーズという姓を名乗っていたのを僕は知っている。

きっとノスフィーと僕たちの間には、色々な繋がりがある。

その予感があった。そもそも、彼女はどこで生まれて、どんな幼少時代を過ごし、どうして『理を盗むもの』に選ばれたのか。どうして、ノスフィーはあんなにも——

「————っ！」

僕はベッドから飛び起きる。部屋に近づく気配を感じたからだ。

すぐにドンドンと、部屋の窓が叩《たた》かれる。

「カーナーミー、あーそーぼー」

腰の剣に手をやった僕が馬鹿みたいな気の抜けた声が聞こえてくる。

その声の主に気づいて、僕は警戒を解く。

「え、ええ？　なんで……？　さっき寝ようって言ったろ？」

そう窓の外に文句を飛ばすと、訪問者は外から器用に窓を開けてから入室してくる。

もう僕は以前のように、仲間たちに部屋の扉を使えと注意するつもりはない。

きっと一生僕たちは窓を出入り口のように使う運命なのだ。

「んー、ごめん。部屋に戻ってから気づいたけど、なんか寝れなくて……」

頬を掻《か》きながら部屋に入ってきたのは、ラスティアラだった。

あれから自室に戻って、すぐに僕の部屋までやってきたようだ。

「寝れない？」

「あー、そのー……。ごほんっ。私たちは『告白』の末、今日から清い交際を始めたということで相違ありませんね？」

「あ、ああ。ありません」

急にラスティアラは咳払《せきばら》いをして、慇懃《いんぎん》な態度を取って、とても真剣な表情で問いかけてくる。その確認に間違いはない。なかったことにされたら、僕は泣く。頷《うなず》き返すと、ラスティアラは『告白』のときと同じように頬を赤くして、とある単語を口にする。

「カナミ、デートに行こう」

「デ、デート？」

デート。基本的に、付き合っている男女が二人で遊びに行くことを指すと、僕は元の世界の常識として知っている。そして、それが異世界でも通用する常識であることも知っている。つまり、逢引《あいびき》である。今日、このタイミングで、ラスティアラは僕と一緒に逢引へ出かけようと誘っている。

「うん、デート」

ラスティアラは微笑《ほほえ》みながら、その単語を繰り返した。元の世界の学校生活で何度も耳にしながら、ついぞ妹とだけしか成し得なかったデートという単語が脳内に反響する。

妙に硬い態度だったのは、デートに誘うのが恥ずかしかったからのようだ。

そんな上等な羞恥心が、まだ彼女に残っていることに驚きながらも、僕は聞き返す。

「え、いまから？」

「いまから！　デート！　二人きり！　行く！」

僕の疑問にラスティアラは元気良く、なぜか片言で答えていく。

よく見れば頬は紅潮し、鼻孔は膨らみ、鼻息が荒い。

その様子から、ちょっとした興奮状態であるのは『表示』するまでもなくわかった。

「大丈夫か……？　眠くないか？」

「そりゃ、結構眠いけど……。でも、眠れない！　眠れるわけなかった！　だって、今日は本当に嬉《うれ》しいことが一杯だったから！　お母様と出会って、カナミに『告白』して、またみんなと一緒に冒険できるようになって……！　もう嬉しくて堪《たま》らなくて、身体《からだ》が落ち着かなくて――!!」

遠足に興奮して寝れない子供のように、鼻息荒く理由を話していく。

いま目の前にいる少女が、本来ならば僕の腰ほどの背しかない四歳児であることを思い出させてくれる光景だった。そして、ラスティアラは最後に言い閉める。

「だから、行こう！　今日、いまから！　恋人らしく、デートに!!」

明日まで我慢できないから、いますぐだと叫ぶ。

そのお誘いに、まず僕は先ほどの話との矛盾を問い質《ただ》す。

「いや、さっきスノウやディアたちにチャンスを譲るかのようなこと言ってなかったっけ？　まだ時間はあるよ的な……」

「うん、言ってたね」

「あんなこと言っておいて、これはどうなんだ？」

完璧に抜け駆けである。けれど、ラスティアラは自らの行いに迷いはないと答える。

「確かに、私はディアたちに、いつでもカナミを盗《と》ってもいいって言ったよ。けど、だからって、これからの私たち二人の物語に手を抜くのは違うって思う。ディアたちに気を遣って、カナミから距離を取る？　せっかく恋人になったのに？……違うよ。そういうのは間違ってる」

ラスティアラは真っ直《す》ぐ、僕の顔を見た。

本当に真っ直ぐだった。自らの行いに、後悔も憂いも後ろめたさもないと言っている。

彼女らしい無慈悲で暴力的な正々堂々とした姿だ。

「私は絶対に手を抜かない。みんなにもカナミを全力で好きになって欲しいからこそ、私も全力でカナミと付き合っていく。それが正しい形だって、信じてる」

少しだけ、目が眩《くら》んだ。余りに眩《まぶ》しい。それと気恥ずかしくて、嬉しくて、落ち着かなくて……。僕も徐々に眠気が吹き飛んでいく。

「というわけで、交際してからの初デートに、いまから行こう？」

改めてラスティアラは誘った。

窓から差し込む月明かりを背に、煌《きら》めく髪を靡《なび》かせて、黄金の瞳の少女が妖艶に笑った。

その誘いを断る術《すべ》が、いまの僕にはなかった。

あと悲しいことに、一日二日程度の徹夜は慣れてしまっている。

「……じゃあ、行こうか。ただ、どこに行くんだ？　《コネクション》があるから大抵のところには行けるけど、夜となると色々限られるだろ」

「心配無用！　実は、もう決めてるんだよ！　私たち二人の初デートの場所は――」

ふふんとラスティアラは鼻を鳴らして、自信満々に提案して――

◆◆◆◆◆

駆け抜ける。

足元の泥濘《ぬかるみ》のせいで走り難《にく》く、泥の撥《は》ねる音が耳障りだった。

下水道のように暗く湿気があり、強い異臭を放つ回廊を、いま僕は走っていた。

迷宮の『正道』から少し離れたところにある特殊なエリアだ。

そこで体長二メートルは優に超えていそうなムカデの横を通り過ぎつつ、剣を横に振り抜く。ムカデのモンスターは、断末魔の悲鳴をあげて絶命した。

光の粒子を撒《ま》き散らしながら、魔石と化していく。それを僕は《ディメンション》で見送り、そのドロップアイテムも拾うことなく走り続ける。

雑魚には目もくれない。

目的は一つ。この湿地帯エリアのボスであるフライフォビアのみ。

前方数百メートル先で、人ほどの大きさの蠅《はえ》型モンスターが待ち構えているのを《ディメンション》で把握している。そこに向かって、僕は息を切らして全力で走っていく。

「はぁっ、はぁっ、はぁっ――――！」

しかし、速さが足りない。時間が足りない。

ボスを倒すのは簡単だろう。まだ十層台の浅さなので、どんなモンスターだろうと一人で勝てる。足りないのは、前方を走るラスティアラまでの距離だ。

今回の初デートの目的は、ラスティアラを追いかけて、捕まえて、先を越すこととなっている。非常に納得できないが、どういうわけかそうなっている。

前方を走るラスティアラは、僕と同じように全力で走り、息を切らしながら笑う。

「はぁっ、ははっ、はぁっ、はははははっははっ!!　これが恋人たち定番の追いかけっこ!!これ、追いかけっこでいいよね!?」

よくない。全然よくない。

デートすると聞いて、滅茶苦茶《めちゃくちゃ》期待していた僕のわくわくを返して欲しい。

しかし、そんな文句を言う暇もなく、ラスティアラは残り数百メートルの距離を駆け抜けていき、僕より先にエリアボスのフライフォビアに斬りかかる。

戦闘は一瞬だった。急接近してきたラスティアラにフライフォビアが気づいたときには、その身体が縦に両断されていた。その全力疾走の勢いに、筋力と『天剣ノア』の切れ味が乗って、凄《すさ》まじい攻撃力となっていた。

いかにボスモンスターといえど、その一撃を耐え切ることはできない。

先ほど斬り捨てたムカデのモンスターと同じように、ボスモンスターも消えていく。その光の粒子の中でラスティアラは立ち止まり、追いかけっこの一着を僕に誇る。

「はい！　私の勝ちぃ！」

数秒遅れて僕も追いつき、肩で息をしながら苦言を呈する。

「いや、これは追いかけっこじゃないだろ……。というか、デートですらない……」

デート先に迷宮が選ばれたことに、未《いま》だ僕は納得がいっていなかった。

ラスティアラが迷宮に着くなり「追いかけっこをしよう！」と言って、なぜか「ふふふ、捕まえてごらん」と棒読みを始めて、ゲームの冒険者にありがちな時間制限付きのボス討伐クエストが行われたことも納得いっていない。

デートと聞いた僕は、てっきり船の甲板でお喋《しゃべ》りしたり、《コネクション》で夜の街に二人で繰り出したりするのかと思っていたのだ。そんな僕の不満を知ってか知らずか——いや、確実に知っているラスティアラは満面の笑みで、いまの追いかけっこの感想を述べる。

「あぁっ、デート楽しい……！　やっぱり、こういうのこそ、恋人同士のお約束だね」

「ここが太陽の光煌めく砂浜とかだったら、僕も文句はない……」

「砂浜よりも、ここのほうがロマンチックじゃない？　ドキドキしない？」

「そりゃ、いつモンスターに襲われるかわからないからドキドキもする」

息切れに合わせて、心臓がドキドキと脈打つ。

さらに地上と比べて迷宮内は空気が薄めだから、間違いなく脈拍数は通常より増加しているいることだろう。ただ、いくらドキドキできたとしても、砂浜と比べるのが烏滸《おこ》がましいほどに、この迷宮内は風情がない。

環境は劣悪も劣悪。先ほどから鼻がおかしくなるほどの異臭に晒《さら》されて、靴とズボンの裾が汚水塗《まみ》れ。迷宮探索者特有の泥臭さで一杯だ。

これをロマンチックと言ってしまえるのは、ラスティアラくらいだろう。

その彼女の感性は一生変わらないし――変わって欲しくないと思っている僕は、溜《た》め息《いき》をつきながら諦めて、このロマンチックらしい追いかけっこの感想に答えていく。

「はあ……。しかし、割と本気だったのに駄目だったな。瞬発力では勝てても、持続力では負ける」

「身体能力だけは自信あるからね、私。これだけは絶対に負けないよ。それにお母様のおかげか、今日調子よかったたし」

ラスティアラはボスモンスターの魔石を拾って、僕に投げて寄こす。

その間に、僕は互いのステータスを確認する。

【ステータス】
名前：相川渦波《あいかわかなみ》　HP369/369　MP1312/1312　クラス：探索者

レベル29
筋力15.97　体力17.78　技量23.67　速さ30.00　賢さ23.59　魔力53.78　素質6.21

【ステータス】
名前：ラスティアラ・フーズヤーズ　HP923/923　MP521/521　クラス：騎士
レベル24
筋力22.12　体力21.89　技量12.56　速さ15.78　賢さ19.23　魔力16.25　素質6.50

ティアラの力を得たラスティアラは、以前と比べて全体的に数値を増加させていた。けれど、手に入れた力に慢心することなく、次の自分の課題を見つけようとする。

「でも、身体能力だけじゃ駄目なんだよね。やっぱり、得意な魔法がないと守護者《ガーディアン》たちとの戦いについていけない。……所謂《いわゆる》、決め技だね。必殺技が私には要る」

『木の理《ことわり》を盗むもの』アイドと『水の理を盗むもの』陽滝《ひたき》の二人と戦った経験のあるラスティアラは、決め手が欠けていると考えているようだ。

いくら身体能力に優れようとも、物理的な攻撃だけでは限界がある。

ディアやマリアの最大火力ならば数秒で街を更地にできるが、オールラウンダーのラスティアラにはそれができない。

『理を盗むもの』たちは基本的に魔力が高い。何より、名を冠する属性の魔法のプロフェッショナルでもある。あの魔法の苦手なローウェンさえも、ちゃんと魔法の決め技を所持していた。彼らの本当の『魔法』に対して、凡百の魔法では意味がないのは僕も同意だ。同意だが、そこは適材適所だとも思う。僕がゲーム的な考え方をするからかもしれないが、全員が高火力魔法持ちというのはバランス悪く感じるのだ。

「いや、そもそもラスティアラ一人で戦おうとするのが間違いなんだよ。ラスティアラは遊撃とか攪乱《かくらん》に徹して、仲間にとどめを任せたほうが――」

「それ！　いいところだけ持っていかれて、ずるい！　私も決め技を、とどめとかで叫びたい！　最後の最後に全力で叫びたい!!」

「そういうことか」

大変気持ちはわかる。心のままにかっこいい詠唱をして、大魔法の名前を叫びたいという欲求は僕にもある。正直、ラスティアラに負けないくらいある。

いまの僕の最大火力は、おそらく《親愛なる一閃《ディ・ア・レイス》》だろう。この魔法自体は悪くない。

悪くはないのだが……。

これは元々ローウェンのもので、僕の決め技かと言われると少し首を傾《かし》げてしまう。

それと、この《親愛なる一閃《ディ・ア・レイス》》。意外に見た目が地味だ。

ぶっちゃけ、あれって剣を振り抜くだけである。リーパーが後ろで補助してくれたら話は別だが、一人だけだと玄人好みな演出になってしまう。

剣術と補助に特化している僕は、何をしても派手さに欠ける。

おそらく、ラスティアラも似たことを考えているはずだ。

ゆえに、マリアやディアのゲーム的なエフェクトと見紛《みまが》わんばかりの魔法が本気で羨ましく、一年前の船旅のときから真似《まね》してやろうと躍起になっている。

大量のモンスターを一気に薙《な》ぎ払う爽快感は、魔法だけの特権だろう。

身体《からだ》と剣だけでは、為《な》し得ない。

「うん。確かに、自分だけの魔法は必要だ」

「どうすれば、身につくんだろ。まずは地道にレベルを上げるしかないのかな？」

「そうだなあ。真似して、張りぼての魔法を使っても駄目だってのは前に試してわかったから……。今度は、ちゃんと自分の長所を活《い》かした魔法を編み出すようにしないと」

「私の長所……。器用貧乏で、『魔石人間《ジュエルクルス》』で、全魔法を暗記してて、あとは……」

僕とラスティアラは同じ目標を見つけ、互いに確認し合いながら、迷宮を歩き出す。

先ほどまでデートではないと愚痴を言っていた僕だったが、二人で必殺技を考えながら歩くのは少し楽しかった。

楽しくて――そして、落ち着く。

こういったところだけは、本当に話が合うのだ。

ティティーと違ってセンスも似通っているので、技名でぶつかり合うこともない。

趣味の共感ができるから、話をしているだけで落ち着く。きっとラスティアラも同じ気持ちだろう。セラさんやラグネちゃん相手に、こんな話はできないはずだ。

僕らは僕ら二人でしかできない話を存分にしながら、迷宮を進んでいく。

その途中、一匹のモンスター相手にラスティアラは立ち止まる。

「あ、ミノタウロス発見」

牛のような頭部を持った巨大な人型モンスターが立ち塞がる。

僕は『表示』して確認する。


【モンスター】カーマインミノタウロス：ランク20

前にも見たことのある情報だ。そして、その情報を見終えた瞬間には、ラスティアラがミノタウロスの頭部を斬り離していた。

「そういえば、初めてカナミと一緒に迷宮探索したときも、こいつと戦ったね。ちょっと懐かしいなー」

「あのときは、少しだけ危険な相手だったけど、もう余裕になっちゃったな」

もはや戦闘にすらならない。

一瞬で倒されたミノタウロスの魔石を拾って、ラスティアラは昔を懐かしむ。

「あのときは、マリアちゃんも一緒だったね」

少しだけ暗い顔をする。

このミノタウロスと戦っていた頃、ラスティアラはマリアを足手纏《あしでまと》い扱いにしていた。

命を心配しての話だったけれど、上から目線で『素質』の足りなさを指摘していたのを覚えている。しかし、いまや自分がマリアよりも弱くなって、守護者《ガーディアン》たちとの戦いで足手纏いになってしまっていることに、ちょっとした皮肉を感じている様子だ。

それを僕は、隣で見守る。

ラスティアラは僕の心配を察したのか、すぐに暗い顔を打ち払う。

「大丈夫。もう私には、ティアラお母様がついてる。すぐに私なりの戦い方を見つけるから、カナミは心配しないで」

戦意に溢《あふ》れた顔を見せて、何かを思い出しながら宣言する。

「私も追いつく。必ず、追いつく。マリアちゃんの隣には、私が立ちたいから」

ラスティアラは『木の理を盗むもの』『水の理を盗むもの』『使徒シス』の三人と戦ったときに、マリアの役に立てなかったことを後悔しているのだろう。

「暗い話は止《や》めとこっか。いまは楽しい楽しいデート中だからね」

ラスティアラが自分の目標をしっかりと見据えたところで、気を取り直して僕の前を歩き出す。その背中に、僕は話しかける。

「なあ、そのデートについてなんだが……。これ、本当にデートか？　こんなところを歩いてて、本当に楽しいか？」

「楽しいよ？　大聖堂に引きこもっているときと比べたら、そりゃあもう。空気が澱《よど》んでて、暗くてじめじめしてて、ちゃんと命の危険がある。生きてるって感じしない？」

声をかけられて振り向いたラスティアラは、言葉通りに生気溢れる笑顔を見せた。

「……それならいいんだ」

楽しんでいるのを邪魔するわけにはいかないと、特に反論はしない。

しかし、本当は別のところに行きたいという気持ちは消えてくれない。

正直、女の子とのデートには憧れがあったのだ。

初デートとなれば、特別も特別。一生ものの思い出になるのだから、十分に計画を練っておきたかった。それなりに高価なレストランの予約とかして、夜景を二人で楽しむとか、いくらでも選択肢はあった。

元の世界で友人から聞いたデートは、本当に羨ましかった記憶がある。

もちろん、この異世界では、観光地や映画館でのデートは現実的に無理だろう。けれど、どこかでショッピングや演劇鑑賞くらいならばできたはずだ。

せめて、迷宮でさえなければ、この他愛もない会話をもっと楽しめるのに……。

「なーるほど。カナミは敵が弱過ぎて温《ぬる》いって言いたいんだね。わかるわかる。スリルとかハプニングが足りないよね。このくらいの層だと」

「そういうの僕が求めてないって、知ってて言ってるよな。おまえ」

微妙そうな顔で歩く僕を見て、ラスティアラは意地の悪い話をする。

「ふふふっ。もちろん、知ってる。前も似たような話をしたね」

ラスティアラは僕の気持ちを察していることを白状したが、その足を緩めることはなかった。

「ああ、前にもあったな……」

僕もラスティアラと同じように懐かしくなってきた。

以前に二人で二十層付近を歩いていたときも、同じように意見が衝突していた。

どんどん迷宮の奥に行こうと提案するラスティアラに、稲を刈るかのような作業を求めた僕。あのときは二人の間を取って、迷宮を順調に攻略していった。その流れを真似て、僕も自分勝手に要望を叩《たた》きつける。

「ラスティアラ、楽しんでいるところ悪いけど……、もっと僕はデートっぽいことをしたい。もっともっと恋人っぽい感じがしたい。できれば、スリルとかじゃなくて甘酸っぱい系がいい」

「ふむふむー」

ラスティアラは顎に手を当てて、考え込み、大した間もなく答えを出す。

もしかしたら、最初から決めていたことかもしれない。

「じゃあ、デートらしさを出すには、こうかな？」

隣に並んで、僕の左手を握った。デートっぽく、手を繋《つな》いで歩こうということらしい。

ここが迷宮でなければという条件がつけば、本当にまともな答えだった。

そして、その突然の接触に、僕は少しだけ緊張する。

「…………っ!?　こ、これは、なかなか……!!」

隣のラスティアラも同じように緊張して、声を震わせる。

「なかなか……！　なかなかやばいね……！」

思った以上のデートっぽさに、僕たちは感動していた。

ラスティアラとは付き合いは長いが、こうも改めて手を繋ぐのは、新鮮だった。

なまじ色々と感知できる技能があるせいで、手の平から伝わってくる情報が事細かに頭に入ってくる。肌の温度と湿度、血と魔力の脈拍、ミリ単位での筋肉の動きを捕捉してしまう。何よりも、女の子の肌の柔らかさが伝わってくる。

女の子特有の低反発な弾力に、頬が紅潮していくのが自分でもわかる。

横を見れば、ラスティアラも僕と同じように頬を染めていた。

「あ、余り、こっちを見ないように……」

僕の視線に耐え切れず、ラスティアラは少し顔を背ける。

本気で動揺しているのを理解して、僕は提案する。

「……恥ずかしいなら、止める？」

「止めは……、しないよ！　やるよ！　このまま、デート続行！」

意を決して、ラスティアラは宣言した。しかし、これがデートではなく、迷宮探索の一種なのは明白。僕は冷静に危険性を訴える。

「いや、僕も続行はしたいけど……。二人とも片手が塞がるのは、やばくない？」

「うーん。でも、お互いの要望が、ちゃんと叶《かな》ってるし……」

ラスティアラは上ずった声で答える。

確かに、その通りだ。ラスティアラはスリルを味わいたくて、僕はデートらしいことがしたい。これならば両方の条件を、完全にクリアしている。

二人とも二重の意味でドキドキできることだろう。

「そうだな。なら、しばらくはこれで行ってみようか」

なので、僕は手繋ぎ探索を受け入れてしまった。

一応、心の中で余裕のある低階層の間ならばと、条件はつけておく。

今日四十層を越えることはないので、ボスさえ避ければ危険はないはずだ。

「よーし。このまま、どんどんいこー」

ちょっとした縛りプレイの感覚で、僕たちは迷宮探索を再開させていく。

ただ、歩き出すこと数秒、すぐに探索にぎこちなさが生まれる。

手と手を繋ぐ感触に意識が割かれて、目の前の回廊に集中できない。手の平から体温が伝わってくるだけで、その何倍もの熱が頬に灯《とも》る。心臓の音が跳ね合って、鼓動のリズムが混ざり合っていく。互いの吐息が隣り合っているのさえ、妙に気恥ずかしい。

これがゲームならば命中力や回避力に多大な弱体化《デバフ》がかかっている状態だろう。もちろん、それだけではない。肉体面だけでなく精神面も弱体化《デバフ》がかかっている。

けれど、手を離そうとはしない。この高まる熱を互いが望んでいた。

そして、その勢いのまま、モンスターとも戦う。これもまた懐かしい敵だった。

二十一層の異形の四本腕モンスター、フューリー。

猿のような雄たけびをあげて襲い掛かってくるフューリーに対して、僕たちは真正面から立ち向かう。手を繋ぎ、僕は右手に宝剣ローウェンを構え、ラスティアラは左手に天剣ノアを構えて、敵の腕が振り上がるのと同時に駆け出す。

もし僅かにでも二人の呼吸が乱れたら、繋いだ手を離さざるを得なくなかったが、一切の呼吸のずれのない戦闘開始《スタート》だった。

リーパーやティティーのときのように『繋がり』で心を通わせたわけでもないのに、僕たちの動きは完全に重なっていた。

フューリーの攻撃に合わせて、僕たちは低く突進する。

敵の股下をくぐり抜けると同時に、僕が敵の右足を、ラスティアラが敵の左足を斬りつける。支える足を負傷したことで、敵は膝を屈してしまい、急所の位置が低くなった。僕たちは振り向き様の一閃《いっせん》を放つ。

即死だ。僕が敵の首を飛ばし、ラスティアラは胴体を両断していた。

一閃を放った後の体勢のまま、背中合わせで僕たちは手応えを確かめ合う。

「おー!?　思ったよりいけるね！　やっぱりカナミが一番相性いい！」

「うん。想像以上で、ちょっと僕も驚いてる」

僕たちは手繋ぎのハンデなど存在しなかったかのようにモンスターを倒せた。

さらに実戦を経験したことで、この戦い方がそう悪いものではないともわかってきた。

感覚が常人離れしている僕たちだからこその考え方だが、手と手が触れ合っていることで隣の相方の動きが手に取るようにわかる。もし相方が隙を作って敵の攻撃に晒（さら）されても、手を強く引っ張って動きをフォローできるだろう。共鳴魔法が撃ちやすく、回復魔法や補助魔法も二人同時に浸透させられる。

　そう悪くない戦い方かもしれない。という言い訳を元に、僕たちは手繋ぎ探索の続行を決めて、再度歩き出す。

　スキップこそしないが、それなりに浮かれた気分で歩く。途中、先ほどのフューリーの断末魔の叫びに釣られて集まってきた複数のモンスターたちとも戦うが、息の合った僕たちの連撃に耐えられるモンスターは一匹もおらず、すれ違い様に倒されていく。

　魔石と経験値を溜《た》めながら、僕たちは三十層まで進んでいく。

　熱で体力を奪う溶岩地帯。硬さが売りの鉱石地帯。ラスティアラとくだらない話をしつつ、かつて攻略した迷宮を抜けて、自分たちの成長を確認しながらさらに攻略していく。

　自然と手繋ぎにも慣れてきたところで、クリスタルのモンスターを斬り倒しながら、ラスティアラは話しかけてくる。

「ふー。やっと三十層まで来た。……あ、そう言えばさ。私たちがいない間に、カナミは迷宮をどこまで攻略したの？」

　ちょっと責めるような言い方だった。ラスティアラにとって楽しみにあたる迷宮探索を、一人で勝手に楽しんだのを咎《とが》めているのかもしれない。

「攻略したかと言われると違うかもしれないけど、六十六層までは大体わかるよ」

「え、もう六十六層も……!?」

文句を言うならパリンクロンのやつに言って欲しい。

あそこに落とされなければ、僕だってそこまで攻略してはいない。

「ちなみに守護者《ガーディアン》の層の内訳は、四十層がアイド、五十層がティティー、六十層がノスフィーの階層だったな。アイドとティティーが消えて、六十層以外には《コネクション》を置けると思うから、一先《ひとま》ずはそのあたりを目標としようか。あ、もしかしたら六十六層にも置けるか……?」

「へー、ふーん、そっかー。……で、その中で私が会ったことのない守護者《ガーディアン》はノスフィーかな? ねえ、ノスフィーってどんな感じ?」

どんな……? 改めて聞かれて、少しだけ僕は困惑する。

まず「悪意」という言葉が浮かんだ。彼女ほど僕に悪意を向けてきたやつはいない。敵であることを隠そうとせずに、どんなときでも僕を苦しめようとしてくる。

だが、それが彼女の全てではないのはわかっている。おそらく、千年前に彼女を捻《ね》じ曲げる出来事があったのだ。しかし、その出来事を僕は思い出せないから、僕はノスフィーのことを何も知らないも同然だ。

仕方なく、いま僕のわかる範囲での人物評を、ラスティアラに伝える。

「正直、はっきりとはわからない……。初めて会ったときは礼儀正しくて優しくて、『聖女』とか『お姫様』なんて言葉が似合う女の子に見えた。けど、それだけじゃないのは間違いない。あいつは怒りっぽくて、執念深くて、手段を選ばなくて……。でも、それは千年前に色々と裏切られて、悲しい目に遭ったからだって知ってる……」

その話をラスティアラは真剣に聞く。いつか出会う守護者《ガーディアン》の情報を一つも聞き逃すまいとしているのを見て、さらに詳しい話を僕はしていく。

相手がラスティアラだからこそ、隠そうとは思わない。

「千年前、ノスフィーはフーズヤーズの『光の御旗《みはた》』として一軍を率いていたんだ。その目的は、北側に寝返った始祖カナミの捕縛。始祖カナミとノスフィーは……その、当時は夫婦だったから、逃げた夫を追いかけたんだと思う。思い出せないけど、僕と関わりが深いのは間違いない」

少しだけ怖がりながら、ノスフィーと夫婦だったことを伝える。

この話を僕は本気で信じてはいない。けれど、ここで言い訳のように「千年前だから失効している」とか「あくまで夫婦だったかもしれないという噂《うわさ》の話だから」と曖昧にする気にはなれなかった。

交際初日に妻がいたなんてことを恋人に告白した僕は、冷や汗を垂らす。

そして、恐る恐る隣のラスティアラの顔を見ると、

「――会いたいな」

憧れの有名人に思いを馳《は》せるかのようにラスティアラは、ノスフィーとの邂逅《かいこう》を待ち望んでいた。怒りや失望といった感情は一切見られない。それどころか、歓喜していた。

ああ、やっぱり……。こいつは、こうなるか……。

確認するように僕は、彼女の顔を覗《のぞ》き込んで聞く。

「えーと、ラスティアラ？　いま、結構驚きの話をしたつもりなんだけど……。僕とノスフィーが夫婦って話……」

「お母様のおかげで色々と心の準備ができてたから、そのぐらいは想定内かな？」

「想定してたの？」

「してたしてた。もうカナミはそういうもんだと思うようにしてる。で、カナミのそういうところ嫌いじゃないから安心して。というか、正直、いまの話はとても楽しい話だったよ！　ああ、わくわくが止まらない!!」

その広過ぎる心に、軽く圧倒されかける。彼女にとってノスフィーが僕と夫婦という話なんて、自分の大好きな物語のありがたいスパイスでしかないのだろう。

「ああ……、六十層の守護者《ガーディアン》！　『光の理《ことわり》を盗むもの』ノスフィー！　ノスフィーノスフィーノスフィー！　ノスフィーに早く会いたい!!」

ただただ、ノスフィーに会いたがるラスティアラ。

ここで彼女は、とうとうスキップを始めてしまう。

手を繋いで隣を歩く僕は体勢を崩されながらも、なんとかついていく。

「ほんと、ご機嫌だな」

「ノスフィーの話を聞いて、やっぱりカナミと一緒にいるのは楽しいって再確認できたからね。いやあ、それにしても夫婦って。夫婦って、ふふっ！」

鼻歌でも歌いそうなラスティアラは、スキップの理由を説明していく。

「この迷宮探《たん》さ――手繋《つな》ぎデートも楽しいし、船に帰ったらみんなもいる！　寝て起きたらスノウやディアたちが待っててくれて、ちゃんと挑戦すべき迷宮がある！　今度こそ一年前みたいに、みんなで『冒険』ができる！」

この一年の大聖堂生活で、鬱憤が溜まっていたのだろう。

新しい生活の全てが、余すところなく楽しみであると言ってのけた。

「カナミがいるから、これから先もずっとずっと楽しいんだろうなあって心から思える。そりゃ、ちょっとくらい浮かれて、変な顔にもなっちゃうよ」

ラスティアラは迷宮探索に相応《ふさわ》しい真剣な表情を努めようとしているのだろうが、にまにまとした笑いが一向に止まらない。そして、僕の手を引きながら、願う。

「だから、カナミ。これからもずっと一緒にいようね？」

ラスティアラの輝く髪が後ろに流れて、僕の鼻先をくすぐった。

その光そのもののような髪の集う先には、共に将来を誓おうとする少女の顔がある。とても嬉《うれ》しそうに笑って、とても大事そうに僕の手を握って、僕を『先』に誘おうとしている。

その『先』とは迷宮の奥という意味だけではない。

その『先』は、『未来』だ。

彼女の言う「ずっと」に、僕は思いを馳せる。

ずっとずっと一緒にいて、遠い未来でも僕たちは二人。

その光景を頭の中に思い浮かべる。できれば、静かなところがいい。

ぽつぽつとある農村に紛れて、小さな家で一緒に暮らしている僕たち。

いまの僕の力なら家屋を自作して、自給自足の生活も簡単だろう。できれば海に近いところなんて理想だ。いや、手持ちの財産を使って、どこかで店を構えるのも悪くない。医者は無理だと諦めたから、料理か服飾関係か。協力し合って、店を切り盛りできたら、とても楽しいはずだ。

そんな辺境の片田舎あたりの生活が僕の理想だけれど、きっとそうはいかないだろう。間違いなく、ラスティアラは田舎ではなく、危険な地域を移住先に選ぶ。

世界各地の厄介なモンスターを討伐しようと、勇者ここに在りと喧伝《けんでん》して、傭兵《ようへい》みたいな真似事《まねごと》を一人で始めるかもしれない。いや、一人は絶対にないか。ラスティアラは僕を誘って、『冒険』に出るに決まっている。嫌がりながらも断らない僕を強引に連れ出して、せっかくの新しい家を放置して、世界各地を旅していくのだ。

人生の方針は逆だけれども、根っこの趣味が同じの僕たちは、二人で楽しく世界を冒険する。時々は、僕の要求も通って、どこか安全な街とかで休息もするかもしれない。そのとき、本当の恋人らしいデートをしたいところだ。

ああ、本当に楽しみだ……。少し想像するだけで、こんなにも幸せだ……。

色んなところを旅して、色んなところを見て回って、色んな経験をしていく。

長い時間をかけて、ずっとずっと二人で。

ずっとずっと一緒に。

『永遠』に。

その感情のままに笑い返して、僕はラスティアラに約束する。

「――ああ。僕たちは、ずっと一緒だ。ラスティアラ」

そう答えると、ラスティアラは太陽にも匹敵する今日一番の笑顔を見せて、元気良く
「うんっ」と頷《うなず》き返してくれた。

目が眩《くら》んだ。ラスティアラの見せる笑顔は純真そのものだったけれど、僕の見せた笑顔には少しだけ黒い感情が混ざっていた。後ろめたい部分を光で塗り潰されて、一瞬目を閉じてしまった。

先ほどの自分の感情が何か、僕は知っている。

ただ、人間ならば誰もが持っているものなので、特に忌避はしない。

しないが……どうしても、目は眩んでしまう。

ラスティアラは前を向いて歩く。ずっと僕が隣にいると信じて、迷宮の先に進む。

その間、僕は彼女の横顔を見続けていた。

◆◆◆◆◆

結局、迷宮探索は四十層でストップ。

できれば、もっと奥まで行っておきたかったが、無理は止《や》めておいた。

時間を考えれば、なかなかのクリアタイムだと思っている。序盤に追いかけっこで全力疾走したおかげだろう。

四十層に到達したところで《コネクション》をくぐって、船の甲板まで戻ってくる。

迷宮に入ったときとは違い、水平線から太陽の光が差し込んできている。徹夜の目に光が沁《し》みる。目を細めながら、身体《からだ》の体内時計を合わせているところで、船の訪問者に気づいた。

甲板の中央で、船のメインマストを見上げている少年少女の騎士がいた。

ライナー・ヘルヴィルシャインとラグネ・カイクヲラだ。

誰よりも先にラグネちゃんが気づき、僕とラスティアラに顔を向けて挨拶を飛ばす。

「あっ、お二人とも、おはよーっすー。お邪魔してるっすよー」

その場でぴょんぴょんと跳び、短い茶髪の先を跳ねさせて、元気よく手を振る。

それにラスティアラが反応して走り出す。

「あー！　ラグネちゃんがいるー！」

「はいー！　お嬢ー！　私も来たっすよー！」

ラグネちゃんが両手を広げて待ち構えると、その胸にラスティアラは飛び込んで抱きついた。聞けば、二人は生まれた頃から主従だったと聞く。周りの目も気にせず、全身で再会を喜んでいる。対して僕は冷静に、自分の騎士に向かって挨拶していく。

「ライナー、もう戻ってきたのか？」

「ああ。後処理をフェーデルトのやつに任せたら、喜んでやってくれるって話になってな。思っていたよりも早く終わった」

ライナーも僕と同じように、隣の過激な挨拶に呆《あき》れながら、連合国フーズヤーズでの報告をしてくれる。

「フェーデルトが？　そっか。色々あったけど、本当に今回はフェーデルトのやつの世話になった気がするな……。次に会ったら、ちゃんとお礼を言わないと」

大聖堂の管理者をラスティアラからフェーデルトに戻すとは聞いていたが、あの男が率先して後処理をやってくれるのは嬉しい誤算だ。

今度会うときは、『本土』のお土産でも持参しよう。

「いや、たぶん……。向こうは、滅茶苦茶《めちゃくちゃ》恨んでると思うから止めといたほうがいいぞ？　今回もかなり無茶を押し付けたし」

「あはは……。やっぱり怒ってる？」

「今回は美味《おい》しいところを全部譲ったから、前ほどじゃないだろうけど……。どちらかと言えば、変なことしないように釘《くぎ》を刺してきた僕のほうが恨まれてるかもな」

ライナーは口角を片方だけ吊《つ》り上げて、悪役のように小さく笑った。

迷宮を出たばかりで鋭敏となった《ディメンション》が、彼の右手の小さな動きを見逃さない。その悪そうな表情と何かを思い出すかのように開け閉めされる手から、ライナーがかなりの脅しをかけてきたのが窺《うかが》えた。

僕が暢気《のんき》にデートなんてしている間も、彼は全力で仕事をしてくれていたようだ。一ヶ月前にラスティアラを任せてフーズヤーズに置いてきたことも含めて、僕は感謝する。

「ありがとう、ライナー。いや、違うか。ご苦労、騎士ライナー。僕が留守の間、ライナーがラスティアラを守ってくれたおかげで、いま僕たちは揃《そろ》って船に乗っている」

ちょっと騎士の主《あるじ》っぽく、格好つけて労《ねぎら》ってみる。そんな真似《まね》をする僕が珍しいのだろう。ライナーは目を見開き、驚き、すぐに顔を横に背けて、ぼそりと答える。

「……まあ、光栄の至りとでも言っとく」

なかなか素直じゃない少年騎士である。

とはいえ、僕の言葉が足りないという理由もあるだろう。

もっともっと感謝の念を伝えたいところだが、この異世界の騎士との付き合い方を僕はよく知らない。ライナーは物やお金を喜ぶタイプじゃないだろうし、形式ばった褒賞の与え方も僕はわからない。

少し迷ったところで、隣でラグネちゃんの小さな身体を持ち上げて、くるくる回っているラスティアラを見て、一歩ライナーに近づく。これからされることを彼は予測したのか、剣の柄《つか》に手をやって構えを取る。

「待て！　あれはあの二人だからできるだけだ！　そういうのは止めてくれ！　本気で止めろ！　この船に誰が乗っているのか考えろ！　あと、ここだと逃げ場がない!!」

どうやら、ラスティアラの騎士との付き合い方は、余りいい見本じゃないらしい。

ライナーの切羽詰まった拒否を見て、僕は心底残念がりながら諦める。

そして、感謝や褒賞ではなく、次の話に移っていく。

それは隣で胴上げされかけているラグネちゃんについてだ。

「ところで、なんでラグネちゃんが一緒に？」

「あー。いまいないセラさんの代わりみたいなもんだと思ってくれていい。体調不良により休養中のラスティアラに、護衛が一人もなしだと体面が悪いんだろ。だから、一応大聖堂で一番強い騎士を派遣するってことになった。見張りと報告役も兼ねてる」

それでライナーと一緒に船までやってきたようだ。

知らない仲ではないので、会ったこともない騎士を付けられるよりはマシだろう。

と思っていると、ライナーは身も蓋もない話をする。

「というのは建前で、本当はフェーデルトに嫌われてて、大聖堂に居場所がないだけって話らしいけどな。ラグネさん」

「ライナー、私の世知辛い大聖堂事情を暴露するのはよすっすよ……。『天上の七騎士《セレスティアル・ナイツ》』の総長となれど、結局物を言うのは家柄と人脈っすねー」

気づけば、すぐ隣でラグネちゃんが遠い目をしていた。

完全な縦社会であるフーズヤーズの大聖堂。後ろ盾がないと色々きついのだろう。それと『天上の七騎士《セレスティアル・ナイツ》』の名声が、一年前の事件で少し下がったとも聞いた。

一年前の事件を起こした首謀者としては笑えない。

「えー、『アイカワカナミ・ジークフリート・ヴィジター・ヴァルトフーズヤーズ・フォン・ウォーカー』様。少しの間、セラ先輩の代わりをさせてもらいたいっす。どうか、傍《そば》に控えるご許可をぉー。どうかー」

「もちろん。歓迎するよ、ラグネちゃん」

もし断ると、とても可哀想《かわいそう》なことになる気がするので、笑顔で迎え入れる。

「うぅ……。かつてないほど優しそうな上司に、少しだけ涙が零《こぼ》れそうっす。よろしく頼みますー。ついでに、これからの人生の後ろ盾もお願いしますー。この仕事が終わったあとも、私の苦難は続くんっすよー」

「後ろ盾はわかんないけど、僕はラグネちゃんを応援してるよ？」

「流石《さすが》、カナミのお兄さん！　相変わらずで助かります！」

肯定すると、先ほどまでの陰鬱な表情から一転して喜ぶ。彼女の「相変わらず」に僕が眉を顰《ひそ》めていると、横からラスティアラがラグネちゃんを奪う。

「よっし、決まり！　それじゃあ、ラグネちゃんは私の部屋と同室ね！　護衛だし、慣れるまでは一緒ってことでー」

「お嬢と同じ部屋っすか？　構わないっすよ。いやあ、大聖堂時代を思い出すっすねー」

「うんうん。……同じ部屋じゃないと、危険だからね」

ラスティアラが船内にラグネちゃんを連れ込もうとするとき、ぼそりと本音を呟《つぶや》いた。

いま隣のライナーが最も危惧している「もしものとき」の危険性だ。

「危険？　何か、危険なものでも乗せてるんすか？　この船」

「いまから、それを教えてあげるよ。というわけで、カナミー。眠る前に、いまからディアとスノウのところに、デートの自慢してくるからー」

危険を誤解なく教えるために、うちの爆弾の前で火種をチラつかせるつもりらしい。

「ほ、報告するのか？　いまのデートを……」

「私たちの間に隠し事はなし！って方向でいこうって思ってるからね。あと、これでみんなも色々としやすくなるだろうし」

これだけは絶対に譲れないと、にやりとラスティアラは笑う。

その様子から報告するまでが彼女のデートの予定であるとわかった。

「それが本命か」

「ううん。全部が全部、大本命」

強気にラスティアラは訂正する。これで彼女の計画通り、明日からスノウやディアは大変動きやすく、我儘《わがまま》を言いやすくなるだろう。

また一歩、例のラスティアラの望む完璧に近づいていく。

計算高いやつだ。勘違いされやすいが、ラスティアラは考えなしの猪突猛進《ちょとつもうしん》ではない。

むしろ、逆だ。身体を動かすよりも先に、頭を動かす知性がある。

実のところは、運動よりも本が好きなインドア派。もしも、この世界に僕の世界のゲームがあれば、きっと迷宮で探索なんて回りくどいことをせずに、室内で延々と遊んでいることだろう。つまり、僕と同じで小難しいことを考える性格《タイプ》なのだ。基本的に隠し事を嫌っている僕は、その彼女の方針を止められず、去っていく二人を見送る。

「それじゃあ、行こっか。この船の紹介もついでにしてあげるよー」

「うぃっす。その間、微力ながら護衛させてもらうっすー」

主従一組が船の中に消えていき、甲板には主従一組が残される。

隣の騎士ライナーは少し呆れ気味だった。

「ジーク、さっきまでデートしてたのか？」

「うん……。迷宮で」

「それは、まあ、いいことだな。あんたたち二人が仲がいいのは大変いいことだ。……ただ、ちょっと僕は急用を思い出したから、フーズヤーズのフェーデルトのところまで行ってフォローしてくる。目的地に着いたら呼んでくれ」

「――魔法《ディフォルト》」

甲板に設置してあるフーズヤーズと繋《つな》がっている《コネクション》に向かおうとするライナーを、次元魔法で空間を歪《ゆが》ませて、引き戻す。

逃がすものか。

ラスティアラが「デートの自慢してくる」と言ったのが不安でしょうがないようだが、はっきり言って僕のほうが不安でしょうがない。騎士として僕を守れ、ライナー。

「くっ、逃げられないか……！　くそが！　二度目だけど、これ怖過ぎだろ！」

「到着するまでフーズヤーズと繋がってる《コネクション》は不要だから消しておこう」

「あ、あぁっ！　ほんとに消しやがった！　この野郎っ!!」

口汚く罵られようと、容赦なく魔法の扉を霧散させる。フーズヤーズ側に残してきた《コネクション》が消えない限り、こちらの扉はいくらでも作り直し可能なのだ。つまり、ライナーは僕の許可なしに、国外へ逃亡するのは不可能ということである。

僕は適当な理由を付けて、ライナーの逃亡を咎《とが》める。

「……ライナー。ラグネちゃんを残して、一人だけ逃げるのは感心しないな。連れてきた以上、ちゃんと守るように」

これから何が起きるにしても、その中心にラグネちゃんは巻き込まれる。

その護衛は最も冷静だろうライナーに頼みたいと思っている。

しかし、その依頼は、首を振って拒否されてしまう。

「いや、ラグネさんは強いからそこまで心配しなくていい。間違いなく、こんなところで死ぬような人じゃない」

「え？　いや、そう言っても、さっき見たステータスだと、そこまでは……」

【ステータス】
名前：ラグネ・カイクヲラ　HP173/173　MP39/39　クラス：騎士
レベル18
筋力3.88　体力4.21　技量12.01　速さ5.67　賢さ7.82　魔力1.72　素質1.12
先天スキル：魔力操作2.19
後天スキル：剣術0.59　神聖魔法1.12

このくらいだった。一年かけて、ほどほどに成長したとしか見えない。

正直、この船で生き延びるには不安が残る。

「ジーク。そこまで高くないステータスだろうが、ラグネさんは強い」

だが、そんなステータスなんてものは頼りにならないと、首を振り続ける。

「言葉にできない『意思の強さ』があると思ってくれていい」

それはつまり、『数値に現れない数値』が高いと言いたいのだろうか。

ラスティアラも言っていたことだが、彼女は他人にはない尖《とが》った才能があるようだ。

「確かに、意表を突くのは上手《うま》いかも？　あと世渡りとかも」

「気をつけてくれ。ああいう人こそが、この世界の本来の強者に当たるんだ」

「……わかった」

どれだけラグネちゃんを置いて逃げたいんだ……と思ったが、いまライナーが心配しているのは僕だとわかり、神妙に頷《うなず》く。まるでラグネちゃんのほうが、僕やラスティアラたちよりも強いかのような口ぶりだった。

「わかってくれたならいい。……僕も、あのラグネさんを置いていきはしない。いまさっきのは冗談だ」

ライナーは諦めた様子で、また甲板のメインマストに近づく。そして、その近くのテーブルの上にある海図と方位磁針（のような魔法道具）に目を向ける。

「そうだな。目的地に着くまで、船の雑事でもやってるか。風の騎士の僕なら、船でできることは多いと思う」

風魔法で船の帆に風を当て始める。航海の経験があるのか、澱《よど》みのない動きだった。

そして、その魔法は『風の理《ことわり》を盗むもの』ティティーを思い出させる。彼女の弟子に相応《ふさわ》しい繊細な風の操作で、ライナーは船の速度を上げていく。

彼に任せておけば、寝ている間の航海も問題はないだろう。

僕は安心して自室に戻ろうとして、その前に一つ提案をする。

「あ、ライナー。ライナーもラグネちゃんみたいに、僕と一緒の部屋にする？」

「あんた、本気で言ってんのか？」

海図を眺めていた目を細めながら、こっちを見る。ライナーは呆《あき》れながら拒否する。

「交際を始めたばかりのやつの部屋に泊まれるか。こっちはこっちで勝手に一つ部屋を借りる」

ちっ、惜しい。盾にし損ねた。

僕は表情を変えずに心の中で舌打ちをする。

流石に、この時期に不自然過ぎる提案だったかもしれない。同室は諦めて、僕は別の方法で傍にいてもらう時間を増やさせようと画策する。ライナー相手なのでスキル『詐術』などといった反則も総動員だ。だが、その考えを先に読まれて、釘《くぎ》を刺されてしまう。

「先に言っとくが、迷宮にも潜らないからな」

迷宮探索にも同行しないと言って、ライナーはメインマストの掛け梯子《ばしご》に近づいていく。もう完全に逃げる態勢だ。

「あんたならわかるだろ。いま、凄《すご》い魔力が甲板に向かって移動してる」

「……やっぱり来てる？」

ライナーの鋭敏な感覚が、船内の強大過ぎる存在を感知したらしい。

それは《ディメンション》がなくとも容易に察知できる。

できるだけ考えないようにしていたが、現実は厳しい。このまま自室に帰ることは許さないと主張する見知った魔力が近づいてきている。間違いなく、ラスティアラに煽《あお》りに煽られたスノウとディアの二人だ。

「あんなのと一緒に迷宮探索とか、自殺志願もいいとこだ。もし誘うなら、あれ抜きにしてくれ。二人きりなら、まあ構わない」

うちの女性陣がライナーは本当に苦手なようだ。

最近思ったのだが、ノスフィーやティティーのせいで軽く女性恐怖症になっているのかもしれない。そして、うちの仲間たちは、あの問題児たちと同列に扱われているらしい。否定できない。ライナーの気持ちもよくわかるので、今回は引くことにする。

「わかった。僕だけのときにでも、誘うよ」

「そうしてくれ。それじゃあ、マストの上の物見に避難してるから……、死ぬなよ」

「いや、そうそう死なないよ。最近、みんな仲がいいんだから」

「あんたの言う仲がいいほど信じられないものはないな。とにかく、あいつらが全身凶器の上、国一つを簡単に焼き払える燃料の塊という認識を忘れるな。あんたは無意識に火を点《つ》けるタイプだから、人一倍慎重に話すようにしてくれ。重ねて言うが死ぬなよ」

「は、はい……」

駄目な我が子を心配するかのように、ライナーは小言を重ねた。

ライナーの僕に対する信頼が薄過ぎて悲しくなってきた。理由は間違いなく、昨日のティアラの大暴露のせいだろう。こと人間関係において、僕の信頼は地の底を越えてマントルあたりだ。

航海道具を抱えてマストの上に消えていくライナーを見送って、僕は自室に戻るのを断念して、近くの椅子に座った。快晴の空を見上げて、照らす日光に目を細め、海の漣《さざなみ》の音に耳を澄ませ、心穏やかに色々と観念して、甲板に上がってくる仲間たちを待つ。

今日、僕が眠りにつけるのは、もう少しあとになりそうだ。

◆◆◆◆◆

「ラスティアラとは手を繋いで探索したって聞いた」

ちょっと拗《す》ねたディアの声。そして、帰ってきた迷宮。

ラスティアラとの探索から一時間も経《た》たない内に、先ほど設置した四十層の《コネクション》を通って戻ってきた。もう完全に完徹である。

いま僕は、ディア・スノウの二人と一緒に迷宮の回廊を歩いている状況だ。

四十一層は植物に満ちていて、もし《ディメンション》がなければ草花に擬態したモンスターたちに難儀することだろう。その四十一層を進む中、僕の隣を歩くディアが頬を少し膨らませているのを見て、返答に困る。

「えっと、ディアも……したいの？」

「したいかどうかで言えば……」

ディアは口をもごもごと動かして、顔を赤くする。

僕は戦闘時と同じ緊張感を持って、瞬時に熟考する。そして、ディアに同調して「そうだそうだ」と騒ぐスノウは放置して、慎重に返答していく。

「ごめん、ディア。僕がそういうことをするのは、ラスティアラとだけって思ってるんだ。だから、今日は普通に迷宮探索しよう」

はっきりと断っておく。曖昧にしておくよりも、いまここで断言しておくのが重要だと僕は思う。これからの将来を考えれば、これが最善。最も傷つかなくてすむ返答であると確信しているのだが――

「あ、ああ。そうだよな。……当たり前だ。ははっ」

この世の終わりのような顔になったディアを見て、その確信は揺らぐ。

僅かに涙が滲《にじ》ませて、空笑いしている。いつも明るく真っ直《す》ぐなディアが、僕の返答のせいで泣きそうになっている。罪悪感で、身体《からだ》を啄《つい》ばまれているかのようにきつい。

確信が揺らいだ理由は、それだけではない。すぐ隣で騒いでいたスノウが表情を変えて、俊敏な動きでディアから遠ざかった。ディアから漏れ出る魔力が一瞬にして澱み、いまにも手当たり次第に襲い掛かりそうな殺意を得たからだ。

僕とスノウの顔が蒼褪《あおざ》める。

もしディアが暴走すれば近くにいる僕たちの命が危ないと、少し前の戦いの経験で知っていた。迷宮内なので逃げ場はなく、そのふざけた爆発力が外に逃げることもなく、理想的な最大火力が実現する。ぶっちゃけると、防御すら許されずに僕とスノウは死ぬ。

「ま、まあっ、でも！　途中までなら、ちょっとくらいはいいかな!?」

一瞬にして折れてしまう僕だった。自分の心の弱さが情けなくて堪《たま》らなくなる。

しかし、現在ディアの魔力はステータスで177.22。ざっと僕の三倍である。

いまや国一つに魔力を浸透させられる僕の三倍だ。

簡単に言うと、生物としての生存本能が最大発揮される差だ。

「え、え……？　カナミ、本当か？」

ディアは俯《うつむ》けかけていた顔をあげて、ぱぁっと明るくする。

その身の禍々《まがまが》しい魔力も、パッと霧散させた。僕が裏で何を考えていたかなんて一切疑わず、ディアは純粋に僕の言葉を喜んでくれているようだ。その全てを許したくなる無垢《むく》な笑顔を前に、もう前言撤回はできそうになかった。

「うん。ちょっとだけならね……」

「そ、そっか！　なら、遠慮なく……」

魔力が安定したことで、ただの可愛《かわい》い女の子となったディアが僕の右隣までやってきて手を握った。《ディメンション》が隣を歩くディアの様子を逐一伝えてくれる。

ディアは恥ずかしさでまともに顔を前に向けられず、その前髪で双眸《そうぼう》を隠していた。頬は赤く染まり、挙動不審。いつも思うが、ディアは小動物のように可愛らしい。

「じゃあ、反対側は私!!」

で、なぜか僕の左隣にやってきて、手を握ってくるスノウである。

ここぞというところで他人のお零《こぼ》れを拾うのが得意なやつだ。

彼女に関しては《ディメンション》で様子を見る気さえ起きない。

仲良く三人で並んでのお散歩状態に、僕は冷や汗を垂らす。

「こ、これは流石《さすが》に……！」

この体勢だと僕の両手が塞がっている。ラスティアラのとき以上に、迷宮でやっていい陣形ではない。何よりも、さらなる罪悪感が僕を苛《さいな》む。

先ほどまでラスティアラと一緒に手を繋《つな》いでデートしておきながら、その数十分後には別の女の子と手を繋いで歩いているのだ。余りに不誠実過ぎる。余りに卑し過ぎる。膨らみ切った罪悪感は、もはや身体を鋸《のこぎり》で挽《ひ》き斬るかのようなレベルに至っていた。

死の予感やら緊張やら自己嫌悪やら、様々なものが絡み合い、今日も順調に胃壁が荒れていく。ただ、その僕とは対照的に、両隣の二人は嬉《うれ》しそうに歩いて、お喋《しゃべ》りする。

「……ちょっとラウラヴィアでの劇場船を思い出すな。あのときも、こうやってカナミと一緒に歩いてた」

「ああ、あれねー。『舞闘大会』のときのやつねー。あれは羨ましかったな。手を繋いで劇場船を回ってたね。完全にデートだった」

「ん……？　あのとき、おまえは敵だったろ。なんで詳しいんだ？」

「近くでこっそり見てた……ような？」

「ああ、例の盗聴か。そういや、そう言ってたな」

「え、えへへ。すみません……」

一人だけ状況に納得のいっていない僕を置いて、とても和気藹々《わきあいあい》としている。

僕と違って、この手繋ぎ状態に何の罪悪感も抱いていないようだ。

間違いなく、ラスティアラの仕業だろう。

事前にラスティアラは仲間たちに対して、僕の傍《そば》にいていいと言った。その上、先ほど船内で二人にデートの話をして、上手く煽った。その策略の結果が、これだ。

それを理性で冷静に理解して、僕は落ち着きを取り戻していく。

正直なところ、問題は僕の気持ちだけだろう。

ラスティアラもディアもスノウも納得していて、僕だけが納得していない。『たった一人の運命の人』と結ばれるべきという恋愛観を持つ僕だけが浮いている。

「二人とも、途中までだからね……」

僕が搾り出すように釘を刺すと、二人は「わかった」と素直に頷《うなず》いてくれた。

その返事から、無理を押し通し続けるつもりはないとはわかる。

僕が本気で嫌がれば、すぐにでも離れてくれるのもわかる。

だが、僕が本気で嫌がれるわけがない。実際、二人とも少し暴走する癖はあれど、根は優しい女の子だ。道を歩けば誰もが振り向く可愛い女の子でもある。この両手に花の状態が、全て不満かと言えば嘘《うそ》になる。ほんのりと僕も頬が紅潮している。とても恵まれているのだと自覚している。嬉しくないはずがない。

――ただ、そのどこか嬉しいと思っている自分が許せない。

自分の相反する感情を、僕は戦闘時の思考速度で分析し終えた。

三人で手を繋いで迷宮を歩きながら、これは個人の性格の問題だと答えを出す。

――『相川渦波《あいかわかなみ》』は、そういう人間なのだ。

生まれつき、そういう風にできているのだから仕方ない。

どちらの感情も無視できないのだから、ちゃんと嬉しく思って、けれど絶対に自分を許しもしないのが一番だろう。

割り切れなくとも、なんとか折り合いをつけた僕は、三人手繋ぎという奇妙な格好で迷宮を進んでいく。ただ、その手繋ぎ探索は数分ほどで中断される。

「ディア、スノウ。前方に敵がいる。これは避け切れない」

鬱蒼《うっそう》とした茂みばかりの四十一層を進む途中、どの道を選んでも敵と遭遇する状況になった。もしリーパーがいれば、闇魔法で撒《ま》くことはできるだろう。相方がライナーやティティーならば速さに任せて突破も可能だ。だが、ディアとスノウという足の遅い二人と組んでいる場合は、慎重に倒していくしかない。

モンスターとぶつかり合うことを決めたところで、両隣の二人は手を離す。

どこかの男女と違って、戦闘中も手を繋いだままなんてことはしないようだ。

「よし、やっとだな」

「私も戦うよー」

二人とも戦闘態勢に入ったのを見て、僕は遠くの敵を確認する。

以前、ライナーとティティーの二人と共に地上を目指したときはスルーしたモンスターだ。体長五メートルほどの大型で、形状は植物の球根に一番近い。巨大な球根の下部で太い根っこが四つ蠢《うごめ》き、土の外での移動を可能にしている。《ディメンション》でよく見たところ、上部にある芽のような部分が開いて口となり、獲物を捕食する可能性が高い。根っこに搦《から》め捕《と》られるのだけは避けたほうがよさそうだ。

　その敵の情報を全員で共有したあと、どう戦おうかと僕が考えていると、驚くことにスノウが陣形を提案してくる。

「縦一列で行こうか。先頭は私だね。後方にディアで、それを守るようにカナミが遊撃でいい？」

「あ、あぁ。確かに、それが一番だ」

　動揺しながらも頷く。それが一番理想的な陣形だと、僕も思っていたところだった。

　何よりも、先頭にスノウ自身が志願したことに驚きが隠せない。

　僕の知っているスノウならば、最も疲れる先頭は絶対に避ける。

　驚く僕を置いて、さらにスノウは作戦まで考えていく。

「基本的に、竜人《ドラゴニュート》の私が初見の攻撃は全部受け止めるから、ディアとカナミはよく見ててね。あとは隙を突いて、攻撃を叩《たた》き込もうか」

「スノウ、危なくなったら俺が絶対助けるからな」

「うん、お願い。頼りにしてるから、ディア」

　後衛のディアとの信頼関係も、ばっちりだ。

　そのリーダーっぷりを見て、僕は口を出さずに見守ることを決める。

　こうして、僕たちはスノウを先頭に敵のいる場所に正面から突撃する。

【モンスター】グランドティーバ：ランク41

僕たちが敵を目視できたところで、向こうも迎撃態勢に入った。

奇襲なしの真っ向勝負だ。すぐさま植物モンスターのグランドティーバは四つある太い根の内の一つを、鞭《むち》のように振るった。

「やらせない！」

その一撃を先頭を走るスノウが受け止める。

大砲のような轟音《ごうおん》と共に、回廊が大きく揺れた。大型車同士が衝突事故を起こしたかのような衝撃だ。しかし、その大質量の鞭に叩かれたスノウは、一歩たりとも後退しなかった。しっかりと地に足をつけて、両腕で防ぎ切っている。

もし僕やディアが受ければ、回廊の壁まで吹き飛ばされていることだろう。

その重い一撃を受けても、スノウは全くHPを減らしていない。『表示』を見て安心したところで、グランドティーバは連続して太い根を振るってくる。今度は後方にいる僕とディアを狙っての攻撃だ。しかし、その二撃目もスノウが間に飛び込んで受け止める。

スノウは必ず、敵モンスターと後衛の対角線上に立っている。

その立ち位置を保っている以上、敵の攻撃が僕たちに届くことはない。

根による攻撃が意味をなさないとグランドティーバは気づいたのか、すぐに攻撃の方法を変える。上部の芽の部分から、粉のようなものを噴出させた。

「種子がやばいかも！　早めに払って、ディア!!」

敵の行動に対して、すぐさまスノウが指示を出した。

信頼に足る命令を受けて、ディアは即答する。

「ああ！――《フレイム》!!」

基礎魔法の炎を広範囲に放ち、その勢いと熱で全ての種子を焼き飛ばす。

見事な力加減の火炎魔法だ。そして、それを迅速に指示したスノウの指揮能力も素晴らしい。もう僕がパーティーの全てを《ディメンション》で把握し続ける必要はないと確信できる対応力だった。

そして、それは僕という個人が完全に自由になったということでもある。

まさしく遊撃として好きにできるときが、とうとうやってきた。

スノウが先頭で敵を引きつけている。特殊な攻撃はディアが上手《うま》く対応してくれる。

敵はスノウとディアに集中している。ならば、僕がやることは一つ。

「――魔法《ディフォルト》」

二人のおかげで、やっと攻撃だけを考えられる。

距離を歪《ゆが》ませる次元魔法で、瞬時に僕は敵の背後を取る。

正面に集中していたグランドティーバは僕の移動に気づかない。そして、僕は『魔力氷結化』で伸ばした刃を使って、防御を考えずに剣を振るう。

「はっ！」

無防備なグランドティーバをバラバラにするのは容易だった。

おそらく、敵からすれば何が起こったか理解できなかっただろう。目の前の敵たちに集中していたら、いつの間にか身体《からだ》が斬られていたとしかわからないはずだ。

一呼吸で十分割されたグランドティーバは光の粒子となって消失していく。

残った魔石を拾いながら、僕は感想を述べる。

「ナイス、スノウ。先頭で指揮してくれたおかげで、すごい動きやすかった」

スノウを手放しに褒める。もしかしたら、彼女と出会ってから初のことかもしれない。

戦闘を終えたスノウは少し照れながら、先の戦闘を見直していく。

「よかった。パーティー戦だと、カナミは補助に徹して、最後だけアサシンっぽく動くのがいいって前から思ってたんだよね。司令塔よりも、逐一変わる状況を分析して、独断で自由に動く遊撃のほうが合ってる。たぶん、性格的にもね」

その通りだ。スノウと全く同じ分析を、僕もしている。

これまで僕が司令塔をやっていたのは、他に適性のある者がいなかったからだ。

「ね、ねえ……。どうかな？」

スノウは不安げに自分の考察の評価を聞いてくる。

僕からの評価は満点に近い。何も不安に思うことはないと笑いかける。

「見直した。やっぱり、スノウはリーダーに向いてるよ」

元から才能はあったと思う。幼少の頃は、みんなをぐいぐいと引っ張るガキ大将みたいな性格をしていたと聞いていたが、予想以上のリーダーっぷりだ。

ただ、よくよく考えれば当たり前のことかもしれない。

この一年、スノウは『南連盟』の総司令の代理をやっていた。そして、多くの部下から尊敬され、頼りにされ、前任者よりも有能だと噂《うわさ》されていた。

スノウはみんなを背負って戦える器があるのだろう。日常生活だと怠け癖は抜け切っていないように見えたが、こういった真剣な場だと彼女の新たな力が際立つ。

「僕がいない間、本当に頑張ったんだな。見違えるくらい成長してるよ」

「えへへ……」

褒め続けていく内に、段々とスノウの顔は緩んでいく。

服の裾から覗《のぞ》く竜の尻尾をぶんぶんと振って喜んでいるのを見て、ちょっと大型犬っぽいなと失礼なことを考えていると、近くのディアが焦った様子で声をあげた。

「カ、カナミ！　俺も強くなったんだぞ！　次は俺一人に任せてくれ！」

スノウがべた褒めされているのを見て、自分もいいところを見せようとディアは勇み始める。このパターンは碌《ろく》なことにならないと不安に思いながら、僕は聞く。

「この層なら、まだ構わないけど……。本当に一人で大丈夫？」

「ああ、大丈夫だ！　ただ、次の階段がある方角だけ教えてくれ！」

「方角を？　それなら……、あっちだね」

何をするつもりなのかと思いながら、要望通りに《ディメンション》で把握した次の階段の場所をディアに説明する。

その方角にディアは顔を向けて、すぐにその場で魔法の構築を始める。

もし暴走し始めていたらスノウと二人で止めるつもりだったが、流石《さすが》に一人でモンスターに突貫するような真似《まね》はしない。代わりに、暴走としか思えないほどの魔力で回廊を満たしていく。

先ほどの戦闘で使った魔法とは比較にならない量の魔力だ。見事な魔力コントロールがなされているのは《ディメンション》で把握できている。だが、いつでも動けるように、準備はしておく。

そして、ディアの太陽光に似た魔力が変換されて、とても懐かしい魔法が発動する。

「――神聖魔法《シオン》」

かつて『闇の理《ことわり》を盗むもの』ティーダを追い詰めた光の泡の魔法だ。

確か、効果は「魔力の阻害」だったはずだ。

魔法《シオン》の名前が告げられたと同時にディアの魔力が凝縮され、ディアの身体を包む球体となった。生成された泡は一つだけ。だが、密度が異常過ぎる。間違いなく、『理を盗むもの』レベルの濃さはある。

その過剰としか言い様がない魔法の使用用途がわからず、僕はディアに聞く。

「……ディア。それをどうするつもりなんだ?」

「ここから向こうの端までの道を、これで全部、綺麗《きれい》にする」

部屋の掃除でもするような軽さで、あっさりと答えられる。

続いて、ディアが手を横に振った。

ディアを包んでいた光の泡が膨張する。回廊の中では球体を保てないほど膨らんだところで、魔法《シオン》は先ほど聞いた階段のある方角に向かって拡《ひろ》がり出す。

ここで僕はディアのやっていることに気づく。魔法の効果が以前と違っているため、少し気づくのが遅れた。これは一種の狙撃だ。

ディアは自分で作戦を考えて実行しているわけではない。初めて迷宮探索をしたときにやった《フレイムアロー》の光線《レーザー》による狙撃を、いまの自分の力に相応《ふさわ》しい《シオン》で繰り返しているだけだ。

以前と違い、いまディアが狙っているのはモンスターではなく、道《エリア》そのもの。攻撃の規模を光線《レーザー》から光の洪水に引き上げて、次の階段までの道を洗い流そうとしている。その魔法《シオン》の成果を、《ディメンション》が僕に教えてくれる。

ディアの言う通り、まさしく掃除としか言えない光景だった。

どこまでも体積を増す光が回廊を疾走し、道にある全ての魔力に関わるものを阻害していく。まず迷宮にしか存在しないであろう魔力のこもった草花が一瞬にして枯れた。地上に生息する一般的な植物だけが生き残る。これだけで、罠《わな》や毒の心配はなくなった。

さらに回廊のモンスターたちにも、異常が現れる。植物に擬態していた小型のモンスターは光に呑《の》み込まれた瞬間に蠢き出し、数秒後に光となって消えた。

中型以上のモンスターたちは消失はせずとも、光の中で悶《もだ》え苦しんでいる。知能の高そうなモンスターは、光から逃れようと駆け出していた。

光の洪水に呑み込まれて、階段までの道にいた半数のモンスターが消えた。

残りも放っておけば無力化されるだろう。

恐ろしい範囲魔法だと思うと同時に、少し暢気《のんき》なことも頭によぎる。

こんな方法で攻略される迷宮が少し可哀想《かわいそう》だと思ってしまった。

きっと、この四十一層の構成には何日も費やしたはずだ。やっと四十層を越えた者のために、難し過ぎず簡単過ぎない難易度を設定したに違いない。クリアし甲斐《がい》のあるダンジョンにしようと、せっせと作っている千年前の僕を想像するだけで悲しいものがある。

そんな製作者の思いなど知りようもない探索者ディアは、範囲魔法で洗い流された四十一層を見てガッツポーズを取る。

「手応えありだ！　カナミ、見てくれたか!?　ほとんどやっつけたぞ！　マリアのやつにも負けないくらい、魔力コントロール上手くなってるだろ!!」

ふふんと鼻を鳴らして、魔法の成果をディアは自慢する。

「う、うん。《ディメンション》で見たところ、階段までのモンスターがほとんど消えてるね。危なそうな植物もなくなってるから、本当に綺麗さっぱりだ。凄《すご》過ぎて、色々と驚いてる……」

「俺はカナミの相方だからな！　このくらいは当然だ！」

　褒められたディアは誇らしげに笑った。スノウと違って彼女に尻尾はないけれど、ぶんぶんと振られている犬の尻尾が見えたような気がした。こっちは小犬だ。

「むむぅ……」

　ディアが褒められているのを見て、後ろで見守っていたスノウが唸《うな》る。

　この一年で成長したと思ったら、仲間の一人が規格外の領域に足を踏み入れていたのだ。色々と思うところがあるだろう。

「う、うぅう……。やっぱり、もう私が一番弱いのかなあ……？」

　強さに自信があったスノウは、ディアの理不尽な強さに拗《す》ねかけている。ディアは自分のせいで仲間が気落ちしているのを見て、すぐさまフォローを入れようとする。

「いや、でもスノウが本気になれば一番強いだろ？　俺がシスに乗っ取られているときに一回、例の『竜化』で戦って――」

「んー、あれは駄目。ノーカウント。捨て身だから、余り使いたくないんだ。『竜化』は私の強さって感じがしないし……。ティティーお姉ちゃんにも止められてるし」

「そっか。まあ心配するな、スノウ。焦らず、ゆっくり力をつけていこうぜ。俺がいる限り、おまえが捨て身にならないといけないときは絶対来ない。いくらでも時間はある」

「お、おぉおお……。ディア様ぁあぁ、かっこいいなぁ……」

　真正面から守ってやると宣言したディアに、スノウは感動して震えていた。

最近わかったが、二人も地味に相性がいい。ディアはそこらの男よりも凜々《りり》しい発言をするときがあるので、スノウのツボを押さえることが多いのだ。

仲間たちの仲のよさを確認したところで、僕たちは進行を再開する。神聖魔法で浄化された道を通って歩く途中、勢いに乗っているディアが提案をしてくる。

「なんだか今日は、調子がいい気がするぞ！　次も俺に任せてくれ、二人とも！　このまま特訓した『剣術』のほうもやってみる！」

「え、『剣術』？　スノウ、どうなの……？」

魔法を使うのならば安心して任せられるが、『剣術』となると話は別だ。

聞けば、ヴィアイシアでスノウと一緒に剣の特訓をしていたらしいが、ちゃんと成果はあがっているのだろうか。

「『剣術』かぁ……。前も言ったけど、新兵程度の腕の私相手に一回も勝ててないレベル。ちょっとお勧めできないかな」

仲間の安否を心配して、はっきりとスノウは首を振った。

だが、ディアは心外といった様子で食らいつく。

「あ、あれは！　決闘形式の綺麗な一対一だったから負けただけで……！　迷宮用の『剣術』が、ちゃんと他にあるんだ！」

決闘と迷宮では勝手が違うと主張したいらしい。確かに、人間相手とモンスター相手では技の選択が変わってくるだろう。知性の有無で駆け引きだって生まれる。

人間には勝てなくても、モンスターには勝てるといった剣士がいても不思議ではない。だが、運動神経が絶望的なディアが、『剣術』でモンスターを相手にできるとは思えない。僕とスノウが同じ疑いの目を向けていると、真剣な顔でディアは説明を始める。

「嘘《うそ》じゃないぞ、二人とも！　いままで俺はアレイスの爺《じい》さんから教わった型に囚《とら》われ過ぎてたのがよくなかったんだ……。あれは立派な騎士たちの決闘用技術であって、探索者の俺向きじゃない。もっと俺は俺らしくやるべきなんだ。いまからそれを二人に証明してみせる！」

話の筋道は通っていると思う。

隻腕でステータスが偏っているディアは、普通の『剣術』が合わないのは間違いない。中々説得力のある話を聞き、僕とスノウは一度だけなら見守ろうという気になる。

そして、綺麗に掃除された四十一層をクリアした僕たちは、四十二層に入っていく。

四十二層も四十一層と同じく熱帯雨林のように植物まみれとなっていて、前に進むだけでも一苦労だ。どこを見ても緑の植物ばかりで、木の根や蔦《つた》が天然のスネアトラップになっているので一秒たりとも気を抜けない。

当然、出現する敵は植物タイプ。前の層から少しサイズアップしたモンスターが、ディアの新剣術お披露目の相手となる。

一匹目のモンスターはローズダイル。百メートルほど離れた地点で捕捉した。

【モンスター】ローズダイル：ランク42

一目見た感想は、薔薇《ばら》と人の中間。歩く肉食植物だ。ただ、人間味の強い樹人《ドリアード》と違って、植物の割合が大きい。四肢の代わりに、太い茎と刃のような葉。頭部と胸部の代わりに、赤い花が咲き誇る。雄しべと雌しべがあるはずの中央部分には動物に似た大きな口があり、ずらりと鋭い歯が並んでいる。

そのローズダイルに対して、ディアは意気揚々と剣で相手取ろうとする。

「二人とも、よく見ててくれ。これが俺の編み出した新しい『剣術』だ。一撃で決める」

正直、このエリアは『剣術』に向いていない。

障害物が多く、足場も悪い。果たして、どのような『剣術』を見せてくれるのかと少し期待して見守っていると、ディアは前に進むことなく、この百メートル離れた場所で左手の剣を振り上げた。隙だらけの上段の構えである。

そして、その構えから先のない右腕を前に出して、呟《つぶや》く。

「まず、手で捕まえて――」

右腕から光り輝く魔力の腕が生成されて、その潤沢な魔力に任せて伸びていく。

ゴムのように右腕だけが伸びて、離れたモンスターに接近した。

そこからは一瞬だった。

伸びた右腕が敵に届く直前に、急に手が膨張し、まるで巨大な獣の顎《あぎと》のようにローズダイルを呑み込んだ。唐突な攻撃を受けた敵は脱出を試みようとするが、ディアの濃過ぎる魔力によって全身が握り締められているので、身動きすらできない。

つい最近僕も捕まったやつなので、ローズダイルの気持ちがよくわかる。視覚的には透明の腕だけれども、骨に罅《ひび》が入るほどの力で握られているのだ。驚きと恐怖で、冷静な判断ができなくなる。

「で、こっちに引っ張って――」

ローズダイルを捕まえたディアは伸ばした腕を縮めて、こちらに引き寄せる。

そして、引き寄せられる先に待ち構えるのは、上段に構えた剣。

その剣にはディアの魔力が通っている。

神聖魔法の強化で、おそらく切れ味や重量が何倍にも跳ね上がっているだろう。

「力に任せてっ、全力で振り下ろす!!」

引っ張られたローズダイルが到着した瞬間、ディアの剣によって敵は一刀両断される。

ステータスの力と魔力による圧倒的な暴力が、四十二層を回遊していたモンスターを襲った。当然のように即死して、光となって消えていくモンスター。その隣で、きらきらと目を輝かせたディアが僕たちに感想を聞いてくる。

「どうだ!?　俺の『剣術』!!」

とても褒めて欲しそうな顔をしている。ついでに、また見えない尻尾を振っているのも幻視する。ただ、期待しているところ悪いのだが、僕とスノウの反応は芳しくない。

二人で十分に「んー」と唸ったあと、ハモるように答える。

「『剣術』じゃあないな……」

「『剣術』じゃあないね……」

「どう見ても『剣術』だろ!? 剣を使った技だ!!」

「いや、いまのって別に剣がなくても問題ないような……」

いまディアは僕が貸した剣を使っているが、もしなかったとしても結果は何一つ変わらなかっただろう。間違いなく、剣はメインじゃなかった。

「剣は要るぞ！　俺は剣士だからな！」

しかし、いまのはディア的に『剣術』らしい。剣を掲げて自分の職業《クラス》を強調するディアを前に、僕とスノウは困るばかりだった。彼女の夢を応援したいのは山々だが、明らかな職業《クラス》詐欺に諸手《もろて》を挙げて賛同することができない。

その僕たちの様子を見て、ディアは次なる『剣術』を見せて納得させようと発奮する。

「じゃ、じゃあもう一回！　今度は突きをやる！」

もう一度らしい。仕方なく僕は、先ほどと同じように手頃なモンスターを見つける。

そのモンスターに対して、まずディアが取った行動は発光だった。威圧と目くらましを兼ねた光を先んじて放ち、剣の突きの構えを取る。ただ、ぼそりと――

「《ディヴァインアロー・スピア》……」

魔法名を呟いているのを僕は聞き逃さない。先ほどと同じようにディアの剣に魔力がこめられる。その魔力が十分に溜《た》まったところで――

「突きぃ！」

ディアの咆哮《ほうこう》が回廊に響き、魔法の剣先が伸びて、先の光で視界を奪われている敵を貫いた。いい一撃だ。即死したモンスターを見ながら、また僕とスノウの感想がハモる。

「うん。いい魔法だ」

「うん。いい魔法だね」

「『剣術』だ!!」

ディアは地団駄を踏んで、頑として自分が魔法使いであることを拒否する。

そして、またすぐに「次の技を見せてやる……！」とモンスター相手にディア流の『剣術』を披露しようとする。それを僕とスノウは生暖かい目で見守る。

最初は恐々とディアの『剣術』を見ていたが、いまやちょっとした観戦ムードである。

僕もスノウも口では面白がってディアを弄《いじ》っているが、その流麗な連続魔法の構築に実は感嘆しているのだ。何より、ディアが魔力に頼り始めたということは、『自分をよく知った』ということでもある。初期のように剣のみで無謀な特攻をすることはなく、自分の長所を活《い》かそうとしている。

そのディアの魔力という長所を押し付けられてしまえば、ほとんどのモンスターが圧殺だった。だから、僕たちは彼女に任せて安心できる。

ディアが迷宮で自分の剣士としての矜持《きょうじ》を失わず、なおかつ自分の魔力を活かして一人で探索している。スノウと同じようにディアも成長して、一歩大人に近づいているのがよくわかる光景だった。

こうして、四十二層はディア流の『剣術』が大活躍することで、無事に攻略されていく。途中、ディアの『剣術』については「じゃあ、『魔法剣術』でいこう」ということで話は纏《まと》まった。僕の『魔力氷結化』と同じ分類だ。

——その後、僕たちは五十層に向かって、次々と迷宮をクリアしていく。

一度は通ったことのある道なので、基本的に迷うことはない。以前の不眠プラス空腹という最悪のコンディションと比べると本当に楽なものだ。初見のものもいないので、特に事故が起きることもない。

僕たちは半日かけて、『風の理《ことわり》を盗むもの』ティティーの階層まで辿《たど》りつく。もちろん、以前のような草原も嵐もない。彼女が去ったとわかる空っぽの空間だった。

「よし、到着」

「へー、ここがティティーお姉ちゃんの階層かー」

「……なんもないな」

軽く三人で歩き回ったあと、移動用の《コネクション》を置く。

これで当面の目的は達成だ。それから残りの時間は何をしようかという話になり、僕たちはレベル上げをすることにした。

ここから六十層まで向かうメリットは少ない。ノスフィーが存命の間は、あそこに《コネクション》を置くことができないからだ。なので、この五十層を休憩地点にして、前後の層でモンスターを狩るのが一番だと決まった。

まだまだ元気なディアとスノウに引っ張られて、僕たちはいまやってきた階層に戻ってモンスターを探して戦っていく。

もちろん、レベル上げの際に、ボスは徹底的に避ける。以前、レベル上げの最中に軽い気持ちでボスに挑戦して痛い目に遭ったのを僕は忘れていない。三十四層のガルフラッドジェリーのやつだ。

僕が手頃な場所とモンスターを見つけて、スノウが敵の注意を引いて、ディアが魔法を打ち込む。それを繰り返し続け、効率的になってきたところで僕たちは船に戻った。

この早めの撤退も、前の経験のおかげだ。

無闇にレベルを上げればいいというものではないと、一年前に僕たちは痛感している。レベルを上げ過ぎるとモンスターに近づいて、身体《からだ》に異常が出るというのを知っている。

本格的な狩りをする前に、誰のレベルをどれくらい上げるのかを決めないといけない。

それが終わってから、黙々とレベル上げだ。

おそらく、『本土』の大聖都フーズヤーズに着くまで、迷宮ではレベル上げだけになるだろう。まだ無理に迷宮の最深部を目指すときではない。

まずは大聖都に行って、マリアとリーパーの二人と合流する。そして、世界樹に赴いて、最後の使徒であるディプラクラと会う。全ては、そこからだ。

それまではレベル上げと休息に時間を費やそうと思う。

――そして、この日、徹夜で迷宮に潜り続けた僕は、船に戻ってから、自室で倒れるように眠りにつく。

限界まで動かした身体を、ベッドで休ませる。おそらく、明日も仲間たちと迷宮でレベル上げだ。場合によっては、また徹夜になる可能性がある。

体力回復は全力で行おう。準備は万全にして、体調も完璧にしておかないといけない。

大聖都に着いたら、罠《わな》と奇襲の可能性だって――いや、可能性ではないか。

罠と奇襲は必ずある。

『光の理を盗むもの』ノスフィーが、まだ世界に残っている。だから、必ずだ。

彼女は以前に「先に地上でお待ちしております」「『北連盟』の罪は償えども、まだ『南連盟』の罪は残っています」と言った。

それを鵜呑《うの》みにはしていないけれど、確信に近い予感がある。

『南連盟』大聖都フーズヤーズで、ノスフィーは待っている。

いままでの『理を盗むもの』たちと同じように、千年前からずっと僕を待ち続けている。

きっとノスフィーは全力で準備して、僕を待ち受けていることだろう。

ならば、こっちも全力でレベル上げをして、万全のメンバーで挑戦するしかない。

来るべきノスフィーとの戦いに思いを馳《は》せて、僕は深い眠りの中に落ちていく。

ゆっくりと落ちていく。その日の夢は、とても古くて、懐かしくて――

2．生まれながらの挑戦者

『ノスフィー・フーズヤーズ』の一番古い記憶は、誕生の瞬間だ。

はっきりと覚えている。

風化した記憶ばかりなのに、その日の会話だけは思い出せる。

目にした光。耳にした音。鼻をくすぐった香り。全てが鮮明に思い浮かぶ。

――初めて目を覚ましたのは、仄暗《ほのぐら》い部屋の中。

生まれたばかりの私は、その成人として作られた身体を起こして、初めて見るけれど既に知っている部屋を見回した。瞼《まぶた》の裏と区別できないほどに、周囲は暗い。そのせいで、知識と照合させるのが少し難しかったけれど、視覚ではなく嗅覚で確信する。

独特な死臭に、多様な薬品の匂いが混ざっている。

さらに全身を包み込む濃い『魔の毒』。

間違いなく、ここはフーズヤーズ城にある塔の一つ。元王女の病室であり、現『魔の毒』研究所兼遺体安置所だ。

目が暗闇に慣れてきたところで、まず材料という名の死体の山が、部屋の隅に積まれているのを見つける。閉め切られた窓に、積まれた死体。一見すると外道な研究を思わせる光景だが、殺《あや》めて集めたものではない。

全て、世界の『魔の毒』に侵され、無念にも息絶えてしまった民たちだ。この御時世、身寄りがなく墓に入ることのできない人間は無数にいた。それを放置することなく集め、感染の恐怖に打ち克《か》った学者たちが死体を研究し、治療法を模索していたのだ。

素晴らしい話だ。感動ものだ。ただ、とても無駄な努力の話でもあった。

結局、フーズヤーズ国の学者たちは何の成果も得られなかった。同胞たちの死体をバラバラにして得られたのは、抗《あらが》えない絶望感だけ。この国の知識と技術では、おそらく千年かかっても解明には至らなかっただろう。

――ならば、どうやって『魔の毒』の充満した部屋でものんびりしていられる私が、いまここに生まれたのか。

それはフーズヤーズの外からやってきた外的要因のおかげだった。

使徒と異邦人。特に異邦人の力によって、爆発的に『魔の毒』の研究は進んだ。さらに使徒の奇跡的な力も加わって、『魔の毒』に適応できる人造の生物を生むまでに至った。

――これが私の生まれた経緯。

生まれると言っても、母の腹から出産されたわけではない。

人間の肉と『魔の毒』の結晶を捏《こ》ね合わせて、人の手から生まれた人型の何かだ。

生まれながらに、それを私は知っていた。便利なことに、血に知識を刻み付けるという技術のおかげで、私に混乱は何もなかった。本能のように私は起きて、自分を知り、世界を知り、居場所を知り、この薄暗い部屋から出ようとする。

ベッドから降りて、ぺたぺたと素足で石畳の上を歩く。古びた木製の扉を押し開き、下に続く階段を歩き、つい最近増築された部屋に入っていく。

そして、生まれて初めて感じる光――だが、眩《まぶ》しくはない。

私の両目は生まれる前から、光に慣れていた。だから、特に問題もなく、階下の部屋に入室していく。先ほどの部屋と違って、清潔な空気に満たされた空間だった。ちょっとした待合室としても使われているのか、質素なテーブルと椅子が用意されている。その部屋で私を待っていた人たちが、私の登場に驚きながらも歓迎する。

「…………っ!?　ほ、本当に動いているわ……！」

最初に声を出したのは、金髪の成人女性。使徒シス。

「動くに決まってる。そういう風にしたらしいからな」

次に声を出したのは、茶色い髪の少年。使徒レガシィ。

「よかった……。成功したのだな……」

ほっと一息ついているのは、白髪の老人。使徒ディプラクラ。

三人の使徒たちが私を出迎えてくれた。

三人とも、異様な空気を纏っている。顔つきや衣服は至って普通のものなのだが、それぞれが特別であることを本能で理解させられる。

私を作った使徒……。なら、この人たちが、私の……？

「えーと、こいつは『魔石人間《ジュエルクルス》』って呼ぶらしい。一つ目の試作だが、十分に完成品と呼

べる性能はある。世界が適応するまでの間に合わせにはうってつけ……と陽滝《ひたき》が言ってい
た。これで俺の伝言は終わり。ちゃんとおまえら聞いたか？」

年若い使徒レガシィが、他の大人の使徒たちに説明する。

小さいくせに偉そうな態度だと思ったが、彼らが見た目通りの年ではないことを私は
知っていた。私が黙ったままでいると、他の使徒たちは喜びを露《あらわ》にする。

「へえっ、これが『魔石人間《ジュエルクルス》』……！　いいわねっ、なかなかいいわ!!」

「『魔石人間《ジュエルクルス》』か。いいものができたな。一歩前に進めたのは間違いない。やっと……」

三人は私を『魔石人間《ジュエルクルス》』と呼んだ。

当時の魔法技術の全てを費やして、当時の最高の魔石を用いて、当時の魔の環境に耐え
られる理想の人型の何か――最初の『魔石人間《ジュエルクルス》』の誕生の瞬間だった。

ただ、その扱いは私の期待していたものと、ほんの少しだけ違った。

だから、ほんの少しだけ顔が暗くなったのが、自分でもわかった。

「あーっと、これの名前はどうする？」

その私の想《おも》いを察したのか、期待していたことに近いことをレガシィは提案する。

ただ、その言葉に他の使徒たちは酷《ひど》く困惑する。

「別に、名前なんてなくてもいいんじゃないの？　『魔石人間《ジュエルクルス》』って呼べば」

「む。これは『光の御旗《みはた》』と呼ぶのではないのか？」

成人女性の使徒シスも、老人姿の使徒ディプラクラも、どちらも大の大人の外見を持ち

ながら一般常識がない。感性が人から少し外れている。知識通りだった。

「いや、それは種族とか立場とかであって、名前じゃないだろ……。俺らにもある名前を、こいつにもつけようぜ？」

「ああ、確かに識別するためには必要か。主《あるじ》も、そう言っておったな。しかし、そういうのは儂《わし》は苦手だ。どちらか頼む」

「なら、私がつけましょうか！　んー、そうねー！　彼女は南の象徴で、国を救う聖女で、北に導くから——」

シスが我先にと手をあげた。そして、私の名前が、いまここに——

「『北の地を目指すもの《ノースフィールド》』！　『南連盟』の『光の御旗』となって、世界を救う聖女！　『光の理を盗むもの』ノースフィールド・フーズヤーズよ!!」

それは名前じゃなくて、役割の呼称だ。

とても名前らしくない名前をつけられてしまったが、否定を口にするだけの気力が私にはなかった。ただ、彼女の言葉を頭の中で繰り返して、確認だけする。

どうも、私は聖女で、さらに『光の理を盗むもの』らしい。

……正直、よくわからない。いや、言葉の意味はよくわかっているのだ。血の中に多くの知識が詰まっているおかげで、きっと私はそこらの学者たちよりも博識だ。

この世界、この国、この地下室、この状況の全てを理解している。

いま、世界が『魔の毒』によって追い詰められていることもわかっている。

世界が救世主を望んでいるとわかっている。

自分に求められている役目もわかっている。

なぜ、そうしなければならないのかもわかっている。

自分の力のほどもよくわかっている。全部、わかってはいる。

……が、どうも実感が薄くて仕方ない。

生まれた実感がない。世界を生きている実感がない。当然、この世界の危機にも余り興味がない。周囲の全員が他人過ぎる。話す全てがどうでもいい。興味がない。

ああ、本当にどうでもいい……。

私が生まれて初めて覚えた感情は、そんなあっさりめの絶望だった。

空虚過ぎて悲しくて、無意味過ぎて笑えてきて、無性に消えたくなって、ふと目に入ったものに引き寄せられる。

それは使徒たちではなく、後方にある窓。最上階と違って、この部屋の窓は開け放たれていた。窓に向かって、私は歩く。私を置いて騒ぐ使徒たちを置いて、たった一人で。

「空……。暗い……」

窓の縁に手を置いて、生まれて初めての声を出す。

そのまま、私は身を乗り出そうとした。いまの私には多くの知識が頭の中に入っているおかげで、いま自分がどうすべきかよくわかっていた。

ここから飛び降りれば、終わりだ。

頭から地面に突っ込めば、簡単に死ねる。

真っ当な生まれの人間は恐怖を抱くだろうが、私ならば躊躇《ちゆうちよ》なく実行できる。

生まれる前の私に戻れる。この空虚な感覚から抜け出せる。

「ええ、ノースフィールド！　暗い世界ね！　そして、その暗き闇を晴らすことがあなたの使命よ！　この世界を救うための礎となれることを喜びなさい！　あなたの命を主に捧《ささ》げられること、深く感謝するように！」

いつの間にか、私の隣にシスが立っていて、私の肩を片手で抱いていた。

私を共に死地を歩む同志として扱い、目を輝かせて真っ黒な空を指差していた。

知識通り、正義を司《つかさど》る使徒シスはちょっと頭が残念らしい。

その残念に巻き込まれて、私は完全にタイミングを逃してしまった。

続いて、ディプラクラが私に近づいてくる。

まだマシなほうの使徒が、シスの言葉をわかりやすく通訳してくれる。

「ノースフィールドよ。どうか、我ら使徒の代わりに人類を統一してくれ。この国の王族たちの代わりに、フーズヤーズを纏《まと》め上げてくれ。この世界の『魔の毒』に適応できない人々の代わりに、敵たちと戦ってくれ。普通の者にはできないことを、おぬしは代わりにできるのじゃ」

代わり。

それが『光の理《ことわり》を盗むもの』の真価であることを、私は知っていた。

そのために、私が造られたことも知っていた。

「……ノースフィールド。やってくれるか？」

「もちろん、やるに決まってるわよね!?　誉れよ、誉れ！」

ディプラクラとシスは私に向かって、期待の眼差《まなざ》しを向けてくれた。

空っぽだった感覚が少しだけ刺激された気がして、私は小さめに頷《うなず》く。

「はい。やってみます」

他にやることなんてなかったので、特に考えることなく請け合った。

そして、ぱっと窓の縁から手を離す。

その答えに二人の使徒は大いに喜んでくれる。

「んっ、当然ね。ふふっ、嬉《うれ》しいわあ。また仲間が増えた。残酷な世界だけれども、やっぱり希望は確かに残ってるのね。ふふふっ」

「確かに、嬉しいものじゃな。こうして、一歩ずつ前に進むというのは」

騒ぐ二人の後ろで、レガシィが溜《た》め息《いき》をついていた。

もう自分には関係ないといった様子で背中を向けて、一足先に部屋から出ていく。

これが、最初の顔合わせ。

――こうして、私は残った二人の使徒によって、『魔石人間《ジュエルクルス》』としての微調整をされていくことになる。

フーズヤーズの城に案内されて、国一番の書庫まで連れていかれる。まずは、お勉強の時間だった。体内の血に刻まれた知識の確認。常識のすり合わせ。礼儀作法の確認。数日かけて、国を代表する『光の御旗』に相応《ふさわ》しいものを身につけた。

その後は、捏造《ねつぞう》した血縁関係者たちとの顔合わせだ。先王の隠し子なんて嘘《うそ》を真実に変えるために、使徒の権限を活用してあらゆる場所を回った。とはいえ、つい最近まで滅ぶ寸前だったフーズヤーズ国なので、そう回る場所は多くない。数ヶ月後には、もう私はフーズヤーズ王家の末席として認められていた。

いかに『使徒』の影響力が強いといっても異常な話だ。

そのことから、この世界と国の末期っぷりがよくわかると思う。

存在を認められたあとは、魔法の調整。『魔の毒』を利用して、超常現象を起こすことは『光の御旗』として必須だった。この時代は、まだ『呪術』といった魔法の原型が広まっている程度で、ほとんどのものが魔法を使うことができない。

しかし、私は『魔の毒』への適応力が非常に高く、あっさりと様々な奇跡を起こせた。さらには『使徒』の選んだ『光の理を盗むもの』という加護のおかげで、とある魔法が私の身体《からだ》からは常に発動している。

人類統一の『光の御旗』計画の根幹。

――『魅了』。

私から漏れる光を目にするだけで、魔法の抵抗力の低い人々は『魅了』されて、心酔してしまう。

私の声を聞いただけで、それが絶対の真実であると錯覚し、服従してしまう。

私の姿を見ただけで、世界の救世主であると信じ、背中を追いかけてしまう。

ただ、どんな相手に対しても無敵というわけではない。魔法の抵抗力は人によって違うし、私という個人に幻滅すればあっさりと魔法は解けてしまう。

それをフォローするために、この完璧な『魔石人間《ジュエルクルス》』の身体がある。

考えられる限り最高の外見を用意し、考えられる限り最高の知識を詰め込むことで、その弱点を補っている。

逆に言えば、私の外見に目を奪われてしまえば、魔法の抵抗力が高くとも『魅了』は成功するのだ。私の知識の深さに敗北を認めてしまっても、同様だ。

他にも、私の演説や舞いで感動させてしまってもいいらしいが、これは『使徒』ではなく『異邦人』のアイディアだ。異世界では歌って踊れる偶像が、短期的に見ればとても効率的だったらしい。計画の中には劇場を作って、そこで私が歌って踊るなんて予定もあった。

――こうして、完璧な『光の御旗』である私は、魔法の力も利用して、少しずつフーズヤーズで民衆の心を摑《つか》んでいく。

最初は王族としての挨拶から始まった。国の全ての行事に出席して、時間が空けば街に慈善活動へ繰り出し、気さくに国民たちと触れ合っていく。もちろん、その最中に奇跡の魔法を用いて、床に伏した病人を治療しては、困窮にあえぐ子供を救い、その声で人々の不安を拭っていった。

一月、また一月と。淡々と計画は進んでいく。

私は『光の御旗』として認められていく。

北にいる伝説の『統べる王《ロード》』を真似《まね》て、その上で絶対に負けない象徴となっていく。

半年経《た》った頃には「もう私一人に任せても大丈夫だ」と使徒たちも安心していた。

私に付きっ切りになることなく、ディプラクラやシスたちは他の計画に集中し始める。

そう判断したのも仕方ない話だ。

なにせ、私が街を出歩けば歓声があがり、兵の詰め所に寄れば必勝の雄たけびがあがる。

何かしらの行事で、歌や舞を披露すると決まれば、国中がお祭り騒ぎになる。

完璧に『魅了』の魔法は、行き届いていた。

例えば、私が「無茶な増税をします」と言っても、国民のほとんどが「はい、喜んで」と答えるだろう。ここで私が「近くの大国に攻め込みます」と言っても、兵士のほとんどが「この命、あなた様に捧げます」と答えるだろう。

何もかも、上手《うま》くいっていた。

この国の統一が終われば、次は隣国も『魅了』だ。

大して時間はかからない。この時点で、隣国の国民や貴族たちにも私の信者は多いという情報があった。周辺国の統一は、本当に時間の問題だった。

ただ、一つ問題があったとすれば、それは私という個人の話だろう。

それは急に来るのだ。毎日を作業のようにこなしていると、落とし穴にはまったかのように、それから抜けられなくなる。

『光の御旗《みはた》』としての毎日は辛《つら》くなかった。苦しくなかった。

ただ、楽しくもなかった。心地よくもなかった。

私が完璧過ぎるせいで、全てが正常であり順調過ぎた。

あのときと同じだ。生まれたときに覚えた虚無感が、また襲ってくる。急に実感がなくなる。興味がなくなる。誰もがどうでもいい。世界など関係ない。空虚過ぎて悲しくて、無意味過ぎて笑えてきて、無性に消えたくなって、ふと死にたくなる。

そして、また私は例の塔の部屋で窓の外を見るのだ。

だが、いまや私の身体は、飛び降りくらいでは死ねなくなってしまっていた。だから、もっと殺傷力のある危険なところに行こうと思って、私は外套《がいとう》で顔を隠してフーズヤーズの城から出ていく。

城の警備兵たちを無視して、街中に入っていく。

すれ違う国民たちに一瞥《いちべつ》もなく、真っ直《す》ぐ国外に向かおうとする。

海に行こうと思った。私を知っている人のいないところまで行って、沈んで死のうと思った。このまま誰も知らないところで、このどうでもいい物語を終わらそうと――向かう途中、国の関所で一人の少年が待ち受けていた。

使徒レガシィが眠たげな顔で私を見て、軽く「よう」と挨拶をする。

私は足を止めて、目を丸くして驚いた。

「え……、どうして？」

どうして、ここにいるのか。心の底からの疑問だった。

「いや、そろそろまた死にたいと思う時期だと思ってな。俺も半年くらい経ってから、そうなった」

レガシィは私の内心を見事看破していた。さらには半年前の出会った日に、私が飛び降りようとしていたことにも気づいていたようだ。

使徒たちは人の心がわからない愚か者たちだと思っていたが、このやる気のない少年だけは違ったと認識を改める。

例の世界の主《あるじ》とやらによって作られた三番目の使徒レガシィ。

多くの欠陥を抱えているために、一人で待機していることが多い。その無気力過ぎる言動から、他二名の使徒も彼には何も期待していない。端的に言って、さぼりのタダ飯食らい――という評価のはずだった使徒が、私に道を示していく。

「どうして、いま、おまえが無性に空《むな》しいのか……。俺なりに理由を知っている。ちょっとだけ俺の話を聞いてくれるか？」

レガシィは私の返答を聞くよりも先に、背中を向けて歩き出した。

国外に続く道ではなく、フーズヤーズ国内に戻る道を先導する。

その背中を見て、私は迷った。

無視して、外に出てもいい。単純な強さならば、自分のほうが強い。いかに使徒が『光の御旗』を求めようとも、もう誰にも私は止められない。強引に辞職することは可能だ。

それなのに、私は素直にレガシィの背中についていっていた。

自分でも驚くくらいに素直だった。

思い当たる理由は、一つ。少し似ていると思ったからだ。

レガシィの無気力な性格と私の主体性のない性格は、共通点が多い。

だから、彼の考えることに少しだけ興味があったのかもしれない。

私はレガシィに導かれて、街の建物の一つにやってくる。

「ここは……」

フーズヤーズ国に多く点在する病棟だった。

この国には、数え切れないほどの病人がいる。いや、この国どころか、いまは世界規模で人を蝕《むしば》む病が蔓延《まんえん》している。例の『魔の毒』の中毒症状だ。

そこで魔法の始祖となった異邦人は、『魔の毒』を分解するための方法を編み出した。

《魔力変換《レベルアップ》》と呼ばれる魔法を――正確には『呪術』だが、いまは魔法と呼ぼう。この魔法を受ければ、『素質』があるものは『魔の毒』が分解されて、毒になるどころか逆に力に変えることができる。

この魔法が広まったとき、国中が歓喜で沸いたものだ。

死に逝くしかなかった不治の病を乗り越えられる方法が見つかったのだから、当然だ。

ただ、その魔法の恩恵は、誰もが簡単に受けられるものではなかった。

まず魔法を扱える者が、本当に少ない。《魔力変換《レベルアップ》》を扱える魔法使いが一人いたとしても、一日に何十人も魔法をかけることはできない。さらに言えば、全員が全員『魔の毒』の苦しみから解放されるわけでもない。

生きるには『素質』という生まれ持った才能が必要だった。これがなければ、どう足掻《あが》いても助からない。『魔の毒』に抗《あらが》うことができず、死んでいく。

だから、いまレガシィと私がやってきたのは、その《魔力変換《レベルアップ》》を施されても治らなかった患者たちが収容される場所だ。

どうしようもなくなった患者たちを、死ぬまで隔離するための空間と言っていい。

そこでは当然、『魔の毒』による苦しみの呻《うめ》き声《ごえ》が木霊している。

苦しみながら衰弱していくだけの人々が、並んだ安物のベッドに横たわっている。

しかし、ここに医者は一人もいない。看護する者も最小限だ。

ここは見捨てられた領域であることを実感する
だが、はっきり言って、安物でもベッドがあるだけマシだろう。野垂れ死にではなく、屋根の下の床で死ねるのは、使徒と異邦人による再興のおかげだ。

私が冷静に病棟内を確認していると、レガシィは一人の患者を指差した。

「あれを、どう思う？」

その先にいたのは子供と女性。

年は二桁にも至っていないであろう少年が、『魔の毒』の中毒症状で苦しんでいる。呻き声と共に「死にたくない」という言葉を搾り出している。その隣では少年の手を握る女性が必死に懇願している。どうか我が子を助けて欲しいと神に祈り、こちらも「生きて」と搾り出すように声を出している。

「痛ましい光景ですね、とでも言えばいいのですか？　この国の惨状ならば、わたくしのほうがよく知っています。それとも、死ぬのは怖いという話でもしたいのですか？」

「いや、違う。そこはどうでもいい。俺たちには関係のない話だ。それよりもだ」

あっさりとレガシィは首を振った。それは世界の救済を望む使徒にあるまじき言葉だった。彼は世界の滅亡よりも大事な話をするかのように、続きを口にする。

「死を待つだけの子供が、生きてと願われているだろう？」

世界の危機ではなく、人の生死でもなく、二人の関係性を指摘する。

その繋《つな》がりをわかりやすくレガシィは言い直す。

「ああいうのを、愛と。愛されてると言うらしい」

「は、はあ？　愛されてる……？」

こんな陰鬱な場所まで連れてきて、こんな状況をわざわざ見せて、何を言うのかと思えば、まさかの愛についての話だった。

レガシィも他の使徒と同じで、やはりどこかがおかしい。

そう判断できるだけの無神経さだったが、私はレガシィの続く言葉から耳が離せない。

理性的には馬鹿馬鹿しいと思えど、本能が欲していた。

愛されているとはどういうことかに興味があった。

「本当は産まれた瞬間に、ああやって親が子を愛してくれるらしい」

「産まれたときに、親が子を……」

血に刻まれていない情報だった。どうして、その情報が私にはなかったのかを考える前に、色々な疑問が氷解していく。理解したと同時に、病棟の親子から目が離せなくなる。

ついさっきまで意味も価値も感じなかった光景が、途端に別物のように感じた。

「俺たちみたいな例外はあるだろうが、基本的にそういうものだ。子供を産んだ親は、みんなああやって心配してくれる」

いま明確に、この私の不安定な感覚の理由がわかった。

つまり、私には足りなかったのだ。だから、こうもふらついている。心が定まっていない。イラついていて、すぐ拗《す》ねてしまう。

本来、この世界に生まれ落ちた私には、親がいるはずだった。

私が何もせずとも、私を一番に愛してくれて、飛び降りようとすれば「生きて」と止めてくれるはずの人。

「レガシィ様……」

いつの間にか、私は搾り出すように声を出していた。

使徒の名前を呼んで、さらなる話の続きを促す。

「ああ、わかってる。一度、会ってみるか？　丁度、帰郷中だ」

その期待にレガシィは、見事応える。いま私が望んでいるものを一寸の違いもなく理解して、すぐに背中を見せて、また先導してくれる。

今度は迷うことなく、その後ろを私はついていく。病棟を出て、街中を歩き、別の建物の中に入っていく。そこは街の片隅にある小さな食堂だった。

店の中には国で働く人々が、一時の至福の時間を過ごしている。警備や建築などといった肉体労働に従事している男性が多く見える。店内の様子を見るに、酒をメインに出している店のようだ。

私とレガシィは適当なものを頼み、店の端にある一席に着く。周囲の国民たちに顔がばれると面倒なので、私は外套の襟に深く顔を埋《うず》めてから小声で聞く。

「レガシィ様、ここのどこに？」

「あそこだ。たぶん、あの黒髪の男がおまえの父親にあたると思う。色々な意味でな」

レガシィは店のカウンターに座っている二人組に、目を向けた。

すぐに私も目を向けて、その二人組の顔を確認する。

私たちの席からは遠いカウンター席で、和やかに話す二人。

黒髪の少年と金髪の少女。どちらも質素な服を身に纏《まと》い、この庶民的な店の空気に見事溶け込んでいる。しかし、よく見ればどちらも普通ではないとわかる。少年も少女も、私を超える力の持ち主だ。

二人の正体を、私はよく知っている。

知らないはずがない。いわば、あの二人のために私は生まれたようなものだ。

『相川渦波《あいかわかなみ》』と『ティアラ・フーズヤーズ』。『異邦人』と『本物のお姫様』。

「あの黒い髪の人が、私の……？」

「ああ、お父様だな。俺たち使徒は助産しただけだ。おまえを生んだのは『異邦人』の二人と言うのが一番正しい。……業腹だがな」

レガシィの言っていることは正しいと思った。

使徒たちは異邦人のような『素質』が高く強い存在を作ろうとして、『相川渦波』と『相川陽滝《ひたき》』の身体《からだ》の一部を使い、私という『魔石人間《ジュエルクルス》』を完成させた。ゆえに、いまの私の姿は、代わりとなるべきティアラ・フーズヤーズよりも相川兄妹に似てしまっている。

私の生みの親と呼ぶべき人は、あの黒髪の『異邦人』で間違いないだろう。

「レガシィ様。お父様の隣にいるのは、ティアラ様でしょうか？」

「ああ、そうだ。本来、おまえの『光の御旗』って役割を担うべきだったやつだな」

どちらも私の思っている人物であると確定したところで、テーブルに頼んでいたものが届く。ぎりぎり飲める水と歯が欠けそうなほど硬い黒パンだった。

それを無感情に口の中へと放り込みながら、私は二人の後ろ姿を見続ける。

その様子を見て、レガシィは不思議そうに聞いてくる。

「カナミの兄さんに会わないのか？　ここで出会うと面白そうだから案内したんだが」

「できません。そもそも、いま会っても、向こうはわたくしを知りません」

あそこに座っている心優しい二人は、生まれからして非道徳的な存在の私のことを知らない。ここで私が話しかければ、おそらくシスやディプラクラは大変困るだろう。『光の御旗《みはた》』の計画に支障が出るかもしれない。

「そうだな。だから、俺は案内した」

なのに、三人目の使徒であるレガシィは、とてもあっさりと計画を危険に晒《さら》す。

この私が半年かけて育てたものをぞんざいに扱われて、少しだけ不愉快だった。

それと同時に、それなりに私が計画を大事に思っていたことにも気づく。

先ほどから、生まれて初めての経験ばかりだ。

ここでお父様に声をかけることはできないが、それでも十分に収穫はあったと私は思う。

なんでも知っていると思っていた自分だったが、そんなことはないとよくわかった。

死ぬには、まだまだ早いのかもしれない。

「一度帰ってから、よく考えます。少なくとも、もう大丈夫そうです。色々と新しいことがわかって、新鮮な気持ちです」

「そうか。それなら、よかった」

私のお礼をレガシィは素直に受け取る。強引に私をお父様に会わそうとすることなく、ただ黙々と食事に付き合ってくれるだけだった。

ほどなくして、お父様とティアラ・フーズヤーズは店から出ていった。

それに続いて、私たちも街中へ戻っていく。

目的を達した私たちは、多く語ることなく別れることになる。

「それじゃあな、ノースフィールド。少しだけ期待してる」

もう私が自殺することはないと確信した様子で、レガシィは街の中に消えていった。

私も「それでは」と返答して、真っ直《す》ぐフーズヤーズ城に戻っていく。

来た道を逆に歩いていき、こっそりと自分の部屋に帰る。

本当に今日は色々あった。生まれて初めての疲労感すらある。すぐに部屋のベッドに腰を下ろして、大きな溜《た》め息《いき》をつく。ここはかつて、あのティアラ・フーズヤーズが療養していた場所であり、私が誕生した場所でもある。

その部屋で私は、宙を見つめ続ける。

ぼうっとしながら、外界ではなく胸の中にあるものに私は集中する。

レガシィのおかげで虚無感はなくなったが、気分がよくなったわけではない。

むしろ、前よりも気分が悪いような気がする。

どろりとした黒くねばついたものが、腹の底から湧いてくる感じだ。

そして、ずっと脳裏に張り付いて離れない光景がある。

街の病棟で見た親子。街の食堂で見た二人。

二つの光景を交互に思い返しながら、ふと窓から外を見る。

いつもの暗い空だった。そう思っていると、白い雪《ティアーレイ》のようなものが空から降ってきた。

この世界では、人々を蝕《むしば》む『魔の毒』が結晶となって舞い落ちる。

結晶の形状は様々で、ときには色も変わる。小粒と大粒から始まり、硝子片《ガラス》が落ちているように見えるときもある。人を蝕む悪い毒だとはわかっていても、私のような無関係な者からすると綺麗《きれい》に感じた。

ゆっくりと落ちる無数のティアーレイ。

物が落ちるより遅く、羽毛が落ちるよりは速い。

独特の速度で舞い落ちていく結晶は幻想的で、気を抜くと延々と目を奪われる。

私は考え事をしながら、じっと外の様子を見続けた。

途中、なぜか妙な妄想が頭の中に浮かぶ。

ああ、なんだか……。

空を伝って落ちる『魔の毒』は、この世界の肌に滴る血液みたい……。

そんな感想を抱いた。その間も、空からティアーレイは降り続ける。

まるで血が止まらないかのようだと認識した瞬間、本当に赤色に染まっているような気がした。世界が血に塗《まみ》れて、真っ赤に染まりつつある。

ドロドロドロと赤い血が零《こぼ》れる。血が滝のように空から流れる。

いまにも死んでしまいそうなほどの恐ろしい量の血が――

「――っ!!」

妄想が頭の中で膨らみ、ぞわりと鳥肌が立った。

急に身体が震えた。全身の毛が逆立ったかのような気がした。

私は逃げるようにベッドの中に潜り込む。

「………!?」

今日私は、とある親子から人と人との繋がりを学んだ。

親からの愛情さえあれば、この暗い世界を生きていけると理解した。

それはつまり、一人であることが私の中で普通でなくなったということでもある。

ずっとあった虚無感が、途端に寂しさへと変わる。その寂しさは不安になって、すぐに恐怖に転換する。論理的に説明はできないが、とても単純な感情の経緯だった。

怖い……。誰もいない部屋で、一人……。

血と死が頭の中で膨らんでも、誰も私に「生きて」とは言ってくれない。

手を握ってくれる人も、相談に乗ってくれる人もいない。

なぜか、ついさっきまで死のうとしていた私が、狂ってしまいそうなほどに死を恐れていた。あの病棟にいた子供と同じように「死にたくない」と思ってしまっている。

怖くて堪《たま》らないのに、頭が勝手に死について考えてしまう。

人が死ぬとどうなるのだろうか。死は痛くて苦しいのだろうか。死んだらどこに行くのだろうか。そこは何もない無の世界で合っているのだろうか。ちゃんと私の意識はあるのだろうか。あるとすればいつまで続くのだろうか。いまみたいに真っ暗な闇の中で、延々と考えるだけの世界なのだろうか。

こんな暗闇の中で一人、『永遠』に……？　『永遠』に、たった一人……？

答えの出ない疑問が尽きない。毛布から少しだけ顔を出して、部屋の様子を見る。

いつもよりも部屋の中が暗いような気がした。いまにも暗闇が、私をベッドごと呑《の》み込んでしまいそうな不安感に包まれる。

本能的に自分の両手で自分の胸を抱き締めた。恐怖に耐え切れず、自分で自分を慰める。しかし、まるで足りない。闇から逃れるには、まるで足りない。

「――《ライト》!!」

光を灯《とも》す。使徒から緊急時以外は控えるようにと言われていた力で、この暗い世界を照らそうとする。しかし、まだ足りない。

確かに世界は照らされた。目に映る視界は明瞭で、明るいと表現する他ない。けれど、まだ暗く感じる。こんなにも明るい世界なのに、まだまだ明るさが足りないと感じる。こんなにも世界は暗かったのかと驚き、何度も私は魔法を唱える。

「――《ライト》《ライト》《ライト》――」

もっとだ。もっと光が欲しい。もっともっと明るくなれ。

部屋の隅々まで光は満たされていくが、まだこんなにも世界は暗い。

暗いのは、怖い……。怖くて堪らない……。

怖い、怖い怖い怖い……。

両手で抱き締めた身体から、心臓の音がよく聞こえる。

うるさいほど聞こえるが、この心臓が止まれば、死ぬ。

いかに完璧な『魔石人間《ジュエルクルス》』だろうとも死んでしまう。

そう考えると、乱れに乱れ切った心臓の鼓動が、急に不安になる。

いまにも心臓が止まりそうな気がした。

いまにも死にそうだから、死の恐怖は加速する。

私は死んで、無になるのが怖い。なかったことになるのが怖い。誰にも「生きて」と願われることなく消えるのが怖い。何の意味もない人生になるのが怖い。私が死んだ後も世界が続くのが怖い。この私が生きていたのかさえわからなくなるのが怖い。

怖い……！　よくわからないけど怖い……！

いや、よくわからないから怖い……!?

恐怖だけで息が苦しくなってきた。

胸が破裂しそうだ。身体ごと魂が痙攣《けいれん》している。だから――

……助けて欲しい。

いま、誰かに手を差し伸べて欲しかった。

私一人では無理だ。どうか一言かけて欲しい。

……あの子のように、私も愛して欲しい。

優しく「生きて」と言って欲しい。でなければ、この苦しみからは助からない。

いつまで経《た》っても、明るいところまで出ていけない。

いつの間にか、ベッドが大粒の涙で濡《ぬ》れていた。

心臓の音が大き過ぎて気づかなかったけれど、嗚咽《おえつ》の声が漏れている。痙攣に合わせて、しゃっくりが連続する。子供のように情けなく、大泣きしている。

そして、そこに届く、見計らったかのような声。

「――大丈夫。あなたには私がいます。あなたの母である私が」

望んでいた一言をかけられて、私は毛布から顔を出した。

部屋の中には、一人の黒髪の少女が立っていた。

窓の外に広がる血流のような空を背にして、慈母のように微笑《ほほえ》んでいた。

すぐにわかった。初めての邂逅《かいこう》だったが、彼女が『相川陽滝』であると確信できた。

その言葉を聞いて判断したのではない。本能的に理解ができてしまった。

「母だからこそ、わかります。いまのあなたの苦しみが……」

そう囁《ささや》く彼女こそ、レガシィ曰《いわ》く、私の母と言える人だろう。

いま私は望みの人から、望みの言葉を貰《もら》っている。

……貰っているはずなのに、まだ私は恐怖で震えていた。

どうしてか、私は彼女を母だとは思えなかったのだ。街で見たものと余りに違い過ぎた。

あの苦しむ子供の手を握り、「生きて」と慟哭《どうこく》していた女性と比べると余りに。

脳が理解を拒むほどに、その相川陽滝の姿は、余りに――

◆◆◆◆◆

「――はぁっ！」

止まっていた息を吐く。

次に吸い込んだ空気は、肺を焦がすほど熱い。いま自分が危機に陥っていることをわかりやすく伝えてくれた。同時に目を見開いて、周囲の状況を確かめていく。

ろくに身体《からだ》は動かないから、目と首だけを使っての確認だった。

先ほどの夢と似て、薄暗い世界が広がっている。もちろん、似てはいるが全くの別物だ。まず最初の違いは、上空を塞いでいるのが暗雲ではなく、土の壁だということ。

つまり、いま私は空の下ではなく、地下にいる。

地下空間で私は目覚めたが、全く閉塞感を感じない大空洞だった。

遠くで、炎の明かりがいくつも点滅しているのが見える。この大空洞には、いましがた夢で見たフーズヤーズの街並み以上のものが広がっていた。しっかりとした煉瓦《れんが》造りの建物が規則的に並び、魔石で舗装された道が延びている。街灯は発光する魔法道具だけでなく、緊急用の液体燃料を使ったランプも多く立っている。いつでも水が使えるように、街には用水路が蜘蛛《くも》の巣のように広がっている。

あの『千年前の開拓地の地下遺跡』が、現代では立派な地下街に進化していた。

よくぞ、あの大空洞をここまで変えたものだ。

私は少し懐かしい地下の景色を眺めながら、次に自分の状態を確かめる。

体力と魔力は、共に限界寸前。並々ならぬ量の汗を流して、息も絶え絶え。ろくに身体は動かない……けれど、いま私は地下街を高速で移動している。次々と移り行く景色に目を向けるのを止めて、私を抱えている男に目を向けた。

肩に大仰なケープをかけた貴族のような出《い》で立《た》ちに、常に眉をハの字にしている情けない顔つき。赤銅色の短い髪を靡《なび》かせ、頬に大粒の汗を滴らせて全力で走る男。

つい最近、強制的に私の配下とした元『最強』の探索者グレン・ウォーカーだ。

グレンは私が顔を見つめているのに気づいて、駆けながら声をかけてくる。

「ノスフィー様！　お気づきになりましたか!?」

「ええ。もしかしてですが、わたくしは気を失っていましたか？」

「はい。……しかし、無理もありません。この熱に、この空気です」

少しずつ、状況が呑み込めてきた。

いまグレンは、敵の火炎魔法の熱風で気絶してしまった私を抱えて逃亡中。

さらに、色々と思い出してきた。私は一週間前、『北連盟』のヴィアイシアで渦波《かなみ》様と決闘するアイドに協力して、友人ロードと使徒シスたちの戦いを見送ったあと、真っ直ぐ『南連盟』の大聖都にやってきた。

ここで、いずれ訪れるであろう渦波様を迎え撃つための準備を始めたのだ。

何よりも手駒が必要だった私は、千年前に実行された計画を真似《まね》た。

まず、この大聖都フーズヤーズにて聖女を名乗り、多くの病人を救った。さらに国の内部に入り込むために、元老院にて『魅了』を行い、国の要人たちを洗脳していった。

地盤を固めてからは、渦波様迎撃用の施策を国で強行し、次元魔法を駆使して遠くの迷宮から千年前の部下を呼び出し、この大聖都の名物である世界樹を封印し直した。

ほんの数日で、私は世界最大の国を陥落させたのだ。

何もかも順調だった。もはや、いまの私に対抗できるのは同じ『理《ことわり》を盗むもの』か『使徒』くらいだろう。そう思ったとき、彼女に襲撃されたのだ。

その私の最大の誤算の名を、グレンが口にする。

「……まるで、迷宮のアルティの階層のようですね」

『火の理を盗むもの』の力を受け継ぎし者マリア。

目を地下街に向けると、いくつかの眼球の形をした炎が――『火の目』が、浮かんでいるのを見つけた。

それにグレンも気づいて、懐からナイフを取り出して投げつける。

見事、ナイフは浮かんでいた火に刺さったものの、『火の目』が消えることはなかった。霧を貫いたかのように揺らめいただけで、その形を崩すことはない。

じろりと『火の目』は私たちを睨《にら》みつけて、一定距離を保っている。

「逃げ切るのは無理そうですね。グレン、降ろしてください」

「し、しかし！　ノスフィー様！」

拒否しようとするグレンを押しのけて、私は強引に地面に降りた。

勢いで転びそうになってしまったが、まだなんとか立っていられる。

すぐにグレンを置いて、いま逃げていた方向とは逆に向かおうと歩き出す。

「お待ちください！　この僕もついていきます！」

振り返って、グレンの顔を見る。

心底から私を心配しているお人好《ひとよ》しそうな顔だ。

だが、どうしても私は彼を信用できない。いま一歩頼り切れない。この大聖都にいた『天上の七騎士《セレスティアル・ナイツ》』たちや特注の『魔石人間《ジュエルクルス》』あたりを『魅了』するのは楽だった。しかし、この男とエルミラード・シッダルクの二人だけは、妙に『魅了』に手間取ったのだ。さらに言えば、なんとか『魅了』に成功した経緯も、少し納得いかないところがあった。

こいつは私の姿と力に、その心を奪われたわけではない。

私の志と思想に、感動したわけでもない。『魅了』成功の理由は、どちらかと言えば『光の理を盗むもの』ノスフィーではなく、つい最近迷宮から呼び出した私の部下『血の理を盗むもの』ファフナー・ヘルヴィルシャインにあったように見えた。

間違いなく、グレンとエルミラードは、私ではなく『血の理を盗むもの』ファフナーに会ってから、その心に隙を生んだ。

その心の隙の理由はわからない。

男同士で、わかり合えるものがあったのだろうか……。それとも……。

とにかく、いま不確定要素のあるグレンを背中に置く気にはなれなかった。

「グレン、わたくしの手助けは必要ありません。というより、無意味です。あなたが無策で近づいても、彼女の視界に入るだけで、その身体は焼かれます。同じ戦場にいるだけで、その臓腑《ぞうふ》は焦げつきます。ついてこられても、困ります」

この地下街のような閉鎖空間での戦闘において、『火の理を盗むもの』は無類の強さを発揮する。こちら側がいくら人数を増やしたところで何の意味も持たない。

はっきりとグレンの意志を否定してから、これからの私の予定を告げる。

「最初から言っていましたでしょう？　わたくしは彼女との真っ向勝負は避けて、降参します」

本当は渦波様相手に使う作戦だったが、少し前倒しだ。

降参して無防備な身体を晒《さら》して、中に入り込む。いまは集めた駒を無駄に消費しないことが大事だ。『魅了』したグレンたちは、詰めの瞬間に消費したい。

ここでグレンが捕まるのは、私が捕まる以上に困るのだ。

「あなたたちは撤退し、別行動を。当初の予定通りに、わたくしの魔力を頼みます」

「しかし、僕たちに魔力を預けてしまえば、もうノスフィー様は――」

「ええ、もう一割も魔力は残ってませんね。マリアさんと比べると、塵《ちり》も同然の魔力量でしょう」

いまや『火の理を盗むもの』を受け継ぎし者の力は、全盛期のアルティに近づいている。

いまの私が彼女と魔法を撃ち合えば、一瞬で蒸発するだろう。

「ですが、塵相手だからこそ、マリアさんは『話し合い』に応じてくれる可能性がありま す。魔力が少なくなるということは、決してマイナスばかりではありません」

「しかし、マリアちゃんは甘くありません！　いくら殺せない理由を作っても、彼女は思考を停止して、灰色の存在を躊躇《ちゆうちよ》なく殺せるだけの強さがあります！　マリアちゃんは本当に……、本当に心が強いんです！」

私の『魅了』にかかっているグレンは、少し前まで仲間だった少女の強みを、ぺらぺらとばらしていく。

元『最強』だった男に、ここまで言わせるとは……。

アルティは本当にいい娘を見つけたものだ。

「ですね。明らかに、いまの彼女は『吹っ切れたアルティ』です。精神的脆《もろ》さを克服し、あらゆる精神魔法の干渉を無効化する。『数値に表れない数値』が高いから、魔力やスキルではなく、その心の強さだけで強引に弾《はじ》く。……本当にふざけた存在です」

ライナーと同じ類で、格上相手に気後れすることなく挑戦できて、見事勝利してみせる強者だ。対して、この私は弱者の代表。

格下相手にはとことん強いけれど、格上相手にはとことん弱い。

この状況を覆せる気が全くしない。

「けど、グレン。それでも、やらないといけないんです」

そう言い残して、私はグレンに背中を向けて、ふらつきながらも地下街の道路を歩き出す。後ろでグレンが何か言っていたような気がしたが、耳に通さずに急いで進んだ。

地下街に住んでいた人々は、すでに地上へ避難を終えているため、一人になれば静かなものだ。地下特有の薄暗い街の中、遠くで炎が燃え盛っている。大量の汗を地面に落としながら、絶対に負けるものかと心の中で繰り返して歩く。

先ほど、気絶中に見た夢のせいか、その思いは強かった。

本当に懐かしい夢だった……。そして、あれから随分と成長したものだとも思う。いや、成長というよりは擦れてきたと言うほうが正しいかもしれない。正直、あんなにも真っ新《さら》な時期が私にもあっただなんて、ちょっと信じられないほどだ。

いまや、こんなにもどす黒くなってしまって、あの三人の使徒たちには申し訳ない限りだ。私が使徒たちの期待に応えることは、もう絶対にないだろう。

地下街を歩きながら、昔の記憶が蘇《よみがえ》っていく。

死ぬ直前の走馬灯みたいだと思ったけれど、すぐに首を振る。

まだ死ねない。こんなところで死ぬわけにはいかない。まだ私は『未練』がある。まだ見つけていない。まだ手に入れていない。まだ渦波様から、何も貰っていない。

だから、渦波様に会わないと……。

もう一度、渦波様に会って、この姿を見てもらわないと……。

渦波様……！　ああ、渦波様、渦波様、渦波様……！　どうか早く――!!

「――っ!!」

想《おも》い人《びと》の名前を心の中で繰り返していると、それを止めるかのように黒い刃が真上から近づいてくる。街の道路の真ん中を歩いていた私は、魔法で咄嗟《とっさ》に光り輝く旗を右手に生成して、その黒い刃を防いだ。

私の旗と敵の鎌がぶつかり合い、力負けしたこちらだけが一方的に吹き飛ばされる。すぐに私は旗を地面に突き立てて、勢いを殺し、その場に留《とど》まる。

なんとか奇襲を防いだ私は、黒い鎌の持ち主の姿を見る。

「……またお会いしましたね。マリアさん」

「あなたはカナミさんに会えません。ここで終わりです」

黒髪の少女マリアは私の考えていたことがわかっているかのように、開口一番に否定してきた。同じ相手に懸想する者同士、ちょっとした共感があるのかもしれない。

ただ、いま相対する姿は、まったくの別物だ。似ているとは口が裂けても言えない。

いまや『光の理を盗むもの』と呼ぶのも躊躇《ためら》うほどに力を失っている私と違い、マリアの身体は燦々《さんさん》と輝いていた。

黒い髪に、黒い目。黒い装束に、黒い大鎌。

暗闇の中でも尚《なお》黒い闇の少女が、目の前で微笑《ほほえ》む。その両目は『呪布』で隠されているが、年に似合わない妖艶な笑みを浮かべて、禍々《まがまが》しい魔力を放ち続けている。

その魔力の色だけは黒でなく、赤。火炎属性の魔力が、彼女の輪郭を赤色で縁取っている。服の袖や裾から噴出している炎は、日食中の黒い太陽を描く紅炎のようだった。

いまマリアは『火の理を盗むもの』を受け継いだだけでなく、渦波様が『地の理を盗むもの』ローウェンに対抗するために作成した『死神』の力も手中に収めている。

その結果、これだ。炎と闇。赤と黒。正と負。

相反する力が融合して、死角のない完璧な魔法使いに至ってしまっていた。

その魔法使いは、死神のように予言する。

「さようなら、迷宮の守護者《ガーディアン》。『光の理を盗むもの』ノスフィー。親友アルティの名において、あなたの死は絶対です」

どうして、黒髪黒目の人たちはみんな、こうも恐ろしいのか。

昔を思い出して、乾いた笑いが漏れそうになる。

そして、すぐに戦意を解いて、手にあった光の旗も消失させる。

もう二度と、こんな怖いやつらと真っ向から戦うものか。

千年前に『統べる王《ロード》』たちと戦い、現代で『次元の理を盗むもの』と戦い、私は学んだのだ。最強の敵だとわかっている相手に、全身全霊で挑戦するなど馬鹿のすること。

確かに、諦めずに努力するのは正しいことだろう。

強敵相手に引かないのは、勇敢で立派なことだろう。

いつか願いが叶《かな》うと信じて前に進むのは、物語ならば主人公側だろう。

だが、正しくて、立派で、道徳的で、主人公だからなんだというのだ。

それで勝てるわけじゃない。それで幸せになれるわけじゃない。

もう私は二度と騙《だま》されない。騙されたら負け。負けたら終わり。終わりは消失だった。

まだ私は消えたくない。どんな手段を使ってでも勝って、この『未練』を果たしたい。

だから、零《ゼロ》の勝機ではなく、彼女の一抹の良心に私は賭ける。

「ええ、そうですね……。マリアさんの仰《おっしゃ》る通り、わたくしの負けでしょう。勝てる気がちっとも致しません……ので、わたくしは投降します。投降しますので、最後に少しだけわたくしの言い訳を聞いてくれますか？」

「言い訳？　そんなものを聞く理由が、私にあるとでも？」

すぱっと。マリアは私の命乞いを切った。しかし、これで難関を一つ越えた。

問答無用で殺されることなく、返答を貰《もら》えた。これで彼女に言い訳を聞く理由はなくとも、こちらが口にすれば勝手に耳へ入るだろう。

その言葉を耳にして、まだマリアが私を殺せるかどうか。

「どうかお願いします。聞いてください、マリアさん。今日まで私が、このフーズヤーズでやってきたこと。行いの数々、その全てを――」

不機嫌になっていくマリアを無視して、私は口にしていく。

生まれてからの全てを懸けた作戦を、いま決行する。

私の最期の戦いが始まる。

3．生まれながらの敗北者

『相川渦波《ぼく》』の一番古い記憶はどれだろうか？

当たり前だが、ラスティアラと初めて出会った日は違う。

連合国の迷宮に迷い込んだ瞬間を一番古いとは、もう言えない。

それよりも、前の物語があったことを僕は覚えている。しかし、その千年前の記憶さえも一番古いとは言えない。それよりも、もっと前。この『異世界』でなく『元の世界』での記憶が、僕にはある。

コンクリートの道路と家屋が並び、暗い夜には電灯の光が必ず点《つ》いている。

現代社会の日本で生活しているときの記憶だ。

そこで、妹と二人。兄妹一緒に暮らしていた記憶こそが一番古い記憶——ではない。

それよりも、もっともっと前の記憶がある。

まだ僕たち相川《あいかわ》兄妹に、きちんと家族がいた頃だ。

本当に、最初の最初。まだ妹は赤子で、ようやく僕の自意識が確立された幼き日。

そのときの記憶を、はっきりと僕は覚えていた。

記憶を失ってばかりの人生なのに、その日の光景だけは全て思い出せる。

目にした光。耳にした音。鼻をくすぐった香り。全てが鮮明に思い浮かぶ。

——あの日、僕がいたのは仄暗《ほのぐら》い部屋の中だった。

部屋の壁には真っ白な壁紙が張られて、一面だけがガラス張り。そのガラス張りの向こう側には、大都会のビル群と暗雲の空が見えた。コンクリートの地面は遠く、ガラスに張り付いて見下ろさないと、街を歩く人々は確認できない。

安い貸家ではない。そのマンションの最上階は、一握りの中の一握り、一千万人に一人の勝利者くらいしか手に入れることのできない景色だった。

その部屋から漂う強い消毒液の匂いが、僕は好きだった。

それは僕にとって父と母を象徴する匂いであり、家に帰ってきたことを実感させてくれる匂いでもあった。

この家が、僕は好きだった。最低限の真っ白な家具ばかりで遊具は一つもなく、三歳を過ぎたばかりの僕にとっては広過ぎて、ここで両親が揃《そろ》っているのを一度も見たことないけれど……。それでも、好きだった。

僕の一番古い記憶は、その大好きな家の中で、珍しく父と二人きりとなったときの記憶だった。

その日は、雨が降っていた。

暗雲から落ちてくる雨粒が、延々とガラスを叩《たた》いている。

ガラス窓に滴る雨は涙のようで、ずっと見つめていると不思議な感覚に陥る。僕でも父でもない誰かが、すぐ近くで泣いているような気がして、理由はないのに釣られて悲しくなってしまう。

その僕の感覚を、父は感じ取ってくれたのかもしれない。

雨の日は、いつも楽器を取り出して演奏をしてくれた。

ヴァイオリン属の弦楽器が多かった。父が顎に楽器を構えて弓を持つ姿は、子供ながらにかっこいいと思った。ただ、それは後になって思えば、当たり前のことである。父は日本国内で有名な俳優だ。当然のように、その容姿は整っている。

誰が父を見たとしても、最低でも「かっこいい部類に入る」という評価をするだろう。絶対に「普通」を下回ることはない。

その父の手に持つ楽器から、液晶画面の向こう側から流れても遜色ない見事な旋律が奏でられる。

するりと耳を通る弦楽器の高音。

高く鋭い音なのに、微塵《みじん》も頭は痛まない。

細く柔らかい糸が耳を通って、心臓に優しく巻きついていくかのような音楽だった。

いつの間にか、もう悲しいなんて感情は消えている。

その楽器を弾く父親の背中を見て、僕は新たな感情を抱く。

それは、憧れ。

息子の僕は、父に憧れていた。

どこに行っても、父の名を知らない者はいない。

誰もが父の何でもできる才能を讃《たた》えていた。そして、父は当然のように、何をやっても成功していた。その大き過ぎる父の背中を見て、心から憧れる息子——

これが、僕の思い出せる一番古い記憶。

乾いた笑いが出そうになる。金に物を言わせた高級マンションでの言葉すらない親子の交流が、最も印象に残っている記憶というのは余りに滑稽だった。

この数年後に、小さな僕は現実を知る。

相川渦波《かなみ》の父は人間のクズだという現実を、強制的に直視させられることになる。時が過ぎるにつれ、あの男の醜悪さを知っていく。知れば知るほど、絶望していく。

端的に言えば、父は最高の才能を持っていたけれど、人間性は最低だったのだ。

父は弱者を見下し、踏み躙《にじ》り、食い物にするのが好きだった。息を吸うかのように周囲へ不幸を撒《ま》き散らして、それを愉快と思える性格だった。努力家を馬鹿にして、才能あるものは絶対に認めない。有望な新人を権力で潰すなんて日常茶飯事で、競い合うライバルは全て汚い手を使って蹴落としてきた。

狙った女は、騙してでも手に入れようとする。場合によっては、金をばら撒いて暴力的な協力者を用いて支配しようとする。既婚者でありながら、日替わりで女性を部屋に連れ込む。週に一度、違う女性が怒鳴り込んでくる。そして、大泣きさせては追い返す。

自分の欲望に実直で、それでいて自分の名誉と地位には敏感だった。モラルというものを生まれる前から落としてきたのではないかと思ってしまうほどの悪人だった。

ただ、まだこのくらいなら悪人ぐらいですむ。

父の最も邪悪な部分は、一切の罪悪感を抱いていなかったところだろう。

それら悪行の数々を、父は当然と思っていた。

生まれながらに天才である自分の当然の権利であると信じて、「おまえの父は正義を成しているのだ」と迷いなく息子と娘に自慢できてしまう男だった。犠牲になった人たちの前で「ああ、楽しかった」と大笑いできてしまう男だった。

一握りの悪人の中でも、特に面倒で醜悪なクズ。

それが相川渦波の憧れた父親だった。

ちなみに、母も似たようなものだ。その父と結婚し、たった一度も離婚の話があがらなかったと言えば、よくわかると思う。母も容姿と才能に恵まれて、自分の欲望に忠実な人だった。最後まで、あの父と利害が一致していたのだから、言うまでもなく悪人だ。

この二人が相川家の父と母で、その二人の間に生まれたのが『相川渦波』と『相川陽滝《ひたき》』である。

当然だが、この両親の下で、僕たち兄妹はまともに育ちはしなかった。

普通の幸せを摑《つか》むどころか、普通の家族になることすらできなかった。

軽い気持ちで子供を二人儲《もう》けた両親は、何の責任感もなく僕たちを玩具のように扱い始める。とはいえ、人形遊び感覚で子育てする親は、そう珍しくもない。手始めに早期の英才教育を施そうとしたのは、まだ世間的に見れば「いい親」の部類だろう。

ただ、相川家夫妻の教育の基準《ハードル》は、常人のそれではなかったのが問題だった。

ゆえに、施された英才教育の内容は――よくある英会話やピアノ教室から始まり、伝統芸能の舞踊や芸道に続き、複数のスポーツを同時に習わせては、両親の仕事である俳優やアーティストの訓練も行い、さらに名門私立学校を首席合格させるための勉強などなど――とにかく尋常ではない量を課した。

その教育の結果、僕は捨てられることになる。

単純な話だった。僕には才能がなかった。

いや、実際には人並み以上の誇れる才能はあったと思う。

けれど、両親に比類するだけのものはなかった。それだけのことで、小学校に入る前から「相川渦波は自分たちの子供ではない」ということになった。

自分たちとは同類じゃないという理由で、両親は僕への興味を失い、『いないもの』として扱われるようになった。

そして、相川家には娘が一人だけとなり、妹だけが可愛《かわい》がられて、家の外に連れ出されるようになった。金に糸目をつけず飾り立て、自分の知人たちに娘を自慢していたのをよく覚えている。

僕と違って妹は、父と母に並び立つ才能を持っていた。僕みたいに少し物覚えが早い程度のものではなく、あらゆる分野において『本物』だった。

密《ひそ》かに父に憧れていた僕は、何ヶ月か茫然自失《ぼうぜんじしつ》となったのを覚えている。

本当に父は強かった。他者と競うということにおいては、最強と信じていた。

強いというだけで、当時の幼い子供の僕にとっては恰好《かっこう》よくて堪《たま》らなかったのだ。

だが、その父の期待に応えられなかった。両親の望む子供にはなれなかった。

子供になれたのは、妹の陽滝だけ。

妹は両親の才能を全て受け継いでいた。

父の俳優の才能も、母のアーティストの才能も、どちらも。

当然、両親は妹の才能に満足して、妹だけを可愛がり続ける。

一方、僕は妹の才能に絶望して、対抗するのを諦めた。まるで、世界が陽滝だけを優遇
しているかのような状況で、向上心や戦意を保ち続けるのは不可能だった。

例えば、僕は暗記系の勉強が得意だった。

同年代の子供と比べると、倍以上のスピードで覚えていくことができたと思う。

けれど、どれだけ僕が本を読んで知識を増やしても、天性の知性には勝てない。僕が十
の時間をかけて十を知っても、妹は一の時間で十を知る。努力すれば努力するほど、自分
の無力さを思い知らされていく。

何よりも悔しいのは、それを妹が嬉《うれ》しそうに僕に報告することだった。

こっちは何を犠牲にしても妹に勝ちたいのに、あいつはいつも褒めて欲しそうな顔で擦
り寄ってくる。とても純粋な目で僕を見て、一切邪気なんてなく、ただ兄である僕に笑い
かけてくる。

すぐに僕は、妹と競うのを諦めた。

諦めて「相川渦波は自分たちの子供ではない」という現実を受け入れるしかなかった。

幸い、両親は僕に無関心でも、世間体が悪くなるような悪意ある放置はしない。

特に何か教えてくれることはないが、ちゃんと義務教育として学校には通わせてくれた。

定期的に十分過ぎる金銭を与えてくれて、「好きに生きろ」とも言ってくれた。

その与えられる金額は、学生には過分な量だった。両親の金銭感覚がおかしかったのか、それとも多めに与えることで僕との関わりを最小限に抑えようとしたのか。たぶん、両方だろう。とにかく、僕がお金に困ることはなかった。

それからは僕は普通の子供として、普通の生活を過ごしていく。

余ったお金で、マンガとゲームをたくさん買った。

努力する意味を失った僕は、とても自然な流れで娯楽に没頭していった。

妹に勝てないという事実から目を背けるために、余り自室から出ようとしなかった。

部屋から出て、妹と顔を合わせてしまえば、恨みどころか殺意が湧く。両親から『いないもの』として扱われる現実と向き合うのも、余りに心が苦しい。こちらも両親と妹を『いないもの』として扱って過ごさないと、気が狂ってしまいそうだった。

だから、学校以外の時間は全て、現実逃避をし続けた。

それで生きることはできていたのだから、僕にとっては十分だった。生まれは裕福なのだからと、高望みなんて一切しない。もっと酷《ひど》い生まれにいる子供がたくさんいるのを、幼いながらも僕は知っていた。

ただ、自分は『生まれながらの敗北者』であると実感していたから、できるだけ学校では慎《つつ》ましく過ごすようにした。妹の通っている学校とは違うが、それでも両親のことが知られると面倒なのは間違いない。自己主張は控えて、周囲に溶け込むように生きた。

それなりに友達がいて、それなりに遊んで、それなりに失敗して……、本当に普通の学校生活を、小学校から中学校まで送っていった。

自分の相川《あいかわ》家の全てから、ずっと目を逸《そ》らして……。

そして、転機が訪れたのは、中学生の中頃。一人で生きることに慣れ始めて、その生活の中に自分なりの生き甲斐《がい》を見出《みいだ》していたときだった。

——父が捕まった。

その事実を何気ない朝のニュースで僕は知った。

点滅する液晶画面のスピーカーから難しい言葉がたくさん発されていくのを、僕は自室で呆然《ぼうぜん》と見続ける。父が違法薬物の使用を切っ掛けに拘束されて、連鎖的に新たな罪状が露見していくのを放送していた。憤慨する見知らぬコメンテーターに、涙ながらに話す父の知人らしき女優。どこを見ても、同じだった。世間から犯罪者として扱われ、その完璧な人生から急転落していくのがよくわかった。

僕の中で絶対だった父が、警察に捕まったことを知り、驚き、困惑した。

テレビから流れる父の悪行の数々に動揺はない。ただ、あの計算高く完璧な父が、ミスをしたということが不思議でならなかった。

何が起こっているのか理解し切れないまま、続いて母も同じ状況に陥っていることがわかる。警察のマークは夫婦に対して付いていて、今回は同時に証拠をあげることができたとスピーカーから聞こえてくる。僕は家の中で立ち尽くして、学校に行くことも忘れて、この相川家の末路を見守っていた。

——そのときだった。

そうそう鳴ることのない僕の携帯電話《スマートフォン》が震える。

僕の電話番号を知る人は限られている。

見知らぬ番号からの電話に、最初は悪戯《いたずら》かと思った。けれど、このタイミングでの電話だ。重要な連絡かもしれないと思い、応答ボタンを押した。

予想外にも病院からの電話だった。まだ僕は混乱の最中だったけれど、電話越しの見知らぬ人の必死な声に負けて、僕は動き出す。家から出て、電車に乗って、長い時間をかけて移動したものの頭の中はまだグチャグチャで、呼びつけられた病院にやってきて、案内の人に導かれるまま、とある病室まで入っていった。

真っ白な病室だった。

相川家の住んでいた部屋とよく似ていて、強い消毒液の匂いがする。

最低限の家具と医療機器が並び、窓庭の白いベッドに一人の少女が横たわっていた。

医者の横を素通りして、僕は吸い込まれるように少女に近づいていく。

横たわる少女の顔は親譲りの美しさで、その長い黒髪は一切の澱《よど》みなく流れている。まるで人形のように完璧だと、誰もが一目の感想に抱くだろう。

その少女は僕の来訪に気づき、目を開けて、軽く身体《からだ》を起こしてから一言零《こぼ》した。

「兄さん……」

妹の陽滝が、弱々しく微笑《ほほえ》んだ。

その一言に、僕はどう応えればいいかわからず、立ち尽くすことしかできなかった。

なにせ、妹とまともに話したのは、幼少の頃に競い合ったのが最後……だったはず。

「兄さん、ごめんなさい。兄さんも忙しいはずなのに、私のせいで……」

妹がベッドの上で申し訳なさそうにしていた。

その意味を後方の医者と思わしき男から伝えられる。まず「相川陽滝さんのお兄さんですね？」と問いかけられて、それに答えるのに数十秒要した。詳しく聞けば他の親族たちと連絡がつかず、最後の選択肢として僕が呼ばれたらしい。

医者は相川家の事情を知っているようで、僕を緊急の保護者代わりとして話を進めていく。ただ、説明されながら、僕は思っていた。

まず、どうやって妹は僕の電話番号を知ったのだろうか？　そもそも、これは未成年の僕が聞いていい話なのだろうか？　いや、それよりも、僕は両親についての説明が一番欲しいのに、なんでこんな所にいるんだ？　何かがおかしい？　衝撃的な出来事が一日に固まり過ぎていないか？　落ち着く暇がない。どうにか一度、落ち着く時間が欲しい。冷静に考える時間が――

止《と》め処《ど》なく疑問が溢《あふ》れては、一向に思考が纏《まと》まらない。

その間も、説明はされ続ける。

ときには怒りを交えて、医者は陽滝の状態の悪さを伝えてくる。

この幼さで、これだけ酷使されている身体は珍しいらしい。軽く血液検査しただけでも、異常数値が二桁出たらしい。まだ原因を断定できない喘息《ぜんそく》発作があるので、長期の検査が必要とも言われた。身体的な治療だけでは追いつかない部分があるので、心療内科の紹介状を書くとも。

先ほどのテレビと一緒で、急に大量の情報を詰め込まれても理解が追いつかない。

要するに、陽滝は病気ということだろうか……？

しかし、それはおかしい。病気なんてありえない。

妹は完璧だ。父や母と同じで、完璧なのだ。父が病気になったところなんて見たことない。妹だって病気になんてなるはずがない。

妹は生まれながらの天才で、恵まれていて、何をやっても成功して……だから、僕は嫉妬していたんだ。恨んでいたんだ。ずっと。

けれど、目の前にあるのは、僕の中にある感情と全く逆の光景。

あの何でもできる妹が、かつてない弱々しさを見せている。歌も踊りもそつなくこなし、どこに行っても将来有望な天才子役と言われていた妹が、一切の輝きを失っている。

「本当に、ごめんなさい……。私には、もう兄さんしか頼れる人がいないから……」

倒れてしまいそうな青い顔で見つめてくる妹に、僕の頭は急速に冷えていく。

疑問は尽きないが、それよりも大事なことがある。

いま、目の前で血を分けた妹が苦しみ、助けを求めている。

まだ妹は子供だ。いまだ子供の僕よりも、さらに小さな子供だ。

妹は完璧じゃなかったのだ。幼少の頃の敗北のトラウマが、陽滝《ひたき》を絶対化していた可能性が高い。僕よりも優れていたのは間違いないが、あの悪の権化のような父と同レベルの強さなんて持っているはずがなかった。

思えば、昔から妹だけは、ずっと僕に笑いかけてくれていた。あのときは、才能のない僕を馬鹿にしているのかと思っていたけれど、少し成長した僕ならわかる。

妹は兄である僕が好きで、仲良くなろうとしていただけだった。

それなのに……、僕は、ずっと……。

何よりもまず僕は謝って、妹の細い腕を両手で握った。

「ご、ごめん、陽滝……！　ずっと僕がおかしかった……。八つ当たりしてたんだ。全部僕が情けないのが悪いのに、何もかも陽滝に当たって……。お兄ちゃんなのに、おまえを無視し続けて……」

それに妹は心の底から救われたかのような表情を見せた。

「ああ、やっぱり……。兄さんは優しい……」

ああ、やはり。ずっと妹は、僕の救いを待っていたのだ。

あの父と母の異常な英才教育が、幼い子供を苦しめないはずがなかった。

それをずっと僕は、見て見ぬ振りしていた……！

「違う……!!　僕は優しくなんかない。ずっと僕は陽滝を『いないもの』としてきたんだ。陽滝は僕よりも小さな女の子なのに……。兄であるはずの僕は一度も助けようともしなかった……。たったの一度も……」

後悔する。僕は親の期待を全て妹に押し付けて、のうのうと自分だけは普通の生活を過ごしてきた。相川家が異常であることはわかっていたのに、僕より才能のある妹なら平気だと、嫉妬混じりに思考を停止してしまった。

「やっぱり、僕は駄目だ……。ああ、なんて馬鹿なことを……！」

愚かな自分への怒りが、溢れて止まらない。握った拳が、いまにも砕け散りそうだ。

「その顔が、優しい証拠です。兄さんは、もっと自分に自信を持ってください。その優しさが兄さんの強さなんですから」

妹は、そっと僕の頰に右手を添えた。そして、僕のことを「強い」とも言ってくれた。

思いもしなかった評価に僕は困惑する。

「強い？　何を言って……。強いっていうのは、父さんや母さんみたいに――」

「いいえ。私や両親のような中身のない人間は、強いと言いません。確かに『数値』だけで見れば立派なものでしょうね。名声、財産、能力……。しかし、それは本当の強さとは言いません。いま、兄さんに会えて、やっとそれを私は確信できました」

首を振ろうとする僕を止めて、とても愛《いと》おしそうに僕を褒め続ける。

「兄さんは優しい人です。その優しさは、強さです」

「僕が……、優しい……？」

その一言が、僕の転機となる。この日から、僕は新たな人生を歩き出せるようになる。

結局、僕という『いないもの』を見つけて、認めてくれたのは妹だった。

家族として愛してくれたのも、妹だった。——父と母ではない。

「私は知っています。兄さんは困っている人を見たら、決して見捨てられない。たとえ他人だろうと、どうにか助けようと必死になれる。本当にかっこいいですよ」

戸惑う僕相手に、陽滝は話を続ける。だが、少し誇張が過ぎる気もした。そこまで褒められるほどの人間なのかと、僕は自分を信じられなかった。

「いつも、兄さんはみんなを気遣って、自分の損得よりも他人を思いやることができました……。誰かの笑顔を見て、自分も笑顔になれる。妬むよりも先に、祝福ができる。そんな人です……」

しかし、僕が否定しようとする前に、妹は追い立ててくる。

あの優秀な陽滝が口にすると、そうなのだろうと思わせるだけの説得力があった。

まるで、『魔法』にでもかかったかのように、その言葉を僕は吸い込んでいく。

「とても素晴らしいことだと思います。兄さんは少しお人好《ひとよ》し過ぎますけど、それは悪いことじゃありません。どこまでも真っ直《す》ぐで、決して弱くなんてない……」

いつの間にか、妹が目の前にいた。

その黒い瞳の中に、僕の顔が映っている。

しっかりと僕を見て、決して目を逸らさずに称賛してくれ続ける。

「兄さんは迷いながらも、苦しみながらも、前に進み続けることができる。それに比べて、私は本当に駄目です。私は一歩も前に進めません。もう一歩も……」

最後に、妹は今日一番の弱音を吐いて、僕の頬から手を離した。

距離を取って、目を逸らし、少し不安げに呟《つぶや》く。

「お願いします。これからは兄さんと一緒に生きたいです。例えば……、同じ学校に行きたいです。兄さんと同じ家に住んで、同じ部屋で同じものを食べて、同じところで眠りたい。もう二度と、あんな生活は送りたくない……」

そして、願った。

今日までの人生は苦しかったのだと告白し、僕と一緒に生きたいと言った。

誰かに認められることも頼られることも慣れていなかった僕は、即答できない。

全て任せろという言葉が喉から出てくれず、切っ掛けを探して周囲を見回す。

僕の後ろには医者がいた。

ずっと僕たちの様子を、根気強く見守ってくれていたようだ。その医者が僕を見て、とても強く頷《うなず》いた。それでいいのだと、専門家から背中を押されてしまう。

　――運命が、決定される。

　複数延びた道の中、僕は一つを選んだ。

「……うん」

　妹の願いに答える。すぐに身を乗り出して、ベッドにいる妹の身体を抱き寄せて、安心させようと声を出す。

「大丈夫だよ、陽滝。これからは一緒だ。僕たち兄妹は、ずっと一緒だ……」

　今日初めて、僕は自分から妹に近づいた。ずっと敵だと思っていた陽滝こそが、僕を助けてくれる人だと気づき、心の底から愛おしく思い、抱き締めた。

　想像していた以上に妹の身体は細かった。細く、小さく、弱々しい妹だ。

　やはり、僕は間違っていたのだ。陽滝を『いないもの』にしていいはずなんてなかった。僕の妹は強くなんかない。完璧なんかじゃない。雲の上の天才でもない。いや、たとえ何者であったとしても、僕の妹であることだけは変わらなかった。陽滝の兄である僕は、彼女を助けないといけなかった。

　ずっと僕は、兄としての『使命』を果たせていなかった。だが、もうそれも終わりだ。いまこのときから、もう僕は道を間違えない。兄として、絶対に妹を――

「……ふふっ。ああ、やっと私を見てくれた。……私の兄さん」

　僕の決意を秘めた声を聞き、陽滝は安堵《あんど》の表情と共に微笑を漏らした。

　強く抱き締めた胸の中で、妹の吐息を感じる。

そこで妹が生きているという実感がある。同時に、僕も生きているという実感がある。

もう『いないもの』なんてどこにもいないと思えるだけの実感だった。

――こうして、僕たち兄妹は両親の消失を転機として、互いの存在を確かめ合った。

父と母から感じなかった家族の愛を、確かに得た。

欲しかった言葉を得て、穴の空いていた心が埋まった気がした。

だから……。だからだ。これからは、絶対に陽滝を守ろうと思った……。

妹のおかげで僕は、やっと生きていることを実感し始めたのだ。

逆に言えば、妹がいなければ僕の人生は終わり。

もう二度と『いないもの』になんて僕は戻らない。

もう妹を『いないもの』にもしない。

相川《あいかわ》陽滝は僕が守る。何に代えても守る。それが、僕の『未《み》れ――


――渦波よ、本当にそうか？


「え……？」

急に知らぬ声が響いた。

一番古い記憶の回想の中、無遠慮な大声が頭の中に鳴り響く。

同時に、全てが消える。元の世界の病室。白いベッドに治療器具。綺麗《きれい》に掃除された床に壁。見守っていた医者に幼い兄妹。何もかも霧のように消えていく。

全てが夢であることを証明してから、僕は何もない真っ暗な世界に放り出される。

そこで僕は、もう一度声を聞く。

それは聞いたことがないはずなのに、少し懐かしくて安心できる声だった。

――おぬしは父に認められたかったのではないか？

それは鼓膜ではなく、思考の中に直接入り込んでくる。

いかに僕が耐えかねて耳を塞ごうとも、強制的に聞かされていく。

――本当は、妹ではなく父に愛されたかったのだろう？　ずっと父に憧れていたと自分でよくわかっていたではないか？　なのに、どうして途中から妹の陽滝になる？　陽滝を守るのが全てだという答えに至るのは、何かおかしいと思わぬか？

「ちょ、ちょっと待って……」

口早に触れられたくない部分を突かれて、僕は思わず制止しようとする。

しかし、止まらない。使徒特有の相手の気持ちを配慮しない言葉が、投げかけられ続ける。それも頭に、直接だ。

――おぬしはおぬしの矛盾に、まだ気づかぬか？　おぬしは妹こそが父の才を受け継ぐ者と思っていたようだが、それは違うぞ。陽滝のやつは、もっともっと違う『得体の知れない何か』じゃろう。

本当に父と同じだったのは、おぬしじゃ。おぬしの父は非才の身でありながらも努力を重ね、手段を選ばぬことで、『作り物』の強さを手に入れようとした。その生まれながらの臆病な性格に追い詰められつつも、必死に人生を生き抜いて、やっとのことで誰にも負けない強さを手に入れた男。何より、最後の肝心なところで負けるところなど、本当におぬしとそっくりではないか。

「僕と父さんが同じ？」

ああ、同じじゃ。おぬしは千年前に「『ティアラ・フーズヤーズ』と一緒になる」と誓っておきながら、彼女のことを忘れたな。都合の悪いことは全てなかったことにして、見殺しにまでしたな。そして、より美しく、より自分に近しく、より都合のいい『ラスティアラ・フーズヤーズ』を恋人にして、いま浮かれているところ。

いまのおぬしとおぬしの父、どう違う？

よく似ているではないか。おぬしは間違いなく、あの男の息子じゃ。

「そんな……、ことは……」

いや、いまは重要な話ではないな。

重要なのは陽滝のやつの思い通りに、全ての物語が進んでいるということ。

「ま、待て。いまの話を、もっと――」

おぬしの両親の消失と全く同じじゃ。

全て上手《うま》く進んでいると思っていても、実は全て陽滝の思い通りに進んでいるだけ。

よいか、渦波《かなみ》よ。

間違いなく、おぬしの両親を陥れて破滅させたのは相川陽滝《ひたき》じゃ。おぬしと二人きりになるために、元の世界での結末の絵図を描いたのは相川陽滝以外におらぬ。

「そ、そんなことあるか!!　好き勝手言うな！　そもそも、おまえは誰なんだ！　僕の何なんだ!?」

儂《わし》は知と中庸の心を司《つかさど》る使徒、ディ、プ、ラ、ク、ラ。

かつておぬしの盟友となった使徒じゃが、いまは植物化して動くことができぬ。ようやくおぬしが手の届く距離に入ってきたゆえに、声を届けているところじゃ。

「使徒ディプラクラだって……？」

儂のことを無理に思い出す必要はない。

おぬしはおぬしの役目だけを思い出せ。そして、その役目を果たすために、決して弱い心を失《な》くしてはいけないことを思い出せ。儂ら使徒が、おぬしをこちらの世界に呼んだのは、相川渦波が【自分の人生に本気になることができず】【大切な人に本当の気持ちを伝えられず】【与えられた役目ばかりに必死になって】【結局、家族の傍《そば》に居続けることさえできず】【妹の理想を守ろうと見栄《みえ》を張り続けて】【本当に欲しかった愛情は、もう二度と手に入らない】からじゃ。

相川渦波とは魂からして、そういう人間じゃった。『理《ことわり》を盗むもの』たち全員の『未練』を、生まれながらに魂が抱えている。ゆえに、これからおぬしは【最愛の人を救うことができず】【全てを忘れて、現実から逃げ出す】。

貶《けな》しておるわけではないぞ。おぬしは誰よりも『理を盗むもの』らしい本質的な弱者ゆえに、『理を盗むもの』たちの希望となれる存在じゃった。

だからこそ、儂らはおぬしを異世界から召喚した。『理を盗むもの』たちの魂を救い、纏《まと》め、一箇所に集める存在として『契約』した。

しかし、そのおぬしから、陽滝は『みんなを理解するための弱さ』を奪おうとしている。陽滝は物事をすり替えるのが、本当に上手い。兄妹関係であるおぬしが干渉されていない箇所などないじゃろうな。おぬしのいまの性格や価値観も……、おぬしの憧れや好意の先も、おそらくは全てが……。

「全て、何だって言うんだ……」

………。

だとしても、渦波よ。

儂が望むことは、ただ一つ。とてもシンプルなことじゃ。

いいか。直に、時が来る。相川渦波の物語は、ついに『最後の頁《ページ》』に届く。

そのときに、決して選択を間違えるな。

儂たちとの『契約』を違《たが》えることなく、役目を果たせ。

おぬしの持つ『未練』は、妹ではない。

『未練』は、我らが主《あるじ》を救うこと。

我が主は、おぬしを待っておる。

相川渦波と『親和』できる瞬間を、ずっと待っておる。

……これで、儂の話は終わりだ。

間違えるでないぞ。儂は、おぬしにこそ世界を救って欲しい……。

本当の意味での守護者《ガーディアン》は、相川渦波だけと思っておる……。

「使徒の話だから、黙って聞いてたけど……。余りに話が大き過ぎる。急に世界を救う話なんてされても、わけがわからない……」

馬鹿を言うな。もうおぬしにとっては、大き過ぎる話ではない。

自分の持つ力を見直せ。その『次元の理を盗むもの』の力を。

そもそも、急な話でもない。最初から、そういう話じゃった。

諦めろ。必ずおぬしは、この世界を救うと決まっておる。我が主と同じくな。おぬしたち二人は、皆を救うことができても、自分が救われることなど『永遠』にない。

そう。

もう二度と、『永遠』にない――

◆◆◆◆◆

「はぁっ！」

止まっていた息を吐く。

同時に目を見開き、身体《からだ》を起こして、急いで周囲の状況を確かめる。

目に沁《し》みる光が視界に広がって、見覚えのある飾り気のない部屋が見えてきた。

窓に目をやれば、ベッドまで届く朝日が差し込んでいる。手元にはベッドのシーツが強く握り締められていた。

自分が『リヴィングレジェンド号』の自室内にいることを理解する。

いま、僕は眠りから覚めたようだ。

「さ、さっきの夢……」

身体に張り付いている寝汗から、悪夢であると判断せざるを得ない。

癖のように、まず魔法《ディメンション》が広がっていく。部屋の隅々まで調べて、敵の攻撃の名残を探す。次に船の廊下を見て、一つずつ念入りに船の部屋を捜索し、仲間の安否も確認していく。――並行して、先ほどの夢を思い返していく。

本当に懐かしい記憶だった。そして、その夢の終わり際に、誰かから説教をされたのを、ぼんやりとだが覚えていた。その声は名乗った。『本土』のフーズヤーズにて、世界樹になってしまっていると噂《うわさ》の使徒ディプラクラの名を。

過去にラスティアラは、世界樹から選ばれた人間は声を聞くことができると言っていた。もしかしたら、船が世界樹に近づいたことで、その現象が眠っている僕を襲ったのかもしれない。

「ディプラクラ……。シスと一緒の使徒か……」

状況を確認したところで、呟《つぶや》きながらベッドを降りた。

いつもと同じように部屋で着替えて、今日一日の準備を終わらせていく。

平静を保てているのは、正直なところ、近い内に聞こえるだろうなと身構えていたからだ。ただ、まさか夢の中に入ってくるとは、少し予想外だった。できれば、次は意識がはっきりしている昼間くらいに声をかけて欲しい。そう考えながら準備を終えた僕は、軽い足取りで部屋から出ていく。

色々とショッキングなことを言われた気はするが、大きな動揺はない。世界樹にいるであろう使徒ディプラクラに会いに行くという方針にも、変わりはない。

「……変な夢を見たこと、みんなに話しておこうか。ほとんど曖昧だけど、言わないよりはいい」

まず仲間に相談すべきと決めた僕は、船の甲板に向かっていく。

丁度、船の甲板では、仲間たちの朝食をライナーが用意しているところだった。

「おはよう、ライナー」

甲板に出た僕は、まず朝の挨拶を投げかけた。

「ああ。起きたか、ジーク。もう準備はできてるぞ」

テーブルの上には、人数分のパンとスープ。それに軽く調味料のかかったサラダの盛り合わせ。簡易だが、船上では十分過ぎる朝食だった。そして、いつもと量が違うことに、まだ解除されていなかった《ディメンション》で気づく。

「今日もありがとう。……ちょっと今日は多め？」

「ああ、多めだ。もう船旅は終わりだからな。遠慮なく、食材を使い切らせてもらった。たぶん、これを食べ終えた頃には、もう上陸だ」

そう言って、ライナーは視線をテーブルから海上に向けた。

いや、正確には、海上の先にある陸地を見る。

僕も同じく見つめていると、後ろから大きな声があがる。

「あっ、もうカナミが来てる！　やっぱ気になるよねー！」

僕の恋人のラスティアラが、甲板までやってきた。

その後ろには、眠りながら歩く陽滝の手を引くディアも続いていた。

「カナミ、おはよう。もうそろそろだな」

ディアが朝の挨拶の言葉をかけてきたので、現れた三人に纏めて「おはよう」と僕は返した。続いて、船の中から朝から元気たっぷりのラグネちゃんと、対照的に眠たげなスノウも出てくる。

「おはよーっす！」

「お、おはよぉ。ふわぁ……。うぅ、毎朝起こされるから寝坊もできない……」

ラグネちゃんにも同様に軽い挨拶を返して、スノウの頭は優しく叩《はた》いておく。

これで、船の仲間たちが全員揃《そろ》った。

いい機会だと思い、僕は上陸前に全員のステータスを『注視』して確かめる。

【ステータス】
名前：相川《あいかわ》渦波　HP543/543　MP1514/1514　クラス：探索者
レベル36
筋力19.21　体力21.11　技量27.89　速さ37.45　賢さ28.45　魔力72.32　素質6.21
先天スキル：剣術4.98
後天スキル：体術2.02　亜流体術1.03　次元魔法5.82+0.70　魔法戦闘1.01
　呪術5.51　感応3.62　指揮0.91　後衛技術1.01　縫製1.02
　編み物1.15　詐術1.72　鍛冶1.04　神鉄鍛冶0.57
固有スキル：最深部の誓約者《ディ・カヴェナンター》
　？？？：？？？

【ステータス】
名前：ラスティアラ・フーズヤーズ　HP1221/1221　MP562/562　クラス：騎士
レベル33
筋力29.12　体力26.24　技量15.12　速さ18.55　賢さ24.34　魔力19.23　素質6.50
先天スキル：武器戦闘2.35　剣術2.15　擬神の目1.00
　魔法戦闘2.34　血術9.12　神聖魔法3.42
後天スキル：読書1.47　素体1.00　集中収束0.22

【ステータス】
名前：ディアブロ・シス　HP741/741　MP3412/3412　クラス：剣士
レベル59
筋力15.11　体力13.55　技量9.45　速さ10.67　賢さ39.91　魔力177.22　素質5.00
先天スキル：神聖魔法8.34　神の加護5.00　断罪5.00　集中収束5.12
　属性魔法3.12　過捕護8.00　延命5.00　狙い目5.00
後天スキル：剣術0.53
固有スキル：使徒
【ステータス】
名前：スノウ・ウォーカー　HP1023/1023　MP390/390　クラス：スカウト
レベル29
筋力25.21　体力22.12　技量8.89　速さ9.23　賢さ9.99　魔力19.12　素質2.62
先天スキル：竜の加護1.10　最適行動2.52　古代魔法2.32
　心眼1.12　鮮血魔法1.54
後天スキル：先導2.02　指揮2.11　後衛技術1.45
　軍隊指揮2.11　交渉1.23
【ステータス】
名前：ライナー・ヘルヴィルシャイン　HP559/559　MP391/391　クラス：騎士

レベル34
筋力18.45　体力15.01　技量15.28　速さ21.98　賢さ18.35　魔力15.23　素質3.87
先天スキル：風魔法2.88
後天スキル：神聖魔法2.12　剣術2.98　血術1.54
　　　　　　魔力操作1.54　集中収束1.02
　　　　　　最適行動4.12　不屈3.89　悪感1.04

【ステータス】
名前：ラグネ・カイクヲラ　HP183/183　MP41/41　クラス：騎士
レベル19
筋力4.02　体力4.98　技量12.12　速さ6.23　賢さ8.01　魔力1.80　素質1.12
先天スキル：魔力操作2.20
後天スキル：剣術0.60　神聖魔法1.14

今日までの船旅の間、ずっと僕たちは迷宮五十層付近でレベル上げを続けた。

ラグネちゃんだけは「もう十分に強いから、これ以上はいい」と遠慮したのでそのままだが、全員が一回り以上強くなったと思う。

細かく体調管理をしていたおかげか、例の『魔人返り』の症状は誰にも現れなかった。

見たところ、まだ全員にレベル上限の余裕がある。僕とスノウは『理《ことわり》を盗むもの』の魔石を持っていて、ディアは使徒の身体を持っている。ラスティアラは聖人の力を受け継いだことで、明らかに『魔の毒』を受け入れる器が広がっている。正直、なぜライナーだけが何の補助もなくレベル上限が高いのか、その理由はわかっていない。本人は「ティアラから『数値に表れない数値』のおかげだと聞いた」と言っていたが、少し腑《ふ》に落ちないところがあるのは否めない。

そう『表示』で色々と確認していると、ラスティアラは船首まで移動して身を乗り出しながら、遠くの陸地を見て叫ぶ。

「あー、着いた！　連合国じゃなくて『本土』！　ほんとのフーズヤーズ!!」

気の早いラスティアラは、遠くの港を指差して「着いた」と言う。

見た目に反してパーティー最年少である彼女は、その興奮を表に出し切る。仕方なく僕は、いまにも一人で海の上を駆け出しそうなラスティアラを抱えて、甲板のテーブルへと強引に座らせる。口を尖《とが》らせる彼女を放置して、まずは全員で落ち着いて朝食だ。

なにせ、いままでの戦いと違って、今回の旅は慌てる必要なんて一つもない。

しかし、ラスティアラは頬一杯にパンを詰め込み、一秒でも早く朝食を終わらせようとする。その姿を尻目に見て、僕は微笑を浮かべながら、近づく港を確認する。

連合国グリアードにも負けない大きさの港だ。違いを挙げるとすれば、ずらりと並ぶ帆船が、商船でなく軍船ばかりであるところ。『開拓地』にあった暢気《のんき》さは少なく、物々しさが強調されているのを感じる。

そして、その物々しさを打ち消すだけの熱気も感じる。

目で確認はできずとも、生活する人々の熱が遠くからでも肌で感じ取れた。話に聞いていた通り、この港の奥には連合国以上の国土と人口を備えた世界が待っているのだろう。

その新たな大陸を前に、僕は目的を口にする。

「この先に『大聖都』が……。ディプラクラがいる……」

自分のやるべきことだけは見失わないようにする。『大聖都』で待っているであろう仲間たちと合流し、妨害してくるであろう『光の理を盗むもの』ノスフィーを倒して、使徒ディプラクラと会い、眠り続ける妹の陽滝《ひたき》を目覚めさせる方法を聞き出す。

シンプルに、それだけ。

あとは陽滝を助けるだけなのだと、僕は僕の心を落ち着かせ続ける。

船が港に着くまでの間、朝食を口に含みながら、ずっと……。

4.『大聖都』

『本土』に到着した僕たち七人は、港に『リヴィングレジェンド号』を預けて、陸路に切り替えていく。依然として、陽滝は眠ったままだが、ディアが手を引いていれば移動に支障はない。『本土』の交通機関が豊富なのも、非常に助かった。港町を少し歩くと国の首都まで直通している馬車が多く並んでいた。その中から一つ借りて、全員で乗り込み、大陸内部に向かっていく。進む道路は連合国周辺よりも上等で、柔らかな土に『魔石線《ライン》』が綺麗《きれい》に引かれている。おかげで馬車の揺れは本当に少ない。金と権力に物を言わせて借りた馬車のおかげで、とても快適だった。

それと道路だけでなく、馬車の窓から見える風景も連合国とは違う。

あちらは『開拓地』と呼ぶに相応《ふさわ》しい何もない平原がどこまでも続いていたが、こちらの平原は人の手の入っているところが多い。いつも少し遠くに中規模の街が見えて、川や森があれば近くに必ず小屋がいくつか建っている。平原の上には澄み渡る青い空が続くだけでなく、人々の生活を示す白い煙が多く立ち昇っている。道路を一定距離進むごとに関所と宿を兼ねた建物があり、治安維持と思われる警備兵が数人立っている。

――馬車に揺られながら、その連合国とは違う風景を眺めているだけで、飽きることなく時間は過ぎていった。

港から半日もかからない内に、僕たちは目的地に到着して馬車から降りていく。目的地の目前までやってきたところで、旅で興奮し切っているラスティアラが叫ぶ。

「――よぉし！　今度こそ、本当に着いた！　もう着いたでいいよね!?　ここが伝説の『大聖都』！　この世界の中心！　この世界で一番大きい街！　なるほど！　確かに、これなら世界で一番というのも頷《うなず》ける!!」

目の前に広がるのは、フーズヤーズ国の『大聖都』。

少し前に、僕は『北連盟』最大の街、ヴィアイシア国の首都である『王都』を訪れた。『木の理を盗むもの』アイドの魔法の力も相まって、その緑溢《あふ》れる壮大な景観に驚いたのは記憶に新しい。

しかし、この『南連盟』最大の街、フーズヤーズ国の首都である『大聖都』は、その衝撃を上回る。ラスティアラの言う通り、世界で一番大きい街と表現しても間違いないだろう。そう断言させるだけのものが、いま僕たちの前には広がっていた。

まず『王都』と違って、この『大聖都』は外敵の侵入を防ぐ外壁が存在しない。代わりに連合国と同じく『魔石線《ライン》』が外周に引かれていて、その少し奥に煉瓦《れんが》造りの頑丈そうな家屋が一定間隔で並んでいる。

左右どちらに目を向けても、その家屋の壁が途切れるのを見つけることはできない。

とにかく広い。そして、建物の高さが、どれも異様に高い。『大聖都』の広さ・大きさは、連合国の倍以上という噂《うわさ》は本当のようだ。

僕は『大聖都』の端を見つけるのを諦めて、前を見直す。広さの割りに小さめの門が一つあり、そこに街へ入ろうとする馬車がずらりと並んでいた。検閲中の門に徒歩で向かいながら、僕はラスティアラに気になっていることを聞く。

「そういえば、ラスティアラはここに来たことないのか？」

「あったら、こうなってない！」

名前にフーズヤーズを持ちながら、まだラスティアラは『大聖都』に来たことがなかったことが判明する。その理由を、陽滝の手を引くディアが軽く説明する。

「ラスティアラは向こうの連合国を纏《まと》めるために用意された『魔石人間《ジュエルクルス》』って話だから、『本土《こっち》』とは余り関わりはないんだろ。……もしかして、この中なら俺が一番ここと関わりあるのか？」

「そっすね。ディア様が一番っすよー。たぶん、この中で『大聖都』に来たことがないのはカナミさんとお嬢だけっすね。他はみんな一度は来たことあるっすよ」

ラグネちゃんが疑問に答えて、その話をライナーとスノウは否定しない。大貴族生まれの二人は『本土』との縁が深そうで、『大聖都』を前にしても慣れた様子だった。

「それじゃあ、私が先に行って関所の騎士さんたちと話をつけてくるっすね。こういう些《さ》事《じ》は全部、この私にお任せっすー」

そう言ってラグネちゃんは一人先に駆け出して、並んでいる馬車の順番を飛ばして、門の前に立っている重装備の騎士たちのところに向かっていった。

彼女は些事と言ったが、大変助かる話だ。

街に入ると言えば不法侵入ばかりだったので、堂々と入れるのは心が休まる。見たところ、街を囲う『魔石線《ライン》』を無断で越えれば、すぐさま見回りの警備兵たちが集まる仕組みになっているはずだ。強行突破して、無駄に魔力を消耗する展開は避けたい。なにせ、この先には『光の理を盗むもの』ノスフィーの用意した戦場が待っているのだから。

「しかし、本当に大きな街だ……」

そう僕は呟《つぶや》きながら、その大き過ぎる街の全容を把握しようと《ディメンション》を広げようとする。何の滞りもなく、魔法は成功した。平原全てを次元属性の魔力が覆い尽くして、先ほどやってきた港の『リヴィングレジェンド号』の甲板のテーブルまで見ることができる。――しかし、決して《ディメンション》が『大聖都』の中に侵入することだけはできなかった。

広げた魔法の感覚の中、ぽっかりと『大聖都』の部分だけ穴が空いている。

その感覚を僕は知っている。ヴィアイシアの戦いでの記憶は忘れようもない。これは、あのときノスフィーのやつが自慢げに話していた僕の《ディメンション》を無効化する『恋のお呪《まじな》い』の感覚だ。あれと同じものが『魔石線《ライン》』を利用して『大聖都』の全域に施されている。アイドのヴィアイシア城と全く同じ状況だ。

「間違いない。ノスフィーがいる」

目的の使徒ディプラクラと会う前に、超えるべき敵がいる。

露骨過ぎる相川渦波《あいかわかなみ》対策が施された街を前に、予感が確信に変わっていく。

その僕の顰《しか》めた顔を見て、魔法に詳しいラスティアラも敵の存在に気づいたようだ。

「んー？　これってもしかして……、次元属性だけ禁止されてるっぽい？　例のノスフィーちゃんの仕業なの？」

「ああ、こういう嫌がらせが得意なやつなんだ。あいつは」

もちろん、中に本人はいない可能性もある。

けれど、どうしてかノスフィーに関してだけは断言できる気がした。「この『大聖都』でノスフィー・フーズヤーズは必ず待っている」と、僕には確信できてしまう。

「へー、なるほどね。それで、カナミはどうするつもり？」

「問題ない。このまま、入るつもりだよ」

正直、この『魔石線《ライン》』を破壊しようと思えば、いつでも破壊できる。魔法に詳しいラスティアラとディアがいるのだから、時間をかければ『大聖都』の外からでも術式そのものを解除できるだろう。

だが、それは『大聖都』の平和を脅かすということである。もし解除してしまえば『魔石線《ライン》』を管理しているであろう国の人たちを敵に回し、街中での行動が制限されてしまう。せっかく今回は堂々と正面から入れるのに、無駄に敵を増やすのは避けたい。

ただ、その僕の判断を、スノウは心配していた。

「カナミ、魔法使えなくても大丈夫？　アイドのとき、苦労したんじゃ……？」

「いや、アイドと戦ったときも似たような状況になったけど、正直そんなに困らなかったよ。というか、ローウェンのスキル『感応』が取り上げられない限り、僕の力ってあんまり変わらない気がする……」

　間を置かず、その心配を否定した。アイドと戦ったときに確信したことだが、『地の理を盗むもの』ローウェンから受け継いだ『剣術』は、単体で並の『理を盗むもの』の力に匹敵する。その上、少し割高な魔力消費になるが、僕は他の属性の魔法を使えるようにもなっている。次元魔法を封じられたくらいでは、足踏みする理由にはならない。

「みんな行こう。もうラグネちゃんが話をつけてくれたみたいだ」

　いまも《ディメンション》ではなく『感応』が、遠くのラグネちゃんの動きを読み取ってくれていた。ローウェンの遺《のこ》してくれたスキルを、僕は信頼している。何より、心強い仲間たちが五人もいるからこそ、僕は迷いなくノスフィーの用意した戦場に入れる。

「みなさーん！　こっちっすー！　歩いて中に入っていいそうっすよー!!」

　遠くから手招きするラグネちゃんに、真っ先にラスティアラが反応する。

「うん！　いま行く！……スノウ、行こう。私たちの魔法は使えるんだから、いざとなったら私たちみんなでカナミを守ればいいだけの話だよ」

　みんなの力を合わせれば怖いものはないとラスティアラは主張して、『大聖都』に誘う。

その言葉を聞いて、スノウは少し思案したものの、すぐに頷き返して歩き出してくれた。

僕たちはラグネちゃんの先導で、敬礼する騎士たちが並ぶ門をくぐり、揃《そろ》って『大聖都』

の中に入っていく。

そして、門をくぐった先に待っていた街並みを、僕たちは間近に目にする。

第一印象は「明るい」という一言。まず魔石と宝石で彩られた街道が真っ直《す》ぐに延びて、その両側には立派な造りの家屋が並んでいる。その家屋のほとんどが看板を掲げた店で、門付近は他所《よそ》から来た人を歓迎するための空間であることがわかる。

ときおり街道の上部にアーチ状の煉瓦作りの橋が架かっており、この『大聖都』が三次元的な構造であることを教えてくれる。ここまで広いとなると敷地全てが平地というわけにはいかないのだろう。門から延びる大通りから少し横に外れると、坂道となっているところが多い。その高低差のおかげで、街の建物の高さは一定ではなく、段々畑のように色々な家屋を一度に見ることができる。

中でも、街の中心にあるであろう建物は本当に大きかった。

一瞬、壁が空まで続いているのかと錯覚するほどの大きさだ。

町の中央に聳《そび》える山のような建物を一目見て、それが『大聖都』の象徴であるフーズヤーズ城だと、この街の地理に詳しくない僕でもわかった。

連合国フーズヤーズと似ていながら、それよりも一つスケールが大きく感じる。

そのとても明るい街並みを、僕は歩きながら眺めて、次に生活している人々を観察する。

その国民を見た第一印象も、何よりも先に「明るい」という一言が出てくる。

探索者ばかりの連合国と違って、この『大聖都』は一般の旅行者が多く感じる。右を見ても左を見ても、明るい顔の旅人ばかりだ。他国から来た裕福そうな人々が街を歩いては、並ぶ店一つ一つを興味深そうに吟味している。

さらに歩き続けていると、少しずつ往来の人々の傾向は変わってくる。

店ばかりではなく居住用の家屋が見え始めて、『大聖都』で生活する国民の姿が増えてくる。走り回る子供に、知人とお喋《しゃべ》りする大人の女性たち。仕事中と思われる成人男性が忙しそうに歩く傍らで、老人夫婦が手を繋《つな》いで幸せそうに散歩している。

いまは一時停戦中とはいえ、『南連盟』は戦争を行っている最中だ。それでも、この『大聖都』だけは一生戦火と無関係だと言わんばかりの平和な空気を感じた。

「歩いてると、身体《からだ》がぽかぽかするっすねー。今日は身体の調子がいい感じっすー」

ただ、その平和と活気の中には、見逃せない異常が交じっていた。

僕のパーティーの中だと、特にラグネちゃんがその異常を受けている。

身体の芯から高揚し、体温が上昇しているのだろう。

汗ばんだ顔を腕で拭っているのを見て、僕は彼女を『注視』する。

【状態】高揚0.10　心暖0.10　肉体強化0.10　精神洗浄0.10

ラグネ・カイクヲラのステータスに、特殊な状態異常が四つ。

僅かな数値だが、間違いなく何らかの魔法の影響下にあった。

——この街から感じる異常とは、明る過ぎること。

いかに活気に満ちた街とはいえ、一人も暗い表情の人間がいないというのはおかしい。

その原因を、僕は『感応』を用いて探す。

途中、僕と同じような顔で、ライナーも周囲を見回していたのがわかる。

どうやら、彼も街の異常に気づいていたようだ。僕よりも先に異常の出所を見つけ出したライナーは、険しい顔で街の地面を指差した。

指の先にあるのは、街の『魔石線《ライン》』。そこから陽光とは違った光が漏れているのがわかる。その光に手をかざして、僕は魔法を直《じか》に感じ取って、解析する。

「これは温かい……？　いや、これは熱じゃなくて精神に干渉する魔法かな……。魔法の効果は……少し正直に、少し優しく、少し元気になれる魔法？」

人を害する魔法ではない。

魔法の効果が強制的でないのは、その弱々し過ぎる光から明らかだった。おそらく、この『魔石線《ライン》』の魔法から抜け出そうと思えば、子供でも抵抗できるだろう。実際に、ラグネちゃん以外の仲間たちは、誰も全く影響を受けていない。纏う魔力のレベルが高過ぎて、魔法の力が届いてすらいないのだ。それほどに、光は弱々しい。

「え、え、え？　もしかして、カナミさん、ライナー。私を見て、言ってるっすか？　た、確かに、なんか来てる感じがするっすけど……！」

僕とライナーの視線を感じて、ラグネちゃんは慌て出す。

それに僕は、首を振って答える。

「いや、害はない魔法だから、気にしなくてもいいと思うよ」

「そのカナミさんの表情で、気にしないでいいってのは無理っすよ！　お嬢ー、解除してくださいっすー！　お嬢ー!!」

できるだけ安心できる表情を心がけたつもりだったが、ラグネちゃんは僕の心の奥底にある心配を読み取って、自らの主人に泣きついた。

「ほいほい。――《リムーブ》っとな」

ラスティアラは乞われるがままに、状態異常を回復させる魔法をかけていく。ついでに、誤解を解くための説明も添えて。

「でもラグネちゃん、ほんとにこれ悪いやつじゃないと思うよ。どちらかと言うと、強化系の神聖魔法みたいだし」

「え、強化の魔法？　そうなんすか？」

「だよね、カナミ？」

ラスティアラが僕を見て問いかけてきたので、僕は頷《うなず》き返す。

これは強化魔法に分類して問題ないだろう。さらに詳しく言い表すとすれば、これは『人々を少しだけ幸せに導く永続範囲強化魔法』だろうか。

正しいか間違っているかで言えば、これは正しい魔法だと思う。

幸せに導くと言っても強制力はないのだから、人々の意思を捻《ね》じ曲げてはいない。

それでも、僕が心の奥で顔を顰めたのは、これだけの魔法を構築できるのはノスフィーだけだと思ったからだ。いまも、このノスフィーの魔法には絶対に裏があると思い、油断なく『人々を少しだけ幸せに導く永続範囲強化魔法』を解析し続けている。

「ふーむっす。それなら、解除しなくてもよかったかもっすねー」

「私はラグネちゃんが羨ましいなあ。私たちレベルの魔力になると、通常で纏《まと》っている魔力が濃過ぎて、この『魔石線《ライン》』から出てる魔法の恩恵を受けられないんだよねー」

「え、えぇえ？　それ……、みなさん、常時魔力の防御壁が展開されてるってことじゃないっすか。いや、頼りになるからいいんすけど」

僕たちを見て、ラグネちゃんは空恐ろしそうな表情になっていた。しかし、それも今更かと思ったのか、すぐに彼女は気を取り直して歩くのを再開させる。

そして、そのラグネちゃんの案内で、予定に決めていた場所まで辿《たど》りつく。

「とか何とか言ってる内にー、私のお勧めの場所に到着っすよー。ここなら世界樹の観光許可も取れて、人探しもばっちり。フーズヤーズで一番便利なギルドっすー」

街の旅行者歓迎ゾーンと住宅地ゾーンを越えたところに、その場所はあった。

城までとは言わないが、それに迫るほど巨大な建物だ。軽く見ただけでも、貴族の屋敷十軒分ほどの敷地はある。その広さに反して、無駄な装飾はなく、広い家にありがちな豪勢な庭もない。建物の前部には十人は軽く通れそうな大きな入り口があり、その上には仰々しく巨大な看板が掲げられている。その下には、荒事に向いていそうな旅人が数人うろついていた。

待望の建物を前に、僕とラスティアラの二人だけがテンションを上げる。

「へえ……！　これが噂《うわさ》の冒険者ギルドかあ……！」

「来た……！　連合国と違って、迷宮がない『本土』は探索者よりも冒険者が主流！　その総本山！　世界を股にかけて旅してる冒険者が、ここにたくさんいるんだね!!」

冒険者という単語に夢を持っている僕たち二人は目を輝かせて、その大きな建物にかかっている看板を見上げた。

「い、いやー、たぶんお二人の期待するような場所じゃないっすけど……。確かに『冒険者統合ギルド・フーズヤーズ支部』ではあるっす。とりあえず、中にご案内ー」

想像以上の期待を受けて、ラグネちゃんは頬を掻《か》いて困り顔になる。

そして、口で説明するよりも見せたほうがよさそうだと、中に誘う。

導かれるままに僕たち一行は冒険者ギルドに入っていき、内部を目にする。

まず正面には受付と思われるカウンターがあり、そこに身なりを整えた職員が数人立っていた。目を下に向ければ念入りに研磨された石が敷かれ、横を向けば何らかの魔法で表面をコーティングされた石壁が並んでいる。馬さえも走り回れそうな広々した空間に、外と同じく無駄のない落ち着く内装だ。客用と思われる綺麗《きれい》な長椅子が窓際に置かれていて、幾人かの訪問者が座っている。端から端まで完璧な掃除が行き届いており、清潔感で満ち溢《あふ》れていた。

一瞬だけだが、僕は異世界でなく『元の世界』を思い出した。

まるで県庁や市役所にでもやってきたように、現代的な整然さを感じる。

正直、冒険者ギルドと聞いて、僕は連合国の酒場のような喧騒《けんそう》に満ちている状態を想像していた。ラウラヴィアのギルド『エピックシーカー』と違って、他国の者だろうと申請さえすれば加入できると聞いていたからだ。勝手ながら、常に粗野な冒険者たちが屯《たむろ》し、清潔感とは真逆の場所だと思っていた。隣のラスティアラと一緒で、物語に出てくるような『それっぽいところ』を期待していたと言ってもいい。

冒険者ギルドの整然さに僕たちが呆気《あっけ》に取られている間に、ラグネちゃんは受付のところまで歩いていき一人で話を進めていく。

「どーもっすー。……え？　もう私たちの話は聞いてるんすか？　いやあ、話が早いっすねー。流石《さすが》は大聖都の職員さんっす。えーっと、北口を通って、中央食堂棟を越えて、冒険者依頼窓口のところまで行けばいいんすねー。了解っす」

受付に立っている職員は、この広過ぎる冒険者ギルドの建物の案内をするためにいるようだ。壁に貼り付いていたギルドの地図を軽く見ると、確かに大人でも迷いそうな広さだ。貴族の屋敷レベルの建物がいくつも連結し、ちょっとした迷宮のようになっている。どこかの大企業ビル一階の受付のような対応を受けたラグネちゃんが、僕たちのところに戻ってくる。

「ここのお偉いさんが、会って話を聞いてくれるってことになったっす。この特別待遇、お嬢がいるって向こうに伝わってる可能性があるっすね。じゃ、こっちっす」

　またラグネちゃんに先導されて、僕たちは受付の職員に見送られながら建物の奥まで移動していく。

　妙に天井の高い廊下を歩いていると、冒険者と思われる男たちと数人ほどすれ違う。歩いていく内に、少しずつ冒険者たちとのすれ違いは多くなっていく。受付の女性の言っていた冒険者依頼窓口まで辿りついたところで、その理由がはっきりとわかる。

　その部屋は先ほどの空間と同じ広さと内装で、同じ受付と清潔感も兼ね備えていた。だが、そこにはいままでにない熱気があった。簡単に言うと、僕とラスティアラが期待していた通りに、冒険者たちが屯してくれていたのだ。

　使い込んだ剣を腰に佩《は》き、ボロボロの外套《がいとう》を纏い、古傷をこさえた険しい顔の冒険者たち。中には、弓を背負っている者や杖《つえ》を持っている者もいる。

　僕たちパーティーが部屋に入ってきたのを感じ取って、幾人かの高レベル冒険者が瞬時に目をこちらに向けた。目立つ外見の団体ということもあって、続いて他の好奇の目線も集まってくる。長旅を潜《くぐ》り抜けてきたであろう歴戦の冒険者の空気が、部屋全体から伝わってくる。

　先ほどの空間はただの玄関ホールで、ここここそが本当の冒険者ギルドであることがわかった。まず誰よりもラスティアラが、念願の『それっぽいところ』に喜ぶ。周囲の刺すような視線を意に介さずに、子供らしくはしゃぐ。

「おおっ、やっとらしくなってきた！　こういうのを待ってた！　英雄譚《たん》を書くときの参考になる!!」

「お嬢って、こういうところ好きっすよね。それじゃあ、世界樹に近づく許可とか貰《もら》ってくるので、みなさんはここで待っててくださいっすー」

ラグネちゃんも周囲の注目を無視して、すぐに動き出す。

彼女のおかげで、とんとん拍子で話が進んでくれる。最近は仕えてくれている騎士たちのおかげで、僕が何もしなくてもよくなってきている気がする。いまも周囲の冒険者たちがうちの女性陣に近づかないように、さりげなく騎士ライナーが威嚇してくれている（おそらく、彼が守っているのは冒険者のほうだろうが……）。

大所帯で楽はできるが、ちゃんと自分で動かないと怠け癖がつくと思い、僕は歩き出す。いまは《ディメンション》が使えないので、『感応』に頼った情報収集だ。

その『感応』の直感に従って、まず僕は周囲の冒険者たちを刺激しないように部屋の壁に向かおうとする。だが、その僕の後ろを、パーティーで一番目立つラスティアラがついてくる。

「ふふふ……。流石、カナミ。いいところに目をつけてる。冒険者ギルドといったら、まずは依頼紙の貼られた掲示板だよね」

輝く髪を舞わせ、スキップしながら嬉々《きき》としてラスティアラは僕の隣に並んだ。

ただでさえ目立つ顔をしているのだから動きくらいは控えて欲しいと思ったが、その彼女の浮かれる気持ちが僕にはわかってしまう。

「ああ。やっぱり冒険者ギルドと言ったら、掲示板だ。ここの話を聞いたときから、実はかなり期待してた。依頼《クエスト》掲示板ってやつを、死ぬまでに一度は見てみたかったんだ」

「だよねー！」

部屋の壁にあった掲示板を、うきうきの僕たちは揃って食いつくように見る。

「これが……！」

「掲示板……！」

実物は想像していたのと少しだけ違った。貼り紙が所狭しと乱雑に貼り付けられているのではなく、こちらも部屋と同じように整然と並んでいる。僕たちは田舎者丸出しで掲示板を眺めていくことで、少しずつ『大聖都』の情報を集めていく。

まず、この冒険者ギルドの力で、『大聖都』は周辺のモンスターを駆除していることがわかる。駆除依頼というところに、西部に発生するモンスター『キマイラウルフ』の討伐について書かれてある。その詳しい依頼内容の最後には『C2』という文字があった。

他にも、街の困りごとの解決もここで行っているようだ。

逃げたペットの捜索や探し物について書かれてあり、こちらの依頼の最後には『E5』という文字がある。

中には、国家レベルの危険な依頼もある。北部戦争地域の増援は『D以上』で、商人キャラバンの護衛が『Ace』と書かれてある。そして、先ほどから書かれたアルファベットは——もちろん、アルファベットに見えていても、それは千年前の始祖カナミの翻訳であり実際は違う文字だろうが——特別な意味があるものに違いない。

おそらくだが、このEからAのアルファベットの意味は……！

「ぼ、冒険者ランク……!?」

「ぼ、冒険者ランク……!?」

書物の中でしか出会ったことのない「冒険者ランク」の存在に、僕とラスティアラが同時に感動の声をあげた。すると、後ろから呆《あき》れたライナーの突っ込みが入る。

「そりゃあるだろ、ランク分けくらい。危険度みたいなもんだ。ないと色々困る」

冷静な意見を聞いても、僕たちの掲示板を見る目は止まらない。

アルファベットで危険度が表されているということは、高ランクのものを見ていけば自《おの》ずと大聖都で起きている大きな出来事《イベント》もわかってくるはずだ。

すぐに僕は、高ランクのものを中心に探していく。

その途中、僕は明らかに異質なものを見つけ出した。依頼のタイトルは『西地下街の殺人鬼』で、その最後には『SacredAce』という文字があった。

「ランク……、セイクリッド・エースだって……？」

読み上げると同時に、後ろからライナーの解説が入る。

「最高ランクAce《エース》とは別の特別枠のことだな。SA《エスエー》ランクって略されることが多い。確か『神聖なる模範者』なんて大仰な意味があって、世界で十人もいないとか聞いた気がする。実質、そのランクの依頼は『国でやるから手を出すな』って意味だ」

「へえ。なんかちょっと凝ってるね。というか、一番上のランクのことを単純に『A』じゃなくて『Ace』って表記するのも、なんかいい」

「そうか？　まあ、このランク決めの仕方は、かなり昔から続いているらしいから、千年前と関わりのあるあんたとは、気が合う……、かも……」

　解説の途中、ライナーの眉間にしわが寄って、急に黙り込んだ。

　まるで気づきたくないことに気づいてしまったかのような表情だった。

　そのライナーの代弁を、奥で黙って様子を見ていたスノウが行う。

「ねえ、ちょっと思ったんだけど。このセンスって、カナミっぽくないかな？」

　それにディアも同意する。

「ランク『神聖なる模範者《セイクリッド・エース》』……。カナミの魔法名とノリが似てるな」

　二人の意見が合わさったところで、もう一度僕は『神聖なる模範者《セイクリッド・エース》』という言葉を反芻《はんすう》していく。

『神聖なる模範者《セイクリッド・エース》』、『神聖なる模範者《セイクリッド・エース》』、『神聖なる模範者《セイクリッド・エース》』……。

「うん。確かに、このいい感じの単語選択は、ちょっと僕っぽい気がするね」

　なかなかにいい。手放しに褒めていいセンスだ。そう僕は判断したが、仲間たちは違ったようでライナー、ディア、スノウと次々に疑念の声があがっていく。

「はあ？……はあ？」

「なあ、スノウ。いいのか、これ？　一つだけ妙に大げさだなあって思うんだが」

「わ、私の口からは、なんとも……」

その批判の中、僕に賛同する声が一つだけ。

「えー、いい感じだよー。私はかっこいいと思うよ？」

唯一僕と近いセンスを持つラスティアラだった。

僕は彼女の手を取って、その名前を呼ぶ。

「ラスティアラ！」

「うんうん。ほんといい感じだよ、ランク『神聖なる模範者《セイクリッド・エース》』！　たとえ、それが千年前のカナミが考えた名称で、いまカナミが自画自賛していようとね！」

とても楽しそうな表情で、ラスティアラは僕のセンスを褒めてくれる。

ちょっと皮肉が交じっているような気はするけど、そこは気にしないでおこう。いまは最愛の彼女から理解を得られたことを素直に喜びたい。

その僕の反応を見たディアとスノウは、慌てて前言撤回していく。

「いや、よく聞いたらかっこいいかもな、『神聖なる模範者《セイクリッド・エース》』。悪くない……かも？」

「えーと、前から思ってたけど、《ディメンション・決戦演算《グラディエイト》》とかもかっこいいよね！」

唐突な僕の魔法名の持ち上げが始まった。

しかし、嘘《うそ》を見極める能力が上がり過ぎている僕は、その裏にある「よくわからないセンスだけど、とりあえず褒めておこう」というのが読み取れてしまう。

「ありがとね……。二人とも」

本心では理解されていないと察しながらも、僕はお礼を言うしかなかった。

というか今日までの戦いで、ずっと「よくわからない魔法名」だと思われていたことに軽くショックを受けた僕は、その声が震えていた。

「ふ、ふふっ！　あはっ！」

僕の消沈した様子を見て、さらにラスティアラは楽しそうな顔になって笑う。

僕が喜ぶのも凹《へこ》むのも、どちらも楽しいのがよくわかる笑顔だった。

「はあ。そのジークのどうでもいいセンスの話は置いといて、こっちを見てくれ」

本当にどうでもよさそうな顔のライナーが溜《た》め息《いき》をついて、命名センスの話は打ち切られる。そして、掲示板に貼られた一つの案件を指差した。

「『世界樹汚染問題』……？」

という依頼名の紙があった。ちなみに、ランクは『SacredAce』。

軽く詳細を読めば、フーズヤーズ城内にある世界樹が一人の男によって占拠されているという話だ。その男は鮮血属性の魔法を得意としていて、世界樹を血糊《ちのり》で包み、真っ赤に染めているらしい。

「あと、こっちもだ」

もう一つ、ライナーは指差す。そこにある依頼名は『聖女誘拐事件』。

こちらも同ランクで、すぐに僕は詳細を読み通す。

数日前、元老院も認めるフーズヤーズの聖女が、一人の少女によって攫《さら》われたと書かれてある。その少女は火炎属性の魔法を得意としていて、大聖都の地下街の一地区を丸ごと燃やして、ずっと立て籠もっているらしい。

先ほどの鮮血魔法を使う男に心当たりはなかったが、こちらは違う。

『フーズヤーズの聖女』と『炎を得意とする少女』。

「もしかして、ノスフィーとマリア……？」

よく知る二人の名前を僕は零《こぼ》した。

◆◆◆◆◆

掲示板で仲間の影を見つけた僕たちは、すぐに詳しい話を冒険者ギルドで集めようとする。だが、その前にラグネちゃんが連れてきたギルド係員の案内によって、依頼掲示板のある部屋から連れ出されることになる。

先ほどラグネちゃんが言っていた特別待遇という言葉に偽りはなく、貴族を持て成すための別室が用意された。新しく案内してくれる係員さんも、ただの事務員ではなさそうだ。

その案内された別室で軽く自己紹介をしたところ、係員さんが『冒険者統合ギルド・フーズヤーズ支部』のサブマスターであることがわかった。

すぐに僕は仲間の影の見えた『世界樹汚染問題』と『聖女誘拐事件』について、サブマスターさんから聞き出そうとする。ランク『SacredAce』と書かれて、遠まわしに「手を出すな」と言われているものに首を突っ込んでいいものかと危惧していたが――

「ご安心を、カナミ様。あなた方が世界樹エリアに入る許可は取れています。当ギルドの査定では、カナミ様のランクはＳＡになりますので……むしろ、こちらから解決をお願いしたいほどですね。カナミ様たちには、いま『大聖都』でわかっている情報を開示し、ギルド全体で支援する準備ができております」

「え、そうなんですか？」

あっさりと了承されてしまった。

すでに部屋のテーブルには『世界樹汚染問題』と『聖女誘拐事件』の資料が積まれてあり、本当にサブマスターさんが僕たちに依頼するつもりであることが伝わる。せっかくの『SacredAce』がＳＡと略されて使われていることと大して冒険もしない内にランクがカンストしてしまっていることを、僕は少しだけ残念がりながら、テーブルの上の資料に手をつけていく。途中、ラスティアラが譲れないとばかりに手を挙げて質問する。

「ねえ、サブマスターさん。カナミがランクＳＡなら、私も同じランク？　ついでに、みんなのランクも教えてくれないかな？」

「……申し訳ありません。ラスティアラ様は、当ギルドでの冒険者登録が不可能となっております。その、できれば、フーズヤーズのお城のほうでご確認ください。シス様とスノウ様も、同様です。当ギルドの判断だけで、お三方を査定することはできません。代わりに、残りのライナー様とラグネ様は、『天上の七騎士《セレスティアル・ナイツ》』ということでランクA相当の扱いとさせて頂いております」

「と、登録すら不可!? カナミは『神聖なる模範者《セイクリッド・エース》』なのに!?」

「どうかご理解ください。カナミ様はフリーの迷宮探索者として有名なので、当ギルドに登録するのは容易です。当ギルドに大変有益な登録です。ただ、お三方は全くの逆です。はっきり言ってしまうと、国から目をつけられちゃうので、大変迷惑なのです」

大きなギルドのサブマスターをやっているだけあって、なかなかの胆力だ。

しっかりと言い分をラスティアラに伝えて、登録を拒否した。

サブマスターさんの言っていることは至極当然のことだ。分類すれば、ラスティアラとスノウは国に勤める役人と言っていい。互いに信頼できる人間に後を任せてきたとはいえ、正式な手続きを踏んで辞めてきたわけじゃない。その役人を勝手に引き抜いてしまえば、軽く国に喧嘩《けんか》を売っているようなものだ。

という事情をラスティアラもわかってはいるので、無理強いせずに唸《うな》り続ける。

「むむむぅ……」

「余計なお節介かもしれませんが、依頼へ取り掛かる前に、お城へ挨拶に行ったほうがいいと思いますよ? お三方がここにいると聞いて、かなり私は驚きました」

サブマスターさんは詳しい事情を聞かずに、提案だけする。深く関わり合えば面倒になる裏事情があると思われているようだ。そして、その考えは余り外れてはいない。

その提案にラスティアラ、スノウ、ディアは即答していく。

「行くと騒ぎになるから、いまは無理だね」

「私もここにいるって知られると、面倒になるから遠慮しとくかなー？　もう少し、ほとぼりが冷めてからにしよう。うん、そうしよう」

「面倒だから、行かない。俺はカナミの仲間のつもりだ。ずっと」

もう国の事情など知ったことではないという返答である。

その自国の要職たちの無責任っぷりに、サブマスターさんは軽く引いていた。

「そ、そうですか……。ただ、私共から城に皆さんのことを報告させて頂きますので、そのうち城の使いが来ると思います。ご注意を……」

街を守るギルドの一人として報告義務があるのだろう。

特に口止めをすることなく、僕はお礼だけを言う。

「僕もギルドを運営していたことがあるので、あなたの気持ちがよくわかります。国に報告するのは当然のことですので、遠慮なくどうぞ。それと、今日は本当にありがとうございました。この『世界樹汚染問題』と『聖女誘拐事件』の二件、僕の全力を以《もっ》て解決に当たらせてもらいます」

「流石《さすが》は、連合国の英雄様。心強いお言葉です」

「それじゃあ、資料のほうは頂きますね。失礼します」

すぐに僕は『持ち物』に資料を入れたあと、部屋から出ていこうとする。ただ、ラスティアラは往生際が悪く、どうにか冒険者登録をしようとサブマスターさんに詰め寄る。

「なら、偽名でランクEから始めさせて！　ラスティアラじゃない無名の新人って感じで、登録を！　むしろ、そっちのほうが楽しそう!!」

「偽名で、ですか？」

サブマスターさんが困っているので、すぐに僕はラスティアラを止める。

「ラスティアラ、無茶言うな。いいから早く行こう」

「くぅっ……！　これが、ここでの一番の楽しみだったのに……！　さっき見た掲示板の中に、受けたいイベントが一杯あったのに……!!」

心底悔しそうに「畜生……！」と唸るラスティアラを引っ張って、サブマスターさんに「お世話になりました」と言葉を残してから、全員で部屋を出ていく。

そして、冒険者ギルドの綺麗《きれい》な廊下を歩き、隣を歩くディアと目的地を定めていく。

「なあ、カナミ。『世界樹汚染問題』と『聖女誘拐事件』、先にどっちから行くんだ？」

「世界樹より先に、マリアのところへ行こう。ノスフィーの相手をしているとなると、マリアが心配だ」

「先に聖女のほうか……。ただ、本当にマリアのやつなら、何の心配もないと思うけどな。あいつなら、一人で敵に完勝してそうだ」

「え？　いやいや、それはないよ。僕とライナーと『風の理《ことわり》を盗むもの』ティティーの三人がかりでも、ノスフィーは倒し切れなかったんだから」

「それを言うなら、俺と『木の理を盗むもの』アイドと『水の理を盗むもの』ヒタキの三人がかりでも、マリアは倒し切れなかったからなあ」

ディアは何かを思い出したのか、少し顔を青くしてマリアの強さを話していく。

僕が迷宮にいる間に、マリアたちはヴィアイシアの面子《メンツ》に挑戦していたと聞いた。そのときの戦いを思い出しているのかもしれない。すぐ近くを歩いていたラスティアラとスノウも、ディアの話を否定することはなく同意していく。

「ディアの言う通り、マリアちゃんならありえるかも。スノウもそう思うよね？」

「うん……。あの戦いだと私たちは足手纏《まと》いだったから、十分にありえると思う」

守護者《ガーディアン》一人くらいならば、楽勝のような扱いがされている。

確かに、それだけの実績がマリアにはあるかもしれない。いまでも僕は『火の理を盗むもの』アルティに勝ったのは彼女だと思っているし、『闇の理を盗むもの』パリンクロンと戦ったときも、敵に『世界奉還陣』の力がなければ彼女単独で勝利していた。『理を盗むもの』たちを相手にしても、遅れを取らないイメージはなくもない。

――いや、楽観はよくない。

いまマリアは窮地に陥っているかもしれない。何らかのノスフィーの策略に嵌《はま》っているかもしれない。僕の助けを待っているかもしれない。それらの可能性がある限り、『聖女誘拐事件』を優先すべきだ。

そう決めた僕は、すぐに資料にあった誘拐犯の立て籠もっている地下街とやらに向かって急ぐ。先ほど資料を眺めたとき、大体の場所は確認したので迷うことはない。

そして、そのときに聖女と呼ばれる存在の成り立ちについて、僕は読んだ。

到着前に、頭の中で軽く情報を整理する。資料によれば、大聖都に聖女となる少女が現れたのは半月ほど前の話とのことだ。その唐突に現れた少女は、得意とする神聖魔法で街の病人たちを治して回ったらしい。不治の病を治していく少女の姿を見て、次第に人々は彼女を聖女と呼ぶようになった。

当然、すぐに国の目に留まり、元老院の推薦もあって国の認める正式な聖女となる。

そのあとも、聖女は身を粉にして大聖都のために働いた。

彼女の神々しい魔力を見るだけで人々は希望で満ちていき、『北連盟』との戦時中でも笑顔と明るさを絶やさないようになった。

しかし、僕たちが大聖都にやってきた数日前に、その聖女が攫われた。

すぐさまフーズヤーズの騎士たちは総出で聖女奪還に動き、地下街の一地区が封鎖されるという激闘が行われたが……、結果は惨敗。炎に包まれた封鎖地区の惨状から、犯人は『死神付きの魔女』でないかと巷《ちまた》では囁《ささや》かれているらしい。

やはり、何度確認してもマリアの可能性が高い。

ノスフィーとぶつかり合ったのならば、早急に合流しないといけない。あの『光の理を盗むもの』は勝負に勝っただけでは安心できない得体の知れなさがある。

僕たちは賑やかな大聖都の街を歩き、住民に道を聞きながら地下街に続く入り口を探す。そして、その街の通りの途中に、僕のいた世界でもあった駅の地下ホームに続くかのような出入り口を見つける。魔法の世界らしく、瞬間移動《ワープ》のできる魔法陣《ゲート》などを少し期待していたのだが、とても現実的な造りだった。

入り口に近づくと、地下街の封鎖を行っている警備員の一人に止められる。

「止まってください。ここから先は通行止めです。現在、凶悪犯罪者が西地下街方面に潜伏中です」

「これを見せたら、通れると聞いたのですが……」

「冒険者ギルドの方ですか？　少し拝見します。ランクで制限されていますので」

すぐに僕は、冒険者ギルドから貰《もら》った腕章を『持ち物』から取り出して、警備員に見せた。警備員は腕章を手に取って、確認作業を行う。ただ、その途中で少しずつ顔を青くしていく。

「え？」

そう言えば、ランクSAは世界に十人程度しかいないと、ライナーは言っていた。

当然、警備員は腕章の真贋《しんがん》を疑い始める。時間を惜しむ僕は、すぐにスキル『詐術』に働きかけて、一切表情を変えずに腕章を見せ続ける。ついでに、軽く魔力で圧するのも忘れない。その理不尽な威圧感に警備員は耐え切れず、道を空けてしまう。

「か、確認が終わりました。お通りください……。ただ、ここから先は自己責任ですので、ご注意を……」

「はい。それじゃあ、お仕事頑張ってください」

少し可哀想《かわいそう》なことをしたと思いながら、みんなと一緒に地下街へ続く階段を降りていく。

ぞろぞろと封鎖地区に入っていく一行を、警備員は静かに見送ってくれた。だが、間違いなく彼は見送ったあと、確認を冒険者ギルドに取りに行くだろう。凶悪な魔力で威圧してくる不審人物がSAランクの腕章を持って封鎖地区に入ったのだから仕方ない。

次からは、ライナーの持っているAランクの腕章を使わせてもらおう。思った以上に、このSAランクの腕章は使いにくい。

そう考えつつ、迷宮で使われているものと似ている階段を降りていく。

石に囲まれて少し狭いが、きっちりと寸法を揃《そろ》えた階段は歩きやすかった。

千は超える長い階段を降り切って、僕たちは『大聖都』の地下街に辿《たど》りつく。

「ここが、地下街……」

迷宮の階層に似た空間だと思った。しかし、あそことは違い、迷路のような回廊はなく、とても開放的だ。目測だが、空間の高さは一キロメートル近くある。横幅は、おそらく地上の『大聖都』の敷地と同じくらいだろう。

その地下街の中、僕たちが降りたのは封鎖地区の東エリアだった。

そして、本来ならば、地上とは一味違う神秘的な街が広がっていたはずなのだが、目に映るのは炎の海。

どこを見ても炎が燃え盛り、降りたのはいいが進む道が見つからない。

「アルティの階層に似てるな」

その光景を見て、すぐに僕は迷宮十層のアルティの階層を思い出した。

しかし、本質は全く別であると思った。

アルティの階層には特殊な『消えない炎』が満たされていた。燃焼するものがなくとも燃え続ける炎には、アルティからの怨念を感じたものだ。

対して、この地下街の炎は優しい。確かに、熱くはある。人を寄せ付けない厳しさがある。しかし、周囲の町を燃やしはしない。燃焼するものがあれども、決して物を害しはしない特殊な『燃やさない炎』なのだ。

炎に呑《の》み込まれているのに、地下街は健在という異様な光景に息を呑む。

ただ、その特殊な『燃やさない炎』から、マリアの存在を確信できる。

「マリア！　いたら返事してくれ！　僕だ！　みんなもいる!!」

十分に『火の理を盗むもの』の力を感じた僕は、炎に語りかける。もし、マリアが知覚を炎と共有していたならば、これで僕たちの来訪が伝わるはずだ。

しかし、叫んだあと、一分近く待っても炎からの返答はなかった。マリアは封鎖地区内にいないのか、それとも返答ができない状況にあるのか、判断がつかない。

こういうときに魔法《ディメンション》が使えないのは面倒だ。

仕方なく僕は、目で地下街を見て回ることを決める。

すぐに体内で次元魔法を構築して、自分の魔力を氷結属性に変更する。かなりの魔力を消費する技術だが、これで別属性の魔法が使える。

手をかざして、炎と反対の属性で消火を試みる。

「――氷結魔法《フリーズ》」

昔の感覚を思い出して、魔力を拡《ひろ》げていく。この地下街の炎が魔法であるのはわかっているので、『魔法相殺《カウンターマジック》』する感覚だ。

僕の《フリーズ》の効果で、周囲の炎の一角に綺麗な穴が空く。本当は全ての炎を消したかったが、炎の魔力が濃過ぎてトンネルを作るので精一杯だった。

その炎のトンネルを通って、僕たちは地下街の奥に向かって歩き出す。周囲は炎まみれだが、《フリーズ》を維持しているので暑さには耐えられる。地下街の探索に支障はない。いざとなれば、さらにライナーの風魔法で温度を調節してもいいし、火傷《やけど》を負っても回復魔法がある。僕は強気に《フリーズ》で道を作っていき、奥へ奥へと進んでいく。このまま行けば、この地下街が封鎖されているもう一つの理由と接触できるはずだ。

僕は歩きながら、『聖女誘拐事件』の資料の情報を思い返していく。

書かれていたのは、聖女と魔女のことだけではない。確か、『炎の問題をクリアしても、その先には正体不明のモンスターがいる』という情報があった。

先に挑戦した冒険者たちが集めた情報によると『闇属性の魔法を扱う』『どこからともなく斬りつけられる』『腹の底から冷えるような恐ろしい声が聞こえる』らしい。

冒険者ギルドでは『魔女の連れてきた死神』が、地下街には住み着いていると噂《うわさ》されている。……大変心当たりのある特徴である。

それは冒険者たちからすると死を覚悟するバッドイベントかもしれないが、僕にとっては待望のグッドイベントになるはずだ。なので、僕は正体不明のモンスターに恐れることなく、どんどん進んでいく。後ろに続くパーティーたちもピクニック気分だ。

そして、地下街を徘徊《はいかい》する僕たちに、とうとう件《くだん》のモンスターが接触する。

辺り一帯が炎の中で、姿は見せることなく声だけが聞こえてくる。

「冒険者たちよ……。引き返せ……。これより先は、地獄だ。……嘘《うそ》ではないぞ。ほんとに怖いのが、奥にはいるぞ……」

声が聞こえた瞬間、背筋が凍った。すぐに僕は、その声に乗っている闇属性の精神干渉の魔法に気づく。おそらく、相手に気づかれずに恐怖を与える魔法なのだろう。

僕は背中に張り付いた恐怖を捨てて、もっと恐ろしい未来を想像して首を振る。

「引き返すのは無理だ。ここで帰ると、たぶんもっと怖いことになる」

「いいのか？　進めば、死神がおぬしらを呪ってしまうぞ？　『近日中に、背中を異性に刺されて死ぬ呪い』とか、かけてしまうぞ？　本当にいいのかー？」

「いや、呪うのはいいけど、なんでそんなピンポイントな呪いを選ぶんだ……」

いかに恐怖の魔法を乗せて、それらしい演技をしても、彼女の声の質までは変わっていない。聞き覚えのある少女の声に安心して、僕は談笑しながら前に進む。

「我が忠告を無視したなぁ！　ならばぁ――！」

歩き続ける僕に向かって、戦意を含んだ魔力がぶつけられる。

その発生源は、僕の死角からだ。ただ、必ず死角から襲ってくると事前に知っていたので、悠々と『持ち物』から『アレイス家の宝剣ローウェン』を抜いて迎撃に出る。

――懐かしい金属音が鳴り響く。

僕の影の中から黒い大鎌の切っ先が伸び、それを僕は振り向き様に弾《はじ》いた。こうして、死神の不意討ちを『感応』で対応し切ったことで、仲間加入《グッド》イベントは始まる。

ぬるりと影から褐色肌の少女が這《は》い出て、気軽な挨拶を飛ばしてくる。

「んっ！　やっぱり、本物みたいだね！　偽物でもないし、変な魔法にもかかってない。何より、ローウェンがいる。久しぶりー、お兄ちゃんー」

剣を収めながら、それに僕は答える。

「ああ、久しぶり。待たせてごめん、リーパー」

かつてと変わらぬ姿のリーパーと再会し、開口一番に謝った。

だが、リーパーは長い黒髪を揺らしながら首を振る。一年前と同じ装いに、その外見年齢に見合わない落ち着いた態度で、僕を諭してくれる。

「アタシはそんなに待ってないよ。結構、自由に遊んでたからねっ。だから、謝るのはアタシじゃなくて別の人……。マリアお姉ちゃんにして欲しいかな？」

「わかった。やっぱり、マリアはここにいるんだな？」

重ねて謝りたいことは一杯あったが、言葉を呑み込んで合流を優先する。

「うん。……いま、マリアお姉ちゃんはちょっと余裕がないから、代わりにアタシが街の見張りをしてたんだ。すぐに案内するよ。こっちこっちー」

リーパーは前を歩いて手招きする。すると、彼女の進む先の炎が、独りでに消えていく。

おそらく、いまリーパーとマリアの間には『繋《つな》がり』があるのだろう。その『繋がり』を使って、マリアの生んだ炎を操って道を作っている。

そのリーパーの背中を追いかけて詳しい話をしようとすると、その前に仲間たちが僕を追い越して話しかけ始めた。ラスティアラとスノウが「久しぶり」と声をかけて、ラグネちゃんとライナーが自己紹介をして、最後にリーパーがディアの復帰を喜ぶ。みんなの再会の時間を奪うわけもいかずに、先に挨拶を終えた僕は最後方で静かにした。

ただ、その談笑の途中、僕がタイミングを見て聞こうと思ったことをラスティアラが先んじて聞いてしまう。

「ねねっ、リーパー。やっぱり、ここにいるの？　例の聖女、ノスフィー・フーズヤーズちゃんって人がさ」

「うん、いるよ。いま、マリアお姉ちゃんと一緒ー」

その話に僕は驚き、後ろから声を出してしまう。

「え、二人一緒なのか？」

「一緒、一緒。もう着くから、ノスフィーさんにも挨拶してあげてねー」

リーパーは振り向きながら、とても難易度の高いことを言う。

ノスフィーの性格を知らない女性陣は気楽そうなものだったが、殺し合いをしたことがある僕とライナーは心の底から嫌そうな顔をしている。

「はい、到着ー。これがアタシたちの拠点だよー」

談笑している内にかなり進んだのか、地下街の中でも一際大きな建物まで辿りついた。どうやら、ここを不法占拠してリーパーたちは地下生活を送っているようだ。

中流貴族のものと思われる屋敷だ。それが炎の結界で包まれ、来るもの全てを拒んでいる。その大きな庭と玄関を通って、屋敷の奥に入っていく。そして、リーパーの先導で一つの部屋に入る。

広い部屋だ。壁には立派な暖炉が灯《とも》り、その上部に絵画が飾られている。

中央には、部屋を横断するように長テーブルが置かれて、十を超える椅子が並んでいた。おそらく、ここは屋敷の食堂だろう。

その部屋のテーブルの端っこに、二人の少女が座っていた。

マリアとノスフィーだ。

マリアは両目の上に特殊な包帯を巻き、一年前とは違って黒を基調とした装いをしていた。以前よりも実戦的で丈夫そうな黒衣で、僕がいない間の苦労が窺《うかが》い知れる。

ノスフィーのほうも迷宮六十六層で出会ったときから、纏《まと》う衣服が変わっている。いや、変わっているというよりも、拘束具をつけられていると言ったほうが正しいかもしれない。

前に見たフリルの多い黒服の上から、包帯のようなもので身体《からだ》をぐるぐる巻きにされていた。よく見ると、その包帯には小さな文字がびっしりと書き込まれてある。かつての『火の理《ことわり》を盗むもの』アルティの『呪布』を思い出すファッションだ。

ただ、アルティと違って、ノスフィーは両手が使えなくなるような形で巻かれている。

その二人が敵対することなく、間に飲み物を置いて気軽に話し込んでいた。それを確認したところで、部屋の中の二人も来訪者に気づく《ぼく》。

「カナミさん……？」

誰よりも先にマリアが反応して、名前を呼びながら立ち上がった。

部屋の中には、火の玉が浮いている。その炎で僕の来訪を感じ取っているのだろう。

こちらに顔を向けて、その黒髪を揺らし、ふらりとこちらに歩き出す。

「マリア……」

僕たちは互いに名前を呼んで、確認を取った。

そのとき、ここにいる僕が幻ではないと、マリアは確信したのだろう。真っ直《す》ぐ僕のところまで歩き切り、強く抱きついた。僕の腰の少し上に両手を回して、胸に顔を押し付け、表情を見せることなく呟《つぶや》く。

「すみません……。会ったら色々と話そうと思っていたのですが……。少しの間だけ、こうさせてください……。少しの間だけ……」

いま僕は《ディメンション》を使えない。その隠した表情を窺うことはできない。けれど、今日までのマリアの辛《つら》い戦いを、互いの魔力を絡み合わせることで感じ取る。

その柔らかな黒髪の上を軽く撫《な》でて、僕は彼女を労《いた》わろうとして――

ぱちぱちぱちぱちと。

間延びした拍手の音が鳴り響く。

僕はマリアの頭を撫で続けながら、その少し馬鹿にしたかのような音の発生源に目を向ける。そこには、微笑《ほほえ》みを浮かべるノスフィーがいた。

「ふふっ。お久しぶりです、渦波《かなみ》様」

「おまえとは久しぶりじゃないだろ。……それ、マリアにやられたのか？」

まず最初に、ノスフィーの状態について聞く。

いま僕が戦闘態勢に入っていないのは、彼女から感じられる魔力が余りに微小だったからだ。見たところ、全身に巻きついた包帯が魔力を抑えているようだ。

「ええ、渦波様がいらっしゃる前にマリアさんと戦ったのですが……。見事に惨敗してしまいました。彼女の『呪布』のせいで、全く動けません。ふふふっ」

ノスフィーは動かない自分の身体に目線を向けて、笑い声を強める。

嘘ではないだろう。よく首元などを観察すると、以前は特殊な術式の刺青《いれずみ》が刻み込まれていたところに、火傷跡ができている。

死闘の末に、マリアがノスフィーを捕らえたことがわかる。

「しかし、これでお揃《そろ》いの火傷跡ですね」

ノスフィーは目線を自らの火傷跡に向けて、嬉《うれ》しそうに話をしていく。

「これ、とても難しかったのですよ？　あえて回復魔法の効果を下げて、上手《うま》く跡を残すなんて、きっとわたくしにしかできません。……ふふっ、褒めてくださいませんか？　見てください、これ。渦波様とお揃いです。お、そ、ろ、い、です」

相変わらず、ノスフィーは僕に対して異常な執着を見せる。

依然として、その様は狂気的だ。女性の身でありながら、美しさが損なわれても平気で笑う。僕との接点ができたことを、とても悪そうな顔で喜ぶ。いかにして、その火傷跡を嫌がらせに利用してやろうかと考えているのがよくわかる顔だ。

その悪意に痺《しび》れを切らしたのか、ライナーが腰の剣を抜きながら前に出てくる。

「ジーク。この女は、とっとと消滅させて魔石にしたほうがいい。やりにくいなら屋敷の外で、僕が首を落とす」

「ライナー、あなたも久しぶりですね。しかし、いきなり問答無用で人の首を落とすなんて……、少し頭がおかしいのでは？　そんなに人の血が見たいのですか？　平和的にお話すらできないとなると、もう騎士ではなく話の通じない蛮族ですね。子供でも、もう少し考えてから行動しますよ？　はあ、相変わらずライナーは気持ちが悪い」

挨拶代わりにノスフィーは、反論する間も与えないほどの早口で罵倒していく。

「こいつ……！　おまえにだけは言われたくない……!!」

挑発を受けて、ライナーは周りの答えを聞く前に行動に移ろうとする。

それを僕の胸の中から顔を上げたマリアが、慌てた様子で止める。

「ま、待ってください！　本当は私も彼女を殺すつもりだったのですが、そうもいかない事情がありまして……」

名残惜しみながらもマリアは僕から離れつつ、ライナーとノスフィーの間に割り込む。

そして、止める理由を説明していく。

「いま、ノスフィーは『代わり』となる魔法で、フーズヤーズの人々の病気を多く肩代わりしてます。彼女を殺せば、その全てが一気に返還されて、街は大変なことになってしまいます。リーパーが『繋がり』を利用して確かめたことなので、これは間違いありません」

マリアに庇《かば》われているノスフィーは、ライナーを煽《あお》るように笑いかける。

その上で、説明の補足を悠々と行っていく。

「ふふっ。わたくし、ヴィアイシアでの宰相アイドの雄姿を拝見して、少し初心を思い出したのです。わたくしも故郷フーズヤーズのためにできることはないかと考えて……その結果、こうなりました。偶々《たまたま》、人質みたいな形になってしまって、とても申し訳なく思っております。ええ、本当に偶々ですよ？　近日中に渦波様と決着をつけるとわかっていましたが、本当に偶々です。ふふふっ」

偶然のはずがない。あの迷宮六十六層で僕たちと仲違《なかたが》いをしてから、いつかノスフィーの『第六十の試練』を受けるのは確定事項だ。つまり、その『試練』の難度を少しでも上げようと、彼女は人質を取ってきたのだ。無関係の人を盾にして戦うと宣言されて、僕とライナーは敵の卑劣さに憤怒して悪態をつく。

「面倒な真似《まね》を……！」

「このクソ女《アマ》……！」

僕たちは握りこぶしを作って、どうにかノスフィーの思惑を超える形で攻撃できる手段はないかと思索する。

思いつき次第、二人で攻撃するつもりで彼女の座る椅子へにじり寄る。

だが、その前に僕とライナーの怒りに共感できないラスティアラが、後ろから叫ぶ。

「ま、待って！　ノスフィーちゃん、すごくいいことしてない!?　上の街の人たちを助けたんだよね!?　ちょっと口が悪いけど、いまの話ってそんなに怒るところじゃなくない!?」

確かに、いまの話だけ聞けば、ノスフィーはいいことだけしているように見える。

地上での話も合わせると、『大聖都』のために献身している聖女様そのものだ。

そう感じたのは、他のみんなも同様のようだった。スノウもディアもラグネちゃんも、そこまでノスフィーに敵意を抱いていないのが表情から読み取れた。いま怒りを露《あらわ》にしているのは、迷宮でノスフィーと本気で殺し合ったことのある僕とライナーだけだ。

僕とライナーは確信している。

それはノスフィー・フーズヤーズの善行に、裏がないわけがないという確信だ。

その感覚を少しでも共有してもらいたくて、みんなに僕は説明する。

「いや、ラスティアラ。いままでノスフィーにやられたことを考えると、どうしても納得いかないいんだ。こいつは平気で国一つ犠牲にする策を打ってくるやつだ」

「もし、本当にそうだとしても、そこまで殺気立つ必要はないいんじゃないかな？　いまノスフィーちゃんは動けないみたいだし」

ラスティアラはマリアと同じように間に入って、最後に動けないノスフィーをちらりと見た。当然、庇ってくれる人が二人に増えたノスフィーは、さらに調子に乗る。

「ええ、ラスティアラさんの仰《おつしや》る通りです。いま、わたくしは全く動けません。……全くですよ？　ふふふっ、その全く動けないわたくしに渦波様は一体何をするつもりなのでしょう？　ああっ、いまのわたくしでは抵抗することもできず、成すがままにされるしかありませんね！　そうっ、どんな辱めだろうと、涙を滲《にじ》ませて堪えるしかないのです！　あはっ！　ああっ、いざというところで尻込みする渦波様を想像するだけで笑いが止まりませんねえ！　わたくし、これから何をしてもらえるのか、とってもとっても楽しみです!!――あ、でもライナーは本当に気持ち悪いので、近寄らないでくださいね」

安全圏で言いたい放題のノスフィーに、僕とライナーの握りこぶしはさらに固くなっていく。だが、それでもラスティアラの意見は変わらない。殺意に溢《あふ》れた僕たちを宥《なだ》めようと、間に入り続ける。

「カナミ！　一旦、落ち着いて休もう!?　この屋敷ならゆっくりできそうだし！」

どうやら、僕とライナー以外は、ノスフィーのことを妙にテンションの高い饒舌《じょうぜつ》な女の子くらいにしか思っていないようだ。いままでの守護者《ガーディアン》たちが揃って心優しかったせいもあるだろう。彼女の悪意に対する危機感が、余りに薄い。僕の邪魔をしている守護者《ガーディアン》みたいだから、とりあえず敵対はしている。けれど、本気で殺し合うほどの敵には見えない。そんな様子だ。

「それにさ、やっとマリアちゃんとも会えたんだからさ……。まずは、ゆっくりと私は話がしたいんだ。みんなで……」

未《いま》だに殺気を放つ僕たち二人を見て、ラスティアラは懇願する。

少しずつ彼女が休戦を固持する理由がわかってきた。おそらく、何よりも先にマリアと話したいのだろう。伝えたいことや謝りたいことが一杯ある。いまは迷宮の守護者《ガーディアン》に構っている暇はない。それが本音のようだ。

確かに、いまはマリアとの再会を嚙《か》み締めるほうが大事だ。

何より、ノスフィーの存在そのものが、余りに遺憾過ぎる。

「わかった、ラスティアラ……。とりあえず、ノスフィーのことは保留にしよう」

「はあ、よかった。いきなり動けない子に斬りかかるのかって、冷や冷やしたよ」

ラスティアラの提案に乗って、僕は戦意を散らす。

その僕を見て、ライナーも渋々と剣を収めた。

奥でノスフィーが「してやったり」と嬉しそうな顔をしているが、ここは我慢だ。

いまはマリアやリーパーとの再会を優先だ。

彼女の処遇を決めるのは、積もる話を全部終わらせてからでも間に合う。そう思って、マリアに顔を向けたところで、予期せぬ言葉を投げられる。

「あの……、カナミさん、ラスティアラさん。もしかして、お二人とも……」

マリアは顔を動かして、僕とラスティアラを見比べていた。その両目にはノスフィーのものと同じ『呪布』が巻かれているので、部屋に浮いている火の玉での確認だ。しかし、その普通ではない眼力で、僕たちの様子を見取り、一言だけ口にする。

「もう『告白』し合いましたか？」

一切目を逸《そ》らすことなく、核心に触れる質問がされた。

「――っ！」

「――っ！」

余りに的確過ぎる一言に、僕とラスティアラは息を呑《の》んで、驚く。

当然だ。この部屋に入ってから、そう思われるような行動は一つも取っていない。にも拘《かか》わらず、マリアは僕たちの何気ない仕草や態度から、その違いを感じ取ったのだ。

その鋭過ぎる観察眼に驚かされて、咄嗟《とっさ》の返しを思いつかないでいると、遅れてノスフィーが声をあげる。

「……え？」

目を見開き、ぽかんと口を開いていた。いま部屋の中で一番驚いているのは、間違いなく彼女だ。マリアが来るべきときが来たといった表情をしているのに対して、ノスフィーは何を言っているのか呑み込めないといった表情になってしまっている。

あの無駄に饒舌で聡明《そうめい》なノスフィーが、ぴたりと静止していた。その自分以上に動揺している彼女を見たことで、少しだけ僕は落ち着くことができた。

「ああ。マリアの言う通り、ここへ来る前に僕とラスティアラは互いに好きだって『告白』し合ったよ。ずっと一緒にいたいって思いを、二人で確かめ合った」

一切目を逸らすことなく問われた以上、僕も一切飾ることなく真っ直《す》ぐ答えるしかなかった。その返答に対して、マリアは納得がいったかのように頷《うなず》いた。

「そうですか……。やっぱり……」

「余り驚かないんだな」

マリアの静か過ぎる反応を、不思議に思った。少し前のディアやスノウの暴れ具合を考えると、彼女の落ち着きは予想外だった。

「はい、驚きません。私は最初から知ってましたから。あと覚悟もしてました」

何の動揺もなくマリアは言い切る。逆に僕のほうが動揺してしまうほどの冷静さだ。

「最初から……、覚悟を？」

「カナミさんは私と出会う前から、ラスティアラさんが好きでしたよ。ラスティアラさんも同じです」

マリアと出会う前。そうなると、本当に最初の最初だ。僕だけでなく、この場にいる全員が驚いていた。疑問の顔に囲まれながら、マリアは断言する。

「間違いありません。だから、私はああなったんですよ」

ああなったとは、一年前の『聖誕祭』の終わりに、僕たちの家を焼いたことだろう。

マリアは両目がなくとも、真っ直ぐ僕を見据えていた。

その鋭過ぎる視線から、彼女の持つスキル『炯眼《けいがん》』の存在を思い出す。その見え過ぎるスキルの力で、いつだって「わかり過ぎていた」のだろう。あのとき、すでにマリアはいつか必ず訪れる「僕とラスティアラが結ばれる瞬間」まで見えていた。だから、一年後のいまとなっては、もう十分過ぎるほどに心の準備が終わってしまっている。

マリアの言っていることに嘘《うそ》はないとわかったところで、言葉が続く。

「前にも言いましたが、お二人の関係がどう変わろうと、私は変わりません。なにがあっても、カナミさんを好きであり続けるだけですから。だから、落ち着いているんです」

これこそ、最も言いたかったことなのだろう。

固い意志を感じさせる声で、念を押すように、いつかの言葉を繰り返した。

「マリア……」

「駄目だと言っても無理やりついていきますから、覚悟してくださいね」

返す言葉が見つからない僕に、マリアは優しく笑いかけた。

優しく、力強い表情をしている。それに似た表情を、よく僕は知っている。その表情をした者は、もう絶対に迷うことはない。自分の『未練』を見つけて、『使命』を果たすときの守護者《ガーディアン》たちとよく似ていた。

たとえ、僕が「ついてくるな」と断って、新しい恋をマリアに探してもらおうとしても、もう不可能だろう。そんな段階は、とうに過ぎているのだ。もはや、出会う前まで時を戻すか記憶を消すしか、いまのマリアを止めることはできない。

――いまだから、やっとマリアの気持ちが痛いほどわかる。

少し前まで、僕もマリアと同じことを考えていた。

たとえ気持ちは届かずとも、想い人《おもびと》が幸せになってもらえるように、一生陰から見守り続ける覚悟を決めていた。それだけが、自分の幸せだと感じていた。だから、僕はマリアを突き放すことも受け入れることもできず、部屋の中が静寂に満たされていく。

その沈黙を最初に破ったのは、ラスティアラだった。

ここここそが自分の番だといった様子で、マリアの名前を呼ぶ。

「マリアちゃん……、久しぶり」

「ラスティアラさん。ようやくですね。ずっと私が邪魔してきたせいで、随分と遅くなりましたが……」

依然として優しげなマリアを前に、ラスティアラは表情を目まぐるしく変えていく。

再会で紅潮していた顔に力がこもって、口と眉の形が変わる。困ったような顔つきから申し訳なさそうな顔になって、何度も目線を逸らしかけては、最後にはしっかりとマリアのほうに向き直り、一言聞く。

「マリアちゃんは、いいの？」

「いいわけないです。不満は一杯です。ただ、私にとって、これは最悪じゃあないんです。想いを伝えて負けた私は、アルティと比べると随分とマシですから……」

ラスティアラを安心させるように、少しわざとらしく怒った様子を見せてから、穏やかな表情で伝えた。

その言葉を受け止めて、ラスティアラは顔を少しずつ明るくする。

明るい未来が見えたのだろう。これから、またマリアと一緒にやり直せる。また一緒に暮らして、一緒に笑い合える。その希望を胸にして、ラスティアラはマリアに一歩近づいて、手を伸ばし、触れようとする。だが、それを許すまいと遮る声があった。

「ふ、ふふっ、あははは っ――！」

ノスフィーが大笑いをして、二人の距離が縮まるのを防いだ。

いまの会話の全てを小馬鹿にするかのように叫ぶ。

「ええ、ええ、ええっ！　確かに、千年前と比べるとマシのようですね！　しかし、結果は同じ！　何度何度何度！　何度追いかけてもっ、絶対に『火の理《ことわり》を盗むもの』はどこにも届かない！　その情熱は絶対に、想い人へは伝わらない！　永遠に裏切られ続ける運命！　ああっ、もう本当に報われません！　本っ当ーに報われない『悲恋』の人生!!　それが『火の理を盗むもの』の、しゅ、く、め、い！　ふふっ、あはっ、余りに酷《ひど》い宿命！　酷過ぎる話！　あはっ、ははは っ、はははははは っ――!!」

遠まわしに『火の理を盗むもの』アルティのことも笑っているかのような口ぶりだ。

マリアはアルティを「親友」と呼んで慕っていた。

ノスフィーの無遠慮な発言に激怒するかと思ったが、そうではなかった。

「何を急に……？　ノスフィー？」

挑発し続けるノスフィーを、マリアは怪訝《けげん》な顔で見る。

その間も、小馬鹿にした叫びは続く。

「ええ、わかっておりますとも。無関係であるわたくしが、急に口を挟むのは失礼なことかもしれません……。かもしれませんがっ、見過ごせません！　いまやマリアさんも、このフーズヤーズの民！　この国の聖女と呼ばれている以上、わたくしはあなたの苦しみを見過ごせません！　何より、そのお気持ちが、わたくしにはよくわかります！　渦波《かなみ》様を想って、一年間！　毎日毎日毎日、必死に尽くしてきたマリアさん！　だというのに一年経《た》って、ようやく渦波様が帰ってきたと思えば、この有様！　違う女性が隣にいて、平然とされる！　余りに酷い！　余りに納得いきませんよね!?　いくわけないでしょう!?　当然、その隣の場所は私のものだったのにと思うことでしょう!!　無理もありません！　最初に見つけたのは――う、ぐっ、むぅっ」

「無理をしないでください。少しの間、ノスフィーはお喋《しゃべ》り禁止ですね」

マリアはノスフィーの身体《からだ》に巻きついた『呪布』を操って、動き続ける口を塞いだ。

そして、すぐにラスティアラへ向かって、いまの話を否定する。

「ラスティアラさん、何の心配も要りません。確かにノスフィーが言うように、少しはムカムカッと来てますけど、十分に抑えられる範囲内です。さっきも言いましたが、ずっとわかっていたことですから……。火炎魔法で街一つを焼けば、すっきりするくらいのものですよ」

少し茶化しながら、マリアはラスティアラとの和解の続きを行おうとする。けれど、いまの二人の会話を聞いたラスティアラは、このまま甘えるだけではいけないと思ったのだろう。一歩前に出て、頭を下げて謝る。

「マリアちゃん、一年前のときはごめん！　拗《す》ねて、いじけて、勝手に一人で動いて……！　お、怒ってるよね……？」

「いいえ。いま謝ってくれたので、もう十分です。私のほうがお姉さんですから、今回だけは大目に見てあげます。今回だけですよ？」

「それと！　今回のことも、ちゃんと謝らせて！　最初にマリアちゃんを応援するって約束したのに、私は何度も抜け駆けして……！　マリアちゃんを裏切っちゃって……！　あと他にも！　もっと謝らないといけないことが、たくさん!!」

「大丈夫です。だから、もうそんな顔しないでください。ほら、こっちに来てください」

必死に謝り続けるラスティアラを前に、マリアは呆《あき》れながらも微笑する。

そして、両手を大きく広げて、胸の中に誘おうとする。

焦燥に駆られて、ずっと顔を伏せて謝り続けていたラスティアラは、マリアの顔を見上げる。その包容力ある微笑を見て、ふらふらとラスティアラはよろめきながらも近づいていく。それは涙を浮かべた子供が母に擦り寄る姿に似ていた。

ラスティアラは膝を地面につけて、その上半身をマリアの胸に預けた。

その頭部をマリアは優しく撫《な》でて、自らの心臓の音を聞かせるように抱き締める。

「大丈夫です、ラスティアラさん。私の心と魔力に聞いてください。私たち二人ならば、それだけで全部わかるはずです」

マリアは魔力でも抱擁して、魂からの本心を伝えようとしていた。

「マリアちゃん……」

その全てを肌で感じて、ラスティアラは全てが真実であるとわかったのだろう。彼女の胸の中で安心して、か細い声で、答える。

「ありがとう……。本当に大好き……」

「はい。私もラスティアラさんのこと好きですよ。初めて出会った夜から、ずっとです。ずっとあなただけは、こんな私と真剣に向き合ってくれましたから」

初めて出会った夜という言葉から、この二人の出会いを思い出す。

あのとき、ラスティアラは心を開こうとしないマリアを強引に誘って、夜通し同じベッドでお喋りをした。故郷から奴隷として連れてこられたマリアにとって、その強引な優しさは身体の芯まで沁《し》みただろう。

ただ、遠回しに当時の僕の対応の悪さを責められているような気がして、少しだけ居心地が悪く感じた。その僕を置いて、二人だけの世界は進んでいく。

「あの日から、本当に色々なことがありましたね。本当に色々と……。だから、私たちは少しくらい喧嘩《けんか》したり、拗《こじ》れたりしても、すぐに仲直りできる関係になれてるって思ってます。ラスティアラさんは違いますか？」

「違わない……！　全然違わないよ！」

結局のところ、マリアにとってラスティアラが特別であるように、ラスティアラにとってもマリアは特別なのだ。生まれたときから用意されていた『天上の七騎士《セレスティアル・ナイツ》』という部下たちと違い、ただのラスティアラとして初めて見つけた同性の友達だからだ。

「ただ、もちろんですが、私は最後までカナミさんを諦めません。たとえラスティアラさんがいても、私はカナミさんと一緒に死にたいって思っています」

「うん、わかるよ。そんなマリアちゃんを、私は好きだから大丈夫」

「何度も繰り返されると、ちょっと恥ずかしいですね、これ」

胸の中から顔を上げて、ラスティアラは「好き」と囁《ささや》き続ける。それにマリアは照れて顔を背ける。二人とも一度も見たことのない表情を見せていた。

ラスティアラと僕が付き合っていて、彼氏彼女の関係だという話が嘘のように思えてくる光景である。そんな妙な心配をしている僕を放置して、ラスティアラは立ち上がった。マリアに抱き締められるのではなく、逆に抱きついて、頬と頬をくっつける。

「やったやった！　マリアちゃん、大好き！　ありがとう！」

「ちょ、ちょっと、ラスティアラさん！　もうっ、止《や》めてください……！」

口では嫌がっていたが、まるで力のない拒否だった。マリアの表情は変わらず優しく、ラスティアラにされるがままになっている。むしろ、その類の触れ合いを喜び、もっと欲しがっているようにも見える。

もう完全に和解がなされたと解釈していいだろう。

二人の間に、殺意や敵意は一切なくなった。

ただ、綺麗《きれい》に話が纏《まと》まったのを見て、隣で口を『呪布』で押さえられているノスフィーは唸《うな》る。言葉は発せられずとも、言いたいことはわかった。こんな結末は「ありえない」「茶番だ」「間違っている」と主張しているのだろう。

だが、それを聞き届ける者は一人もいない。

ラスティアラを守る騎士であるライナーとラグネちゃんは、部屋の空気が和らいだことに安心している。スノウとディアは、いちゃついているラスティアラとマリアのところに近づいていき、これ以上ない穏やかな雰囲気で再会の挨拶を交わしていく。

かつての仲間たちが全員合流していくのを、一歩引いたところで僕は眺める。

ノスフィーが入り込んだことで大きな不和が生まれるかと思ったが、マリアの包容力が全てを上回り、無事に乗り越えることができたようだ。

怪我人《けがにん》が一人も出なかったことに安心して、一つだけ大きく息をつく。

「はあ……。ようやくだな」

その僕の死角《うしろ》にいたリーパーも、気軽に喋り出す。

「うんうん、本当にようやくだねっ。よかったよかったー。久しぶりにマリアお姉ちゃんの嬉《うれ》しそうな顔が見れて、アタシも嬉しいよ」

僕以上に全体の見えるポジションを取って、リーパーはみんなを見守っていた。相変わらず気配り上手な彼女は、自分のことのようにマリアの幸せを喜んでいた。

すぐに振り返り、僕はリーパーと話をする。

「変わらないな、リーパー。僕はおまえのことも心配してたんだが……」

「え？　いやあ、アタシの心配はいらないよ？　マリアお姉ちゃんと一緒にいれば、魔力も安全も問題なしだったからねー。誰かさんと違って、マリアお姉ちゃんってすっごく強くて頼りになるし」

リーパーは僕の顔を見ながら、にやにやと笑う。その言葉の裏にあるものを感じて、僕は少し前に恋人へ投げかけた質問を繰り返す。

「……リーパー、僕だって強くて頼りになるよな？　マリアに負けないくらい」

「それはないかな！　マリアお姉ちゃんと比べると、流石《さすが》にね!!」

とてもいい笑顔で答えられてしまう。ラスティアラと同じ回答だった。それも、他の仲間たちにアンケートを取るのが怖くなるほどの即答だ。

「ちょ、ちょっとくらい考えてくれ。結構ショックだ」

「だって、考えるまでもないからねー。ひひっ。というか、お兄ちゃんも相変わらずで、アタシも安心だよ！」

予想外の自分の低評価に悲しみながらも、リーパーと談笑する。

そして、こうやって冗談を飛ばせる時間が戻ってきたことを、僕は密《ひそ》かに大喜びする。

一年前に残してきてしまった仲間たち全員との再会が終わり、その無事も確認できたのだ。

心の隅にこびり付いていた不安が、全て消えていく。

――あとは、陽滝《ひたき》が目を覚ませば、完璧。

それで、僕の『冒険』は終わる。

そのためにも、僕は地上の世界樹とやらにいる使徒ディプラクラのことを考える。

彼と会えば、多くのことが知れるはずだ。もしかしたら、すぐにでも陽滝の目を覚まさせる方法がわかるかもしれない。それだけの期待が持てる相手だ。

『世界樹汚染問題』についての情報を頭の中に広げながら、僕はみんなと再会の談笑を交わし続けていった。

◆◆◆◆◆

とうとう一年前の仲間たちの無事を、全員分確認し終えることができた。

これからの拠点となりそうな屋敷も、不可抗力ながらも確保できてしまった。

この燃え盛る地下街を進み、この屋敷まで辿《たど》りつける敵はそうそういないだろう。

一息つくのに理想的な環境と時間だった。

結果、みんなの緊張は緩みに緩み切っていた。――特にラスティアラ。

マリアと再会したあと、どこからかラスティアラはカード《トランプ》の束を取り出して、部屋のテーブルで遊び始めた。マリアだけでなく、ディア・スノウ・リーパーも加わり大所帯の大騒ぎだ。ちなみに、ずっとディアが手を引いていた陽滝は、部屋に運び込んだベッドに寝かせてある。

少しでも一年間の空白を埋めようとしているのだろう。

それはわかるが、もう少しあとにして欲しい。

その緩んだ空気の中で、僕とライナーだけは着々と次の準備を進めていく。

ノスフィーを厳重に見張りながら、カードゲーム中のマリアやリーパーから『世界樹汚染問題』についての情報を聞き出していく。僕たちより長く『大聖都』に滞在していた二人は、予想外の情報を持っていた。

「――えっ？　もうマリアは『血の理《ことわり》を盗むもの』に会ったの？」

それは『世界樹を汚染した犯人は、七十層の守護者《ガーディアン》ファフナー・ヘルヴィルシャインであること』『その守護者《ガーディアン》ファフナーを呼び出したのは、ここにいるノスフィー』『守護者《ガーディアン》ファフナーはノスフィーと敵対していて、マリアと協力関係にある』、この三つだった。

マリアはラスティアラたちと遊びながら、僕の質問に答えてくれる。

「はい。フーズヤーズ城を襲ったとき、少しだけ彼と戦闘しました。随分と話のわかる人だったので、すぐに和解できましたが」

「し、城を襲っちゃったのか」

　色々と言いたいことのある僕だったが、マリアは気にせずに話を続けていく。

「いま、ファフナーさんは特殊な状況にありますので、ご注意ください。簡単に言えば、身体《からだ》だけがノスフィーの支配下に置かれてしまっている状態ですね。誰かが世界樹に近づこうとすると、身体が勝手に動いて戦ってしまうようです。ただ、身体以外は自由なので、私との戦闘の間、ずっとファフナーさんは自分の弱点を教え続けてくれました。……なので、本当に変な戦いでした」

　マリアは戦闘を思い出しつつ、新しい守護者《ガーディアン》である『血の理を盗むもの』を、気軽に「ファフナーさん」と呼ぶ。

「ファフナーさんは魔法で、色々なルールに縛られています。私が確認できたルールは『世界樹から離れるな』『世界樹を封印し続けろ』『世界樹に誰も近づけさせるな』『一切の死人を出すな』『ノスフィーを攻撃するな』の五つでした」

　新しい『理を盗むもの』の状況は、非常に奇妙で厄介のようだ。

　そして、その状況に陥らせたであろう犯人が、とても楽しそうに笑い出す。

「ふふふっ。渦波《かなみ》様、気になりますか？　わたくしがファフナーにかけた魔法がどんなものか、気になりますよね？　渦波様が気になるなら、わたくしは隠し事ができません。すぐに教えて差し上げますとも！　ふふっ、あれはトラウマを植えつける光の魔法ですよ」

ラスティアラがカードゲームに誘ったので、もうノスフィーの口の『呪布』は外されている。僕は彼女が迷宮でティティーを唆したことを思い出して、睨《にら》みつける。

「うるさい。それが嘘《うそ》かどうか確認するのが面倒だから、それ以上喋《しゃべ》るな」

ノスフィーの話す全てが攻撃だと思っている僕は、会話そのものを制止する。

しかし、彼女は元気よく頷《うなず》いて、続きを話していく。

「はいっ！　もちろん、同じ『理を盗むもの』を洗脳するのは、並大抵のことではありませんでした！　光属性と血属性で相性はよいほうなのですが、それでも一工夫が要ります。そこでわたくしはファフナーの心の隙を突くために、彼の大切なものを一つ人質に取りました。あれがある限り、彼は強迫観念に駆られて、死ぬまで世界樹を守り続けることでしょう……。あっ、ちなみに一度かけたら、わたくしでも解除できない類の魔法です。トラウマを強制的に植えつけてますからね。ふふふっ」

聞いてもいないのに、ノスフィーは自分の非道行為をぺらぺらと口にする。

ただ、おかげでファフナーがノスフィーと敵対しているという理由はわかった。大切なものを人質に取られて、その上でトラウマを植えつけられたのだ。二人の仲が破綻してしまっているのは間違いない。

「ちなみに、そのファフナーの大切なものってのは、何だ？」

「渦波様、知りたいですか？　知りたいですよね？　ふふっ、言わばファフナーを操ることができるレアアイテムですからね。もちろん、知りたいに決まっていますよね？」

「……いや、やっぱりいい」

「でも、お、し、え、て、あーげません！　ふふ、ふふふっ!!」

いつも通りのノスフィーを置いて、僕は一人で思案する。

《ディスタンスミュート》が使えれば話は楽なのだが、いま彼女の身体には次元魔法を無効化する刺青《いれずみ》が刻み込まれている。国全体に次元属性を阻害する結界もあるので、成功させるのは難しいだろう。

普通に尋問して聞き出すという方法もあるが、それはラスティアラたちのいるところではできない。そもそも、尋問できるだけの技術と精神が僕にはない。

仕方なく、いまある情報だけを僕は纏めていく。

現在、『血の理を盗むもの』ファフナーは、世界樹を守る番人のような存在になっている。けれど、完全に操られているわけではない。一度対峙《たいじ》したマリアによると、彼は「自分の敬う主《あるじ》は、『相川《あいかわ》渦波』のみだ」と豪語していたとのこと。

僕と敵対するどころか、協力する意志がある。

「『血の理を盗むもの』ファフナー・ヘルヴィルシャインか。上手《うま》く行けば、ローウェンやティティーのときみたいに、あっさりと仲間になりそうだ」

それが正直な感想だった。油断するつもりはないが、ノスフィーと比べると与《くみ》しやすい『理を盗むもの』と判断する。

「よしっ。何にせよ、まずは会わないと話にならないな。いますぐにでも、フーズヤーズ城にある世界樹へ向かおうか」

考えが纏まったところで僕は席を立ち、カードゲームをしている面子《メンツ》に視線を投げた。

だが、まずラスティアラが手を挙げて首を振り、乗り気でないことを主張する。

「ごめん、私はパスしたいかな。城は面倒臭そう……というか、私が行ったら絶対に大事になると思う」

フーズヤーズと縁の深いラスティアラは居残りを希望した。ちなみに、行けば国に拘束される可能性のあるディアとスノウも同様の反応をしている。三人ともフーズヤーズでの役割を放り投げて自由行動中なので、無理もない。

続いて、マリアとリーパーも似たような話をする。

「私も行けば面倒なことになりますね。ノスフィーを攫《さら》うときに、城をかなり燃やしてしまいましたので。たぶん、指名手配中です」

「アタシも顔がばれてるねー。あそこって結界が凄《すご》いから、隠れるのが難しいんだよ」

僕は残りの騎士たちにも顔を向ける。まずライナーはノスフィーを睨み続けたまま、こちらに目を向けることなく首を振った。

「悪いが、僕も行くつもりはない。この女だけは、僕が付きっ切りで見張っていないと駄目だ。こいつを放っておくと『最悪』なことになりそうな気がする。……勘だが」

直《じか》にノスフィーと戦ったことのあるライナーは、捕縛したとはいえ警戒しているようだ。

女性陣が油断しているからこそ、自分が必要だと思っている様子だ。

　そのライナーに、ノスフィーは溜《た》め息《いき》と共に口を出す。

「はあ……。ライナーは本当に気持ち悪いですね。あっち行ってください。あっちに」

　煽《あお》られたライナーだが、眉一つ動かすことなく見張り続ける。

　無駄な会話は行わず、監視に徹するつもりのようだ。

　正直、大変助かる監視だ。僕もライナーと同じくらいにノスフィーを信用していない。

　本当に助かる話なのだが、それだと――

「それじゃあ、城に行けるのは僕とラグネちゃんの二人だけ？」

　城の世界樹に向かうのが二人。この屋敷に残るのが六人となる。

　眠っていて動けない陽滝の護衛を考えても、流石に二対六の編制には偏りを感じる。それでも、ライナーは意見を変える気はなさそうだった。

「ジーク。正式にフーズヤーズ城へ訪問するなら、少人数のほうがいい。ぞろぞろ行くのは得策じゃないし、下手にここのやつらが同席すると話が拗《こじ》れる。……これも勘だが」

　そのライナーの勘に、マリアも同意する。

「カナミさんとラグネさんだけなら、堂々と世界樹に近づけるのがいいですね。とりあえず、お二人だけで時間をかけて、じっくり調査するのがいいと思います。もし城で何かあっても、きっとファフナーさんが何とかしてくれますしね」

　マリアの口ぶりから、まだ見ぬ『血の理を盗むもの』への信頼が見て取れる。

　彼女の中では二対六に分かれるのではなく、三対六になっているようだ。

「カナミさんが相手ならば、ファフナーさんは間違いなく全てを話してくれることでしょう。世界樹から声を聞く方法も、『血の理を盗むもの』の能力も弱点も、全て彼自身の口から語られるはずです」

「『血の理を盗むもの』の弱点も？　本当に？」

「間違いありません。なにせ、彼は、その……かなりのカナミさんの大ファンなんです。この私でも引くくらいのファンでした。だから、こうして私は安心して見送れるんです」

少し驚く。ここまでマリアの信用を勝ち取っている守護者《ガーディアン》は、アルティ以来だ。

ファフナーとマリアの間で、どのような会話が交わされたのだろう。その詳細が気になったところで、ライナーがラグネちゃんと話を纏《まと》めていく。

「それじゃあ、ラグネさん。ジークのことをよろしくお願いしますね」

「はいっすー！　ただ、私は一歩引いて、連絡役に徹するっすよ。何かあったらここに全力で逃げ込むつもりっす」

「ナイスです。ラグネさんのそういうところを、僕は信頼しています。……ええ、そこだけは」

慎重なラグネちゃんの性格を、ライナーは重宝しているようだ。

これで、ラグネちゃんと二人で城に向かうのが決定だ。

最後に、ノスフィーから見送りの挨拶が投げられる。

「行ってらっしゃいませ、渦波様。わたくしの支配下に置かれた『血の理を盗むもの』

ファフナーとの健闘を、ここで祈っております」

「健闘はしない。急ぐ必要はないから、まず話をしてくるだけだ」

間違いなく、僕の失敗を願っているであろうノスフィーに僕は言い返す。

「ふっ、ふふふっ！　ああ、楽しみです！　ファフナーと解《わか》り合えると信じて向かった渦波様が、ぼろぼろになって帰ってくるのを思い浮かべるだけで！　あはっ——、もう楽しくて仕方ありませんね！　あはっ、あはははは——ぐぅっ！　えぇっ!?」

また性懲りもなく煽ろうとしてくるノスフィーを、後ろからラスティアラが止めた。

正確には、背後から急に身体を抱え上げて、自分たちのテーブルの横まで運んだ。

「はいはい、ノスフィーはこっちー。私たちと一緒に遊ぶよー。ねえねえ、ノスフィーはこういうので遊んだことある？」

そのまま、仲間の輪に入れようとする。突然の勧誘に、ノスフィーは困惑していた。

「は、はあ……。いえ、ありません」

「じゃあ、一緒にやろっか。ただ、普通にやるのはつまらないから、何か賭けようか。んー、負けた人は一位の人の質問に何でも答えるってことでいこう！」

「何でも答える……？　何でもは駄目ですよ？　いま、わたくしは大事な策略中です」

「はい、決定ー。それじゃあ、始めよー！」

「ル、ルールを！　先にルールを教えてください！　アンフェアはよくないです！」

「甘いよ、ノスフィー！　やりながら覚えるのが、ここのルールだ！」

ラスティアラは話しながら、こちらに目を向けることなく手を振り、僕とラグネちゃんを見送ろうとする。このまま自分がノスフィーは抑えておくから、いまの内に行ってこいということだろう。

僕は残りの仲間たちにも手を振って別れを告げてから、困惑しながらもゲームに参加するノスフィーを見届けて、部屋から出ていく。

屋敷の廊下を歩く。その間、別れ際のノスフィーの表情が、ずっと頭の中に残っていた。悪意も作意も感じない自然な笑顔を、ラスティアラたちには向けていた。思い返せば、この部屋に入ったときもだ。

マリアと二人で談笑していたときは、まるで普通の女の子のようで……。

「ノスフィーのやつ……。何で僕に対してだけ、あんなに……」

僕相手のときとは違い過ぎる態度に、どうしても文句が言いたくなる。その歩きながら呟《つぶや》いた悪態を、隣を歩いていたラグネちゃんが聞き、その疑問に答える。

「ノスフィーさんは、カナミのお兄さんが本当に大好きなんっすね」

好きだから態度が違うのだと、何の迷いもなく即答された。

その第三者からの評価に、僕は不満を浮かべる。

「あれで本当に僕が好きだって思うの？　ラグネちゃんは」

「逆にカナミさん。あれで本当に嫌われてるって思ってるっすか？」

「……………」

問い返された僕のほうが、即答できない。

黙り込んだまま、屋敷の玄関を通り過ぎて、炎に包まれた地下街に出る。あらかじめできていた炎のトンネルに入るところで、ラグネちゃんは続きを話していく。

「顔を合わせれば、憎まれ口を叩《たた》く。聞いてもいないのに、怒られるようなことを言う。本当に嫌われていたら、あんな反応はしないっす。本当の嫌いってのは、もっと……」

「わかってる。単純に嫌われているわけじゃないのは、僕でもわかってるよ。ただ、そう思いたくもなるんだ。あいつは色々とやり過ぎてるから……」

全てを言われる前に、僕から遮った。

ラグネちゃんの言っていることを否定するつもりはない。出会ったときから、ずっとノスフィーは僕が好きだと繰り返している。ただ、その愛情表現は、余りに歪《ゆが》んでいる。ノスフィーは僕が好きだからこそ、僕に嫌われたいと思っている節がある。

――好きな人に何も思われないくらいなら、憎まれたい。怒られたい。恨まれたい。ありえない感情だとは思わない。ここまで、色々なありえない歪み方をしてきた守護者《ガーディアン》たちを僕は見てきた。その中だと、まだノスフィーの子供みたいな気の惹《ひ》き方は理解できるほうだ。

理解はできる。だが、ノスフィーは手段を選ばな過ぎる。少し前にティティーを騙《だま》して、僕を迷宮に閉じ込めようとしたことは、そう易々《やすやす》となかったことにはできない。

「わかった上でっすか。……なら、カナミさんは女心をもっと知るべきっすね。じゃないと、お嬢やノスフィーさんが本気で可哀想《かわいそう》っす。迷宮でデートした話とか、お嬢から聞いたっすよ。何してんすか？」

僕が険しい顔でノスフィーについて考えていると、思わぬ怒られ方をしてしまう。

炎のトンネルを抜けて地上に繋《つな》がる階段を登りながら、僕は弁明を図る。

「え、いや……。何って、あれはラスティアラがどうしてもって言うから……。僕だって、本当は別の所に行きたかったんだ。レストランとか、もっとまともな所に」

「そう思うなら、強引にでも連れ出せばよかったんすよ。お嬢は人生経験が足りないから、まともな発想ができないだけっす。一度連れ出してしまえば、絶対に楽しんでくれたはずっすよ。カナミのお兄さんには、そういう強引さが足りないっすよねー」

「そう言われても、デートとか僕も初めてだったし……」

「ふーむむ。それじゃあ、私とデートの練習でもするっすか？　この道すがら、色々と教えてあげるっす。何事も経験と訓練っすからね」

薄暗い階段を登り切って、光の差す地上に出る。

丁度、デートにうってつけの大都会が広がっていた。賑《にぎ》わう雑踏の中には、カップルらしき男女も何組か見える。さらに、街にはレストランに劇場、服屋に装飾店、何でも揃《そろ》っている。恋愛に自信ありげなラグネちゃんから教わるのは、悪い話ではない。なにせ、彼女は僕と出会う前から、ラスティアラと仲が良い。いわゆる幼馴染《おさななじみ》ってやつだ。まだ知らないラスティアラの好みなども聞けるだろう。

けれど、その提案を僕は断ることにする。これだけは、即答できる。

「いや、真似事《まねごと》でも、デートは駄目かな。なんかラスティアラに隠れて悪いことしてるみたいで、僕には無理だ」

「……やっぱり、駄目っすか。カナミさんと二人きりになれるのは珍しいっすから、ちょっと勇気出して誘ってみたんすけどねー。こうやってノスフィーさんも、ふられたんすかね。可哀想に」

ラグネちゃんは予想通りといった様子で、大聖都の大通りを先導していく。

その背中を追いかけながら、僕は先ほどから感じている違和感について聞く。

「ラグネちゃん。さっきから、妙にノスフィーの肩を持つね」

「そっすね。ノスフィーさんとは初めて会ったっすけど、あの人のことが少しわかる気がするんすよ。私と似てるので、かなり親近感ありありっす」

意外な理由だった。ずっと屋敷で静かだったラグネちゃんが、後方で僕たちを見ながらそんなことを考えていたとは思わなかった。さらに、彼女の思わぬ話は続いていく。

「きっと、あの人も世界が真っ暗なんだろうなあーって思ったっす。私と同じで、欲しいものに手が届かなくて、生きている甲斐《かい》がなくて、だから必死に自分を作って……。なんとか、怖さとか悔しさとかを誤魔化してるって感じで……」

「え？　ちょっと待って。ラグネちゃんのそれって、キャラ作りなの？」

いきなり冗談にならない真剣な話が始まって、僕は慌てながら確認を取る。

咄嗟《とっさ》に『キャラ作り』という単語を使ってしまったが、僕にかかっている翻訳魔法は誤解なく意味を伝えてくれたようで、ラグネちゃんは首を傾《かし》げることなく答える。

「はい、キャラ作りっすよー。この喋《しゃべ》り方をしてると、色々と楽っすからね。隠しごとし易《やす》いんで、随分と前から誰に対しても、こんな感じでやってるっす」

驚きの事実が重なり、僕は軽く言葉を失う。

大なり小なり自分を作って生きている人間はどこにだっている。しかし、彼女の演技に気づけなかったのはショックだった。さらに、彼女の冗談にならない真剣な話は続く。

「でも、カナミのお兄さんもっすよね？　その妹さんが第一って性格、楽だから作ってるっすよね？　ノスフィーさんとカナミさんと私、三人は同類っす。ははは」

前を歩いていたラグネちゃんが、乾いた笑いと共に振り向いた。

何の特徴もない薄茶色の瞳が僕の姿を捉える。

そこには『感応』や『炯眼《けいがん》』のような全てを見通す力は感じない。『観察眼』といった何かしらの長所があるわけでもない。ただの共感で、ラグネちゃんは僕という人間を理解しようとしていた。彼女はノスフィーだけでなく、僕にも親近感を抱いている。

だが、その事実を僕は、ゆっくりと否定する。

「……違うよ。作ってるなんて、それだけは絶対にない」

もう僕は自分を間違えはしない。自分に嘘《うそ》もつかない。アイドやティティーのように見《み》栄《え》を張りもしない。しっかりと「僕は僕だ」と確信している。だから、『相川渦波《あいかわかなみ》』は

『相川陽滝《ひたき》』を救うという終わり《ゴール》まで、あと少しなのだ。

「え、本当っすか？　同類かと思ったから色々ぶっちゃけたんすけど……。間違ってたとなると、ちょっとアレっすね」

ラグネちゃんは顔を赤らめて、後頭部を掻《か》いた。

仲間かと思って内心を明かしたものの、それが独り善がりだったことを恥ずかしがっているようだ。けれど、妙に諦めが悪く、確認を繰り返して、食い下がる。

「本当の本当に、それが本当のカナミさんっすか？　どこかの誰かの理想みたいなそれが？　格好つけてるとかじゃなくて？　そうだとしたら、言い方は悪くなりますが、逆にでき過ぎてて胡散臭《うさんくさ》いっすよ？　誠実過ぎるというか、何というか……」

「人として、できるだけ誠実であろうって努力はしてる。正しい人間でありたいとも思ってる。でも、自分を作ってるつもりは一切ないよ」

殺伐とした異世界だと珍しいかもしれないが、平和な現代日本だとよくある感性だ。その僕の主張を聞いても、まだラグネちゃんは腑《ふ》に落ちない様子だった。

「へー。なら、私たちって、逆なんすかね」

「逆？」

「いや、私の間違いみたいっす。変なこと言って、すみませんっす」

唐突に自分の否を認めて、それ以上は言わなくなった。もっと踏み込んだ話をしたくはあったが、黙々と歩くラグネちゃんの背中に声はかけ難《にく》かった。

僕たち二人は静かに、大聖都の雑踏を掻き分けて、中心部に向かっていく。

変な話をしてしまい、少しだけ気まずくなったような気がする。その空気をラグネちゃんも感じたのか、気を遣いながら会話を再開させようとしてくれる。

「あのー、カナミのお兄さん。ここまで突っ込んだ話をもうしちゃったんで、ついでにもう一つ突っ込んだ話しちゃっていいっすか？　このままだと、私こそ本当に胡散臭いやつになっちゃうんで……」

「もちろん、いいよ。何でも聞いて」

「カナミのお兄さんに人生相談していいっすか？　私の目標についてっす」

胡散臭さを取り除くために、自分という人間を知ってもらうつもりなのだろう。確かに、その人の夢がわかれば、その為人《ひととなり》がわかる。守護者《ガーディアン》たちの『未練』のように。

「私の人生の目標は単純で……、カナミのお兄さんみたいに、私も世界に名の轟《とどろ》く有名人になりたいっす！　田舎の村を出てから、ずっと目指すは世界一ぃって感じで頑張ってるんすよね！　とにかく暗いところから、すごく明るいところに行きたいっす！」

「へえ。ラグネちゃんって、有名人になりたいんだ。ちょっと意外かな」

「有名になって、みんなに認められたいっす。田舎者の私が都会で目立って、褒められて、世界のてっぺんで踏ん反り返る。世界で『一番』が、私の野望っす！」

僕の『妹を助ける』に対して、ラグネちゃんは『世界で一番になる』という人生の目標を持っているらしい。

　それを宣言する彼女は、とてもいい笑顔をしていた。守護者《ガーディアン》たちみたいに、自分の気持ちを勘違いしているようには見えない。きっと彼女は純粋な向上心で、そう願っているのだろう。それは多くの騎士たちが抱えている野望で……言ってしまえば、ありがちな夢とも言える。

『舞闘大会』で戦ったローウェン・アレイスの『未練』と、少しだけ似ている。かつて、『アレイス家の宝剣ローウェン』に見惚《みと》れたことがあったのは、この類似性からだろうか。二人の違いを比べているところで、ラグネちゃんは低姿勢でお願いをしてくる。

「ただ、この目標って、実力だけでどうこうできるものではなくてっすね……。いや、ローウェンさんやカナミさんくらいのレベルなら可能でしょうが、私みたいな一般人には色んな人の協力が不可欠でぇ……」

「わかってる。僕もできるだけラグネちゃんの目標に協力するよ。色々と助けて貰《もら》ってるから、何でも言っていいよ」

　最近、僕の後ろ盾を欲しがっている節があったのは、この夢のためのようだ。ラグネちゃんにとっては、いまの『天上の七騎士《セレスティアル・ナイツ》』総長すらも通過点なのだろう。もっともっと上を、彼女は目指している。

「な、何でもっすか？」

「できる範囲でね」

「それなら、いますぐ――」

ラグネちゃんは喜びと興奮のまま、要求を口にしようとして――

「あ、いや。それなら、もう『舞闘大会』に出ないようにお願いしたいっすね。あと少しで今年のやつが開催なんすけど、カナミさんたちが出ると優勝を狙えないんすよ」

一つ目のお願いは呑《の》み込んだあと、とても現実的で堅実な提案をした。

「なるほど……。確かに、去年のトーナメント表は酷《ひど》かった」

「はい！　ちょー酷かったっす！　正直、カナミさんたちさえ出場しなければ、私は優勝狙えるんすよー！　しかも、今年は団体戦じゃなくて個人戦！　決闘形式に特化してる私なら、可能性《ワンチャン》あるっす！　だから、どうかどうかどうかー、お願いっすー！」

「了解。次の『舞闘大会』は、観客席でラグネちゃんの応援してるよ。他のみんなにも、ちゃんと言っとく」

「ありがとうっす！　それと、今年は私の戦い方が完成したので、期待して見て欲しいっす！　今度こそ、私の全てを出し尽くすつもりっすよー！」

そう言って、ラグネちゃんは腰に佩《は》いている装飾過多の剣に手を置き、自慢げに小さな身体《からだ》を反らした。どうやら、あの『魔力物質化』を使った奇襲戦術は、さらに進化しているようだ。ステータスの『表示』に新たなスキルはないが、自信満々の顔だ。

「あれから、ちょっと変わったの？　あの剣が伸びるやつ」

「変わったと言うよりは、成長して完成したって感じっすねー。どうか、楽しみにしててください。これはカナミさんのお兄さんにこそ、お見せしたい技っすから！」

「うん、楽しみにしてるよ」

その技とやらの詳細は聞かない。きっと最高の場でお披露目するために、ずっと温め続けたのだろう。ここで聞いてしまっては、後の楽しみが激減だ。

そして、いまにもスキップしそうな上機嫌さで、ラグネちゃんは道を歩いていく。

「あー、早く『舞闘大会』来ないっすかねー！　もっともっと早く出世して、お金持ちになって、誰もが知ってるような凄《すご》い人になって！　最後には、世界で『一番』の有名人になって！　そこまで行けば、あそこの串焼きとかも食べ放題っす！」

いつの間にか、大聖都の目抜き通りと思われる場所まで、僕たちはやってきていた。

何の記念日でもない平日なのに、その通りには大きな市場が展開されていた。右を見ても左を見ても店が並び、上を見れば街の三次元構造を形成する掛け橋があって、下を見れば綺麗《きれい》な石畳と『魔石線《ライン》』が輝いている。

その市場の中に、ラグネちゃんは露店の串焼き屋を見つけていた。

連合国のお祭りで食べたことのある物は少し懐かしく、自然と僕の足も向く。

「ちょっと食べていこうか。これなら、時間もかからないし」

「流石《さすが》、カナミのお兄さん！　ごちになるっす！」

丁度お腹《なか》の空《す》く時間だったので、露店に立ち寄って注文していく。

通行人に匂いを嗅がせるための作り置きを買い、すぐに僕たちは歩き直す。

「あー、美味《おい》しいっすー！」

ちなみに、僕は一本だけ。ラグネちゃんは十本ほど手に持っている。他人のお金だからと遠慮しない彼女を微笑《ほほえ》ましく思いながら、隣を歩いていく。

「ほんと一杯食べるね」

「よく言われるっす。これぱっかりは田舎者と言われようと、直す気はないっす」

美味しそうに串焼きを頬張るラグネちゃんを見て、僕は苦笑する。彼女の年相応の無邪気さのおかげか、完全に気まずい空気はなくなった。少なくとも、表面上は。

「さっ、そうこうしている内に着いたっすねー。連合国の英雄様を連れてきた騎士として、アピール頑張るっすよー。私の出世道はここから始まるっす！」

周囲を見れば、急激に人気が減っていた。

串焼きを食べている内に、僕たちは目抜き通りの坂を登り切っていたようだ。

大聖都中央の丘の上にあるフーズヤーズ城が、目の前に建っている。

見上げるように、その建物の全容を僕は眺める。

「ここが、フーズヤーズ城か。うわあ、これは……」

思わず、感嘆の声を漏らしてしまった。

遠くから見たときは気づかなかったが、このフーズヤーズ城はまともな造りではない。

何よりもまず、塔の数が異常だ。

ずっしりと巨大な建造物を一つ構えているのが、城としては通常だろう。塔があったとしても、その周りを囲むくらいだ。しかし、このフーズヤーズ城は違う。

どこを見ても塔、塔、塔だ。そして、その塔たちの間には、アーチ状の橋が数え切れないほどに架かっていて、隙間を埋め切っている。遠目に見たとき、大きな城と見紛《みまが》う原因はこれだろう。

無数の塔が束のように集まり一つの巨大な建物と化して、その周りを高い鉄柵と川が囲んでいた。連合国の大聖堂と同じで、川に架かった跳ね橋を渡った先には、大きな門が待ち構えていた。

「そこの二人！　止まれ！」

その跳ね橋を渡ろうとすると、すぐさま警備の兵たちに囲まれ、きつい口調で止められてしまう。連合国の大聖堂と違って、城は一般解放されていないようだ。跳ね橋に近づくだけでも兵士からの視線は痛かったので、本来一般人はここまで入ってきてはいけないのだろう。

「あ、お仕事ご苦労様っすー。私は連合国フーズヤーズの騎士、『天上の七騎士《セレスティアル・ナイツ》』総長ラグネ・カイクヲラで――」

スムーズに話を進めるためにラグネちゃんが前に出て、僕は任せ切る。

ただ、その途中で、聞き耳を立てるつもりはなかったが、軽く話が聞こえてきた。

「――……はあ、そういうことでしたか。しかし、ラスティアラ様とスノウ様は？　それと、使徒様も帰ってくるという話を聞いていたのですが」

「私とカナミ様だけっす。いやあ、あのお三方がどこにいらっしゃるかなど、私には予測もつかないっすね――」

やはり、ラスティアラたちの帰還は待ち構えられていたらしい。もし、いまここに彼女たちがいれば、適当な理由をつけて拘束されていた可能性が高い。会話の端々から「パーティー」「謁見」「儀式」といった単語が聞こえてくるので、ラスティアラの「面倒くさそう」という予想は的中だったようだ。

そのラグネちゃんと兵士たちの長い会話の末、城の門から他とは身なりの違う騎士が何人か出てくる。その中の代表格と思われる騎士が傍《そば》まで近寄り、膝をついて一礼した。

「カナミ様。どうぞ、中へ。元老院から直々に、歓待せよという言葉が通達されております。我々はアイカワカナミ・ジークフリート・ヴィジター・ヴァルトフーズヤーズ・フォン・ウォーカー様の要求に、全て応える用意があります」

挨拶のあと、すぐさま騎士は立ち上がった。

名前の省略を希望しようかと僕が迷っている内に、彼はこちらの目的地を口にする。

「目的は、城の世界樹ですね？」

「あ、はい……。その通りです」

「では、こちらへ。ご案内致します」

代表格の騎士が身を翻したのに合わせて、周囲の騎士たちは僕とラグネちゃんを護《まも》るように取り囲んだ。見たところ、逃がさないためではなく護るための包囲だ。先ほどの「歓待せよ」という言葉に偽りはないように見える。

こうして、僕とラグネちゃんは立派な騎士たちと共に、跳ね橋と門を通り抜けて、フーズヤーズ城の敷地内に入っていく。

「カナミのお兄さん、なんか話が早いっすね」

「そうだね。僕たちが世界樹に来るって、最初からわかってたっぽい。ギルドの人たちから聞いたのかな？」

ここそことラグネちゃんと話をしながら、大草原と見紛う城の中庭を歩いていく。

とにかく広い敷地には、庭師の腕が窺《うかが》える見事な樹林が立ち並んでいた。途中、貴族や騎士と思われる人たちとすれ違い、じろじろと顔を見られてしまう。

そして、その広い庭を歩き切り、ようやく僕たちは辿《たど》りつく。

無数の塔が集まっているフーズヤーズ城――その中でも、芯と呼べる最も太い塔の扉の前までやってきた。目を横に向けても、塔の端を捉えることはできない。「太い塔」ではなく、「巨大過ぎる建築物が、とにかく高く聳《そび》え立っている」と表現したほうが正しいかもしれない。

荘厳さを引き立たせる彫刻の入った扉が、お供の騎士たちによって開かれて、僕たちは城の中に誘《いざな》われる。

「これが、城の中か……。高い……」

フーズヤーズ城の幻想的な内装に、また声が漏れる。

まず最初に目にするのは、城の頂上から地下まで続く直径一キロメートルはありそうな吹き抜け。飾り付けられた豪奢《ごうしゃ》な調度品や『魔石線《ライン》』などは予想範囲内だったが、その城の造りには驚くしかなかった。

歩ける床は壁際の幅百メートルほどしかなく、非常にアンバランスだ。中央部分は大きな穴がぽっかりと空いていて、階毎《ごと》の仕切りが完全に取り払われている。その吹き抜けが空気の通り道となっているせいか、不気味な風切り音が常に木霊している。

城らしく、内部は広く大きく荘厳だ。

だが、城のセオリーというものを完全に無視していた。

「アイカワカナミ様、世界樹は最下層です」

田舎者のように城の中を眺めていると、騎士が注意を飛ばした。

吹き抜けの外周部分に取り付けられた螺旋《らせん》階段まで、すぐに連れていかれる。その階段には柵が取り付けられているものの、下手をすれば奈落の底に真っ逆さまだ。この城をデザインした者の正気を疑いながら、騎士の後ろをついていく。

徐々に自然の陽《ひ》の光が失われていき、石畳の階段に取り付けられた魔法道具の光だけとなっていく。城の生活音も小さくなっていき、歩く僕たちの靴音が目立ってくる。

途中、側面に逸《そ》れる回廊や扉はあった。しかし、先導する騎士たちは迷いなく最下層を目指していく。周囲は、闇というほど暗くはない。しかし、手すりの向こう側にある空洞のせいで、闇に呑み込まれるような不安感があった。

下へ下へと、どこまでも階段を降りていく。

そして、次第に見えてくる。

吹き抜けの中、すっぽりと収まるように、それは立っていた。

――真っ赤に染まった巨大な樹木。

吹き抜け側に目を向けると、無数の赤い葉が視界一杯に広がっている。日本の秋に見られる紅葉とは全くの別物で、鈍く澱《よど》んだ赤色だ。それと、鼻につく鉄の臭い。

事前に知っていなければ、小さな悲鳴の一つでもあげていたかもしれない。

しかし、もう僕は知っている。

ここには『血の理《ことわり》を盗むもの』がいる。

ならば、その赤い葉の色の正体は、血以外にありえない。

血に塗《まみ》れた葉が揺れるのを眺めながら階段を降り続けて、ようやく城の最下層が見えてくる。それは赤い樹木の根元が見えてくるということであり、同時にそこで待っている男の顔も見えてくるということでもあった。

その男は完全武装した騎士たちに囲まれていた。けれど、全く気にした様子はなく、樹木に背中を預けて座り、優雅に古そうな本を読んでいた。

くしゃくしゃの黒い癖っ毛が耳を隠す程度に伸びていて、その真っ赤な瞳をレースカーテンのように隠している。肌は青白く生気が薄そうだが、顔に古傷が刻まれていることから、彼が戦士であると確信できる。

ただ、男は騎士の剣どころか、寸鉄一つすら帯びていない。無地の真っ白な上下の服を着て、休暇中に読書を楽しむ兵士の一人といった様子だった。

千年前に活躍した騎士だと聞いていたが、想像ほど屈強そうではない。

年齢は『理を盗むもの』ゆえに見た目以上だろうが、外見は僕と同じ程度に見える。

もちろん、彼が見た目通りの無害な一兵士なわけがない。身から漏れる魔力が禍々《まがまが》しく、強大だ。一般人ならば近寄るだけで吐き気に襲われることだろう。

そして、腰を下ろして、地面に放り出した両足が、異常に——薄い。

男は靴を履いていなかった。その必要はないとばかりの素足が、映画に出てくるベタな亡霊のように曖昧となっている。

彼の特徴を全て見て取ったところで、僕は城の最下層まで降り切る。

綺麗に磨かれた石畳は途絶えて、ここからは土の地面だ。

ここに根を張って、赤い樹木は地上まで聳え立っているようだ。

壁のような樹皮に背中を預けていた男は、僕たちの来訪に気づいたようだ。

手に持っていた本を地面に置いて、その場を立つ。その薄い両足が彼の身体《からだ》を支えてくれるのかが不安だったけれど、しっかりと地に足をつけて立っていた。

男は目を僕に向ける。一緒に降りてきたラグネちゃんや騎士たちを無視して、ゆっくりと歩を進めつつ、僕の名前を口にする。

「……渦波《かなみ》か？」

「うん。そっちは、『血の理を盗むもの』でいい？」

どう答えたものかと迷ったが、敬語は使わずに気さくに返した。

僕たち二人が、千年前に親交があったのは間違いない。少しでも友好な関係を築けるようにと、言葉を選んだ。男は僅かに戸惑ったが、すぐに理解を示してくれる。

「……ああ。レガシィのせいで、俺たちのことは忘れてるんだったか？　ってことは、改めて自己紹介するしかねえのか。ちょっと面倒くせえな」

ぼりぼりと乱雑に頭を掻《か》き、けれど心底嬉《うれ》しそうに頬を紅潮させて、男は千年前にもやったであろう自己紹介を繰り返してくれる。

「俺の名は、ファフナー。『血の理を盗むもの』の代行者ファフナー・ヘルヴィルシャインだ。以前、おまえの騎士として仕えさせてもらった者でもある。……また仲良く馬鹿やろうぜ、渦波」

男の名前は、ファフナー・ヘルヴィルシャイン。『注視』にも間違いなく、彼が『血の理を盗むもの』であることが示されている。

【七十守護者《セブンティガーディアン》】血の理を盗むもの

僕は『地の理を盗むもの』ローウェンや『風の理を盗むもの』ティティーと同じような関係を期待して、親しみをこめて『血の理を盗むもの』の名前を呼ぶ。

「よろしく、ファフナー。少し記憶は欠けてるけど、また僕たちは仲良くなれると思う」

「ああ、また俺たちは仲良くなれるさ。間違いない。あぁっ――！」

友好的な僕の返答を、ファフナーは身体を震わせながら喜んだ。

僕と同じく、顔に笑みを浮かべている。けれど、眉はハの字に曲がっていた。そして、その徐々に崩れていく笑みを隠すように、顔を俯《うつむ》けた。身体の震えは止まる気配がなく、嗚咽《おえつ》を耐えるように何度も肩を跳ねさせて、とうとう俯けた顔から水滴が落ちる。

「え……？　もしかして、泣いてる……？」

その予想外で過度な反応に、僕は思わず聞いてしまう。

「わ、悪いっ。ちょっと感動してな。だが、気にしなくていい。いつものことだ。それよりも、俺に聞きたいことがあるんじゃないのか？　記憶が飛んでんだ。遠慮せずに、いくらでも聞いてくれていいぜ。くははっ」

すぐにファフナーは顔を上げて、その赤い瞳から零《こぼ》れる涙を拭った。

なんとか笑顔を作って、話を進めようとしている。

僕にはわからなかったが、いまのは号泣に相応《ふさわ》しい感動の再会だったのかもしれない。

しかし、いまの僕では絶対に、その気持ちを共感することはできない。悔やむのは止《や》めて、ファフナーの言葉に甘える。

「うん、わかった。それじゃあ、まず代行者ってのはどういう意味か教えてくれないかな？　僕はファフナー・ヘルヴィルシャインが『血の理を盗むもの』だって聞いて来たんだけど……」

「なるほど。そっから話さないと駄目なのか。ああ、面倒だ。本当に面倒だが……、これでいい。このほうが、ずっといいな」

涙目のファフナーは、子供のように無邪気に笑う。僕と会えて本当に嬉しそうだ。その歓喜を共有できないのが、惜しく感じるほどに。

「さっき俺は代行者と言ったが、このファフナー・ヘルヴィルシャインが『血の理を盗むもの』そのものと思ってくれて問題はないぜ。ノスフィーの召喚で、俺の身体ごと呼ばれたってことは、そういうことなんだろう。他のやつらと変わりはないはずだ」

ファフナーは多くを語ろうとしない。だが、隠し事をしているわけではなく、記憶のない僕が混乱しないように話を単純明快にしてくれているようだ。

そう思えるだけの優しさを、彼の語り口から感じられる。

僕は代行者という言葉は一旦忘れて、もう一つの情報について話を広げることにする。目下の敵に、迷宮探索を先んじられたことについてだ。

「ノスフィーの召喚……。やっぱり、あいつがファフナーを迷宮から呼んだのか」

「ああ。すげえ器用だからな、あいつ。魔法で七十層を弄《いじ》って、ボス側のくせに無理やり俺を呼び出しやがった。うちの面子《メンツ》だと、『木の理を盗むもの』や『無の理を盗むもの』あたりも、同じことができるんじゃねえか？　というか、いま絶賛あの人は……『無の理を盗むもの』セルドラは、一人で迷宮に挑戦中だな」

ノスフィーが迷宮の仕組みを弄れるのは、ティティーと戦ったときにわかっていたことだ。むしろ、ぽんっと出てきた他の名前に僕は驚く。

「『無の理を盗むもの』セルドラが迷宮に……？　確かセルドラって人は、千年前の『統べる王《ロード》』の下で総大将をやっていた人で……」

「ああ、そいつで合ってる。セルドラも俺と一緒で、ノスフィーに呼ばれて出てきたから注意してくれ。ただ、あいつは俺と違ってノスフィーに負けなかったから、好き勝手に動いてる感じだ。せっかちなあいつは、迷宮に残ってる最後の一人であるノイを起こしに行くと言って消えた。……だから、いまに残り全員揃《そろ》うと思うぜ？　零層の渦波、六十層のノスフィー、七十層の俺、八十層のセルドラ、九十層のノイ、百層の陽滝《ひたき》。勢揃《せいぞろ》いだ」

　さらに見知らぬ名称が飛び出してくる。

　いくら記憶を掘り返せども「ノイ」という名前に覚えはなかった。ラスティアラやディアから聞いた伝承も思い出しているが、頭の中の検索にヒットしてくれない。

　その僕の困った表情を見て、ファフナーは察してくれる。

「……ノイがわからないのか。わかった、説明しよう」

　ファフナーは情報の出し惜しみを全くしない。他の『理を盗むもの』たちと比べると口が軽過ぎると思ったが、いまはその口の軽さに感謝する。

「ノイ・エル・リーベルールは『次元の理を盗むもの』だぜ。ああ、渦波のことじゃなくて、先代のほうな。もっとわかりやすく言えば、アレだ。使徒たちが『我が主《あるじ》』って呼んでるやつだな。本当は『最深部』在住らしいが、九十層でも呼び出せるらしい。いや、どういうわけかわからないが、千年前のおまえがそういう風にしたんだ。たぶん、陽滝の前にノイと会っておきたかった理由が、なんかあるんじゃねえのか？」

思いがけず、使徒の主の名前がわかってしまった。そして、その主とやらは、僕と同じ『次元の理を盗むもの』らしい。得意魔法が被《かぶ》っているだけだと思いたいが、絶対にそれだけではないだろう。

いまファフナーが言ったように、僕とノイの間には特別な事情があるはずだ。

「直にセルドラが、ノイを起こして連れてくる。たぶん、無理やりだろうな。……ノイでも、セルドラには絶対勝てないはずだ。なにせ、『無の理を盗むもの』は『最強』だ」

使徒たちの主であるノイよりもセルドラのほうが強いと、ファフナーは思っているようだ。自然と僕は『最深部』で待つ存在こそが『最強』だと思っていたけれど、そうでもないようだ。そもそも、千年前の僕が使徒たちの主を『最深部』から九十層に移している時点で、どこか力関係がおかしい。

何にせよ、話を急がないといけないことだけはわかった。

ただでさえノスフィーのせいで、この大聖都の事情は入り組んでいるのに、そこにセルドラとノイの二人が現れたら面倒なことこの上ない。

使徒シスから聞いた「世界を救う」という話が、割り込んでくる可能性が高い。しかし、僕としては蔓延《まんえん》している『魔の毒』を消す方法よりも、妹の目覚めのほうが大切だ。

「な、なあ……、渦波。一つ、いいか？」

僕が得た情報を吟味していると、ファフナーが遠慮しがちに聞いてくる。

ずっと僕だけが聞きっ放しだったけれど、向こうにも聞きたいことがあったようだ。

当然だろう。いまや世界は、千年後。色々と事情は変わっている。聞いてばかりで悪いと思った僕は「もちろん」と頷《うなず》き返して、ファフナーの質問を促す。

すると、ファフナーは本当に申し訳なさそうに――先ほどまでの気軽な親友かのような態度が、全て嘘のように――とても弱気に聞いてくる。

「その、な。……今回も、俺に主《あるじ》って呼ばれるのは嫌か？　出会った頃みたいに『大いなる救世主《マグナ・メサイア》』って呼んでみるのも、悪くないと思うんだが……」

「は、はあ？　僕が主？　というか、メサイアって……」

態度の違いも気になったが、それ以上に大仰過ぎる敬称に僕は驚く。

引いたと言ってもいい。いま頭の中で「世界を救う」という話を嫌がったところで、丁度『救世主《メサイア》』と呼ばれようとしている。当然、それにだけは頷くことができない。

「えっと、ごめん……。もっと友達みたいな関係が僕はいいかな？　前は主従だったこともあるって聞いたけど、今回は気軽な感じでお願い」

「あ、ああ……。そうだなっ。俺たちは『友達』だったんだ。ファフナー・ヘルヴィルシャインは渦波の『友達』だ。だから、もうセルドラもノイも……」

目に見えてファフナーは落胆して、いまにも膝を折りそうなほど残念がった。

その明け透け過ぎる感情表現のせいで、彼の内心が垣間見《かいまみ》えて、疑問が尽きない。

問えば、目の前のファフナーは必ず答えてくれるだろう。だが、気軽に聞いていいものではない気がした。何でも僕に答えるファフナーだからこそ、何でも聞いてしまうのは危険であるような気がして……。

「は、ははは！　それじゃあ、無駄話は止めて、本題を進めようか！　ちょっと残念だが、かの『経典』にも書いてある！――十二章二節『限りある時を守りなさい。あなたの怠惰が万人を害していく』！　時間は大切にってやつだ！」

湿った空気を嫌って、またファフナーは強引に笑顔を作って明るくなった。その気持ちを汲《く》んで、僕は自らの目的を早急に果たそうと、話を続ける。

「……なら、手早く世界樹《ここ》に来た目的を言うよ。僕は陽滝を助けるために、使徒ディプラクラと会いたい。どうにか、彼の知識を貸りたいんだ」

「だろうな。だが、ノスフィーのせいで、操られた俺が立ち塞がってる。……さあ、渦波はどうする？」

「まず君をノスフィーの魔法から解放したいって思ってる。ノスフィーのやつの思惑には乗りたくないんだ」

「ほう。しかし、そう易々《やすやす》とはいかないだろうぜ？　マリアのおかげで発覚した俺のルールだが、どれも面倒で仕方ない。特に『世界樹に誰も近づけさせるな』がな」

「覚悟はしてる。今日まで会ってきた『理《ことわり》を盗むもの』たちに、楽だったやつなんて一人もいなかったからね」

「ああ、そうか。今日まで渦波は、あいつらと……。で、とうとう俺の番ってわけか」

当然だが、『血の理を盗むもの』であるファフナーにも『未練』はある。

必ずある。妹の目覚めも大事だが、彼の『未練』も同じくらいに重要だろう。これまで戦ってきた『理を盗むもの』たちの『未練』を思い返していると、その今日までの苦労をファフナーも感じ取ってくれたようだ。

しみじみとした様子で、微笑を浮かべながら頷いている。

千年後のいま、とうとうファフナーは自分の願いが叶《かな》うときが来たと喜んでいる――のかと思ったが、それはまるで見当違いだった。

「く、くくっ！　くふっ、くははは！　難儀だな、渦波！」

このタイミングで、自分ではなく僕の名前を呼んだ。ファフナーは自分の『未練』よりも、『相川渦波《ぼく》』という存在を重視していることがわかってしまう。

「くははっ！　相変わらず、いい苦難を受けている！　しかし、苦難はいい！　人を成長させてくれる！　この苦難を乗り越えたとき、また俺も渦波も強くなる！　また一歩近づく！　『本物』まで！　ああっ、それは本当にいいことだ！」

「ファフナー……？」

いきなりファフナーの声量が跳ね上がった。

その唐突なテンションの高さに、僕は戸惑う。ただ、先ほどから予兆はあった。ファフナーは口で面倒と言いながらも、この状況をどこか喜んでいた。まるで神の課す『試練』

に感謝する信者のように、全ての面倒事を心から有り難がっている。

「渦波《かなみ》！　いますぐ、ノスフィーの魔法解除方法を教えよう！　確かに、俺はノスフィーのせいで面倒なルールに囚《とら》われてる！　魔法解除をしようとすれば、間違いなく俺は勝手に反撃する！　そういうトラウマを植えつけられた！　だが、安心してくれ！　渦波の得意魔法《ディスタンスミュート》を一発刺せば、それで終わりだ！　それだけで俺は解放されて、そこの世界樹に封印されたディプラクラも解放される！　いわば、これは模擬戦みたいなもんだな！　気軽にやろうぜ！」

そのテンションのまま、ファフナーは全身に戦意を漲《みなぎ》らせた。

マリアが言ってくれた通り、あっさりと弱点を教えてくれた。しかし、こうも彼がやる気になっているのは、少し予定外だった。幸い、『世界樹から離れるな』というルールのおかげか、こちらに近づいてくることはない。

だが、いまにも戦わんと準備運動を始めている。ファフナーは軽く肩を回しながら、僕の後ろにいるラグネちゃんや騎士たちに声をかけていく。

「周囲のみんなは、ちょっと遠ざかっていてくれよ……？　ははっ、周りに観客がいるせいか、やる気出るなあ！　さあ、渦波っ！　早く見せてやろうぜ！　俺たちの力を！」

「ま、待ってくれ、ファフナー！　いますぐ、ここでやる気なのか……!?」

「渦波、何の心配も要らない。安心してくれていい。誰よりも渦波の身体《からだ》を大事にしている俺は、おまえを相手に怪我《けが》をさせることはない。つまり、防戦一方の俺を好き勝手攻撃してくれってことだからな！　それでも、十分面倒だろうがよ！　ははは っ！」

話しながら、ファフナーの漲らせた戦意が魔力に変換されていく。

生々しい赤と黒の混じった魔力が地下空間を満たしていき、コーヒーに垂らしたミルクのように渦巻いているのがわかる。『血の理を盗むもの』という器から、際限なく魔力が放出されている。合わせて、ファフナーの身体の色が――薄まる。黒い髪が、赤い瞳が、白い肌が、全て抜けていき、透明となっていく。足だけでなく、全身が幽霊のように透けて、完全に身体の向こう側が見えるようになる。

亡霊と化していくファフナーは、楽しそうに自分の力について語っていく。

「俺は七十層の守護者《ガーディアン》。つまり力の制約は、ほぼなし。ノスフィーのような補助特化とは違う戦闘特化の『理を盗むもの』の全盛期だ。何より、この千年の間に大陸で流れた血が、また俺を強化してくれる。丁度いい模擬戦といえど、軽く注意はしてくれ」

タンッと、ファフナーは地面を踏み叩《たた》いた。

すると、その足元の地面から、真っ赤な液体が湧き出てくる。噴水のように勢いよく登る液体を見て、直感的にファフナーが「大地から血を汲み上げている」とわかった。

透明な彼の身体が、その血液を吸収していく。色を失っていたファフナーが一瞬だけ真っ赤に染まって、塗り絵をやり直したかのように別人へと変じていく。黒だった髪が、焦げ茶色に。赤だった目が、碧色《へきしょく》に。白だった肌が、褐色に。人種が完全に変わって、心なしか人相も変わったような気がする。

「――鮮血魔法《二百十四年南西解放戦線《ヴァルトフロント・シークセカンド》》。さあ、渦波。この苦難を俺と共に乗り越えようぜ……!!」

独特過ぎる魔法名を告げられて、いつの間にかファフナーの両手には武具が持たれていた。右手に、柄《つか》の短い片手剣。左手に、手の甲に付けるタイプの小盾。どちらも真っ赤な血液で構成されている。

さらに、うねる赤い魔力が軽鎧《かるよろい》のような形を取っていた。その頬に刻まれた古傷も相まって、いまようやく歴戦の騎士のように見える。

完全武装したファフナーは準備万端といった様子で、少し遠くから「さあさあさあ」と手招き続けている。当然だが、それに僕は近づこうと思わない。

「ごめん、ファフナー。今日は偵察だけだから……、また今度?」

路上で芸をじっくり見ておきながら、お捻《ひね》りを出さないかのような罪悪感があった。かなりの演出を見せてもらって悪いが、僕は丁重に断る。

「ん、ん? 今日は偵察だけ……、え?」

きょとんと、ファフナーは目を丸くする。

そして、僕の言葉の意味を理解して声を荒らげていく。

「え、待てよ! さっきディプラクラに会いに来たって言ったじゃねえか!?」

「目的はそうだけど……。別に、焦ることもないし……。僕が世界樹に近づかない限り、そっちは何もできないんだよね? なら、慎重に情報収集だけにしよっかなーって?」

早とちりなファフナーに、今回の僕の方針を伝える。

その考えは予想外だったのか、彼は酷《ひど》く慌てた様子で引きとめようとしてくる。だが、『世界樹から離れるな』というルールのせいで、一歩も動けない。

「いや、いやいやいや！　今日はこのまま帰るつもりか!?　待ってくれ！　ちょっとでいいんだ！　絶対に怪我はさせない！　俺、かなり待ってたんだぜ!?　渦波が俺を救いに来てくれるのを！　待ってたんだ！　ずっと!!」

「もし戦うなら、みんなで囲んで戦《や》ったほうがいいと思うし……」

「みんなって、マリアたちとかも交えるってことか？　それは駄目だ！　そうなると『世界樹を封印し続けろ』と命令されてる俺は、それ相応の手段に出てしまう！　ここは渦波と俺で一対一《タイマン》するのが一番だ！　俺と渦波の二人だけで、いいんだ!!」

いまここで戦うことが最適解であると、ファフナーは必死で訴えかける
嘘《うそ》を言っているようには見えない。人の本質を見抜くスキルのあるマリアも、ファフナーは正直に話すと言っていた。他の誰も交えない一対一《タイマン》が、本当に正解なのだろう。

「な、なあ、渦波。こんなにいい『試練』はそうないぜ？　あの陽滝《ひたき》を助けたいんだろ？　兄であるおまえが助けるって決めたんだろ？　そんなんで本当に助けられるって思ってんのか!?　ちょっと危険があれば遠回りなんてしてして！　これから先、もっともっとやばい苦難が待っているんだ！　勇気を出して挑戦しない限り、手に入るものなんてない！　こんなところで尻込みしてどうする!?　いま俺を突破したら、あの物知り使徒と再会できるん

だぜ!? なら、もうっ、いまここで戦《や》るしかないだろ!?」

その煽《あお》りは、ノスフィーと比べればそよ風のようなものだった。

僕は当初の予定を崩さずに、このファフナーの要望は優しく断り切り、今日聞いたことを地下の屋敷で待つ仲間に伝えることを決める。

だが、僕は動き出す前に見てしまう。

「……なっ!?」

「なあ、渦波ぃ……。早く、頼む……! じゃないと、俺は! 俺はぁ……!!」

またファフナーは目尻に涙を溜《た》めていた。

遊びの誘いを断られた子供のように、いまにも大泣きしそうだった。どんな煽りを受けても動じなかった心が、大きく揺さぶられてしまう。

「ずっと俺は待ってたんだ! こんなところで俺たち二人は、待ち続けて、待ち続けて、待ち続けて! けど、間に合わなくて! もうここには俺一人と、あいつらしかいなくなって……! それで、俺は……!!」

次第にファフナーの言っていることが支離滅裂となっていく。

よく見れば、涙を溜めた目の焦点が合っていない。ぶつぶつと呟《つぶや》きながら、何かを追いかけるように視線を動かしている。

異常だ。ショックを受けて、混乱しているのはわかる。だが、ちょっと僕が帰る素振りを見せただけで、この醜態は余りに異常過ぎる。

　知らぬ内に、僕がファフナーのタブーに触れてしまったのだろうか。それにしても、急過ぎる。彼の心の不安定さに息を呑《の》み、僕は返す言葉を失ってしまう。

「カナミのお兄さん！　足元！」

　そのとき、後ろからラグネちゃんの声が飛んだ。

　じっとファフナーの顔を見つめていた僕は、言われた通りに視線を下げた。

　黄土色だった地面が、薄らと赤く染まっているのを見る。

　一歩後退《あとずさ》ると、水溜《みずたま》りを踏んだかのような音がした。

　地面から血が滲《にじ》み出てきている。そして、僅かずつだが、その血の水位が上がってきている。沸騰するかのようにボコボコと泡をたてながら、地面一杯に広がった浅い血の池が膨らんでいる。

　すぐに僕は最悪の事態を見越して、『持ち物』から『アレイス家の宝剣ローウェン』を抜きつつ、後ろに話しかける。

「ラグネちゃん。もし僕に何かあったときは、全力でみんなに知らせに走って」

「え？　もしかして、アレに付き合うつもりっすか？　いやー、止《や》めません？　カナミのお兄さんが言ったように、焦る必要はないんじゃあ？」

　応戦の意志を見せる僕に、ラグネちゃんは予定と違うと反対する。というより、忙しく感情を行き来させるファフナーに恐怖して、とにかく離れたがっているように見える。

「いや、実は焦る理由はなくても、急ぐ理由はあるんだ。……できれば、他の『理を盗むもの』がいない間に、ファフナーの問題は解決しておきたいって思ってる」

いまならば、あの厄介なノスフィーはマリアが抑えてくれている。

セルドラとノイとやらも、迷宮の中にいる。

誰にも邪魔されずにファフナーと二人で話せるのは、これが最後のような予感があった。

先ほどのファフナーの煽りの中にもあったが、ちょっと危険だからと遠回りして、もっと危険な目に遭うのは避けたい。そういうのは、もう懲り懲りなのだ。

まだ理由はある。正直、これが僕の一番の本音だろう。

「それに、会ったばかりだけど、僕を『友達』だって言ってくれたファフナーを放っては帰れない。――いまのファフナーは他人事じゃない。だから、どうにかして彼を落ち着かせてあげたい……！」

マリアから聞いていた以上に、ファフナーは辛《つら》そうだ。何より、いまの彼の状態は、いつかの『舞闘大会』準決勝で操られていた僕を思い出させる。

僕の最も嫌う『誰かに心を弄ばれている』状態だ。

「う、うわあ……。また出たっすねー。カナミのお兄さんのそういうところが、私は胡散《うさん》臭《くさ》いんすよぉ」

ただ、ラグネちゃんからすると納得できない理由らしい。

情を優先する僕を、呆《あき》れた様子で非難する。

「とにかく、少しだけでいいんだ。模擬戦って、ファフナーも言ってるだろ？」

「こういう展開が、もう慣れたもんなんすね。なら、勝手にやればいいっすよ。ただ、私は一般人なので、めっちゃ遠くから見てるっすから。手助けも絶対しないっすから」

念を押しつつ、ラグネちゃんは大きく後退して、降りてきた階段の上に足をつける。

まだ我慢強く周囲を取り囲んでいる騎士たちと比べると、本当に遠くだった。

しかし、なんとか話は纏《まと》まった。

「わかった、ファフナー！　模擬戦を受ける！　軽くやろう！」

ただ、ラグネちゃんと話している間も、足元の血の水位は上がり続けていた。高さ数センチまで溜まった血の池を突き進んで、僕はかなり強めに声をかけた。

何もないところを見つめて呟いていたファフナーは、上に帰るのではなく近づいてきた僕に気づく。その目に、正気の光が少しずつ戻っていく。

「か、渦波？」

僕が挑戦すると知って、またファフナーは友達のような気軽さを取り戻していく。

「……そ、そうか！　流石《さすが》は、渦波だ！　わかってくれると信じてたぜ！　この苦難を受け入れてくれるか！　ははっ！」

先ほどまでの醜態などなかったかのように、すらすらと僕の質問に答えてくる『友達』が返ってくる。しかし、我を失っているときとそうでないときの振れ幅が激し過ぎるせいで、まだ少しも安心できない。

「ならば、いますぐ始めようか！　俺たち二人で、『血の理《ことわり》を盗むもの』を攻略しようぜ！

当然、できる限りの抵抗を、俺もする！　俺たち二人の絆《きずな》は、ノスフィーの魔法なんかに負けないって証明してやろう！――鮮血魔法《ブラッドフィールド》！」

ファフナーは魔法を展開して、この最下層に施されていた次元属性の魔法を阻害する結界を上書きした。おそらく、血属性の魔法使いに有利なフィールドとなったのだろう。だが、同時に僕の次元魔法が解禁された。ファフナーは僕に《ディスタンスミュート》を使わせたいのだと察して、すぐに僕は次元属性の魔力を練って、戦いに赴く。

「ああ、いますぐ終わらせる。――魔法《ディスタンスミュート》」

「かかってこい、渦波《かなみ》！　千年前のように!!」

ファフナーは両腕を広げて、無防備な身体を晒《さら》す。

対して僕は左手に《ディスタンスミュート》を維持して、右手に『アレイス家の宝剣ローウェン』を持ち、血の池の上を疾走する。

――狙いは一つ。

ファフナーを信じて、《ディスタンスミュート》の直撃のみ。

僕は最短距離を駆け抜けて、左手を彼の心臓に差し込みにいく。

だが、その寸前、ファフナーは赤い剣を鋭く振り下ろす。

身を捻って刃を避けながら、彼の表情をよく観察する。

いまファフナーは僕の一撃を食らうつもりでいた。決して、反撃するつもりもなかった。

それは間違いない。しかし、その意思に反して、体が動いたようだ。

まるで、『ここで負けると世界で一番大切なものが失われる』と思ったかのような動きだった。その強迫観念を、僕は知っている。『闇の理を盗むもの』の力を得たパリンクロンに洗脳されたとき、僕も似たような状態だった。

あのときの僕の大切なものは、腕輪だった。

今回は、彼の後ろにある世界樹なのだろう。

僕は赤い剣を避けながら、軽く足払いをかけにいく。その『亜流体術』をファフナーは悠々と飛び避けつつ、小盾の表面で僕の頭部を殴りつけにくる。

回避から攻撃の流れが澱《よど》みない。ファフナーの戦闘センスと長い修練が垣間《かいま》見《み》える。

敵の攻撃を無視して、大技の《ディスタンスミュート》を差し込むのは難しい。そう判断して、目標を敵の腕に切り替える。

「――魔法《ディメンション・決戦演算《グラディエイト》》」

解禁された《ディメンション》を、一瞬だけだが強めに発動させる。そして、ファフナーの剣と小盾の連撃の合間に狙いをすまして、相手の右腕の腱《けん》を斬りにかかる。

一閃《いっせん》は、狂いなく振るわれた。目標を寸分も違《たが》わなかった。だが、刃は通らない。

ファフナーの褐色の肌を斬り付けたとき、腕に返ってきたのは鉄を叩《たた》いたかのような感触。剣を握った手が痺《しび》れて、声が震える。

「肌が、人のものじゃない……!?」

その皮膚の硬さに驚き、大きく距離を取る。ファフナーは後退した僕を追いかけることはなかった。追撃どころか、自らの能力の説明を行っていく。

「ああ、その通り。説明しよう。これが俺の鮮血魔法の力の一つ。この身体《からだ》に、戦争一つ分の死者を収めることで、軽く人間一万人分の密度が得られる。その上、本来は剣なんて使えない俺が、死んだ剣士から『剣術《スキル》』を借りることもできちまう。――くははっ、中々に面倒な能力だろう？　だが、弱点は多い。大前提として、この技は張りぼてだ。所詮は借り物だから、死者のスキルを使いこなすことはできない。模倣者は決して、真に迫ることはない」

さらには、その能力の弱点まで次々と晒していく。

「ちなみに、これは地面と接していないと使えない魔法だ。俺は大陸に染み込んだ『無念に散っていった魂の声』を聞いて、この魔法を発動させている。だから、どうにか俺の足を地面から離させることができたら、この強化魔法の効果は激減する。……もしくは、間に魔力的な何かを挟むとかでもいいぜ？」

僕から近づかない限り、ファフナーに攻撃されることはない。

余裕を持って、その弱点の暴露を聞き続ける。

「それと、基本的に血属性の魔法使いは、光と闇の魔法に弱いな。自らの魔の源泉である血を晒しているということは、つまり自らの魂を晒しているということに等しい。ぶっちゃけると、精神干渉を受けやすい。なので、俺は絶対に『闇の理を盗むもの』ティーダと『光の理を盗むもの』ノスフィーに勝てないわけだ。相性ってやつだな。逆に、『火の理を盗むもの』アルティみたいなタイプは、かなり得意だ。属性は血とか言ってるが、かなり水気があるしな」

ファフナーは足元の血の池を足で弾《はじ》いて、水を操るのも領分であると言う。

得意・不得意を語り、弱点の突き方を語り、さらには攻略法までも語った。

まさしく、マリアの言った通り、全て。

いま、ファフナーは『血の理を盗むもの』の全てを語っている。

おそらく、千年前の『相川渦波《ぼ く》』を信じて――

「正攻法は、精神干渉で弱らせて、唯一の急所である心臓を狙うことだろう。だが、もう一つ『血の理を盗むもの』の攻略法はある。いまの俺は、守護者《ガーディアン》。当然、『未練』を果たせば倒せるというルールからは外れていない。ちなみに俺の『未練』は、『相川渦波《あいかわ》の成長を最後まで見届けること』……いや、正確には『相川渦波の成長を手助けすることか？　とにかく、おまえの人生を近くで見ていたいって、本気で思ってる。その条件を満たせば、どんどん俺は弱くなるだろうぜ？　くははっ」

最後には、自らの『未練』も吐露した。

『血の理を盗むもの』は僕の成長を見せれば弱体化すると聞き、その真偽を考える。

確かに、先ほどからファフナーは「苦難」や「成長」にこだわっている。それを僕に強いているのは、その『未練』が原因らしい。もちろん、それが本当の『未練』と信じ切るのは、まだ難しいが……。

「僕の成長を見届けるのが『未練』……」

千年前との違いを、ファフナーは見たがっているのかもしれない。下手をすれば、ノスフィーの魔法から抜け出すよりも、そっちが模擬戦の本命の可能性すらある。

僕は記憶の中にある千年前の始祖カナミの姿を思い浮かべる。

仮面で顔を隠し、襤褸《ぼろ》切れ一つだけを纏った次元魔法使い。

その始祖と僕の一番の違いは――

「それなら――！」

展開した次元魔法を全て解除した。

そして、僕は魔法使いではなく剣士として、再度疾走する。

もう腕の《ディスタンスミュート》すらない。その僕らしからぬ動きにファフナーは驚きつつ、世界樹に近づこうとする敵を迎撃しようとする。

僕はアレイス流の『剣術』に導かれるまま、身を低くして接近する。

敵の赤い剣の攻撃を、宝剣の腹で受け流して、ファフナーに密着する。

その剣を振り抜けない距離で、そっと彼の首筋に刃先を押し当てる。

敵が硬いのはわかっている。だが、アレイス流の『剣術』の中には、当然のように『鉄のように硬い敵を斬る技』がある。本来、アレイス流はファフナーのような特異な敵と戦うためのものだ。

空いている左手で、宝剣の刃を押す。

僕の手の平の皮が軽く裂けたが、剣を勢いよく引かなければ切れることはない。両手の力を使って剣を押すことで、強引にファフナーの体勢を崩しにかかる。

もちろん、ファフナーは剣から逃れようと動いている。

だが、『剣術』の技量差が彼の全ての動きを読み切り、先んじて制する。

結果、為《な》す術《すべ》なくファフナーの身体は押し倒されてしまい、そのまま宝剣はギロチンのように地面に落ちた。

宝剣によってファフナーは、喉を圧迫されて、同時に後頭部を打ち付けた。

「ぐ、うぁあっ！　これは——！」

呻《うめ》き声《ごえ》と共に、軽い脳震盪《のうしんとう》で目を剝《む》く。

その隙を使って、僕は《ディスタンスミュート》を発動させて突き刺そうとする。

「——ブ、《ブラッド》！」

ファフナーは発動の速い基礎魔法で地面の血を操って滑らせて、自分の身体を横にずらして、その一突きをかわした。

《ディスタンスミュート》を外した僕は、仕切り直しのために世界樹から距離を取る。

「惜しい。ふう……」

少し遠くで息をつき、新たな作戦を考え始める。

守護者《ガーディアン》と戦いながらも、こうやって休憩できるのは本当に有り難い話だ。

呼吸を整える僕を見ながら、ゆっくりとファフナーは立ち上がる。

そして、千年前にはなかった僕の動きの出所を予測していく。

「いまの受け流しと叩きつけは……。もしかして、ローウェン・アレイスか？　あいつには何度かやられたことがあるから、わかるぜ。間違いなく、あいつの俺専用の技だった。だが、なぜアレイスの技を、渦波が……？」

「ちょっと前に、ローウェンから教えて貰《もら》ったんだ。剣を賭けて戦って、僕が勝った」

隠すことなく、あの世界最高の『剣術』を所持していると告げる。

それを聞いたファフナーは疑問が氷解した様子で、戦いを忘れて喜び始める。

「やっぱり、アレイスなのか!!　あぁっ、アレイス！　アレイスアレイスアレイス！ローウェン・アレイス!!　やっぱり、おまえの剣だったか!!」

何度もローウェンの姓を繰り返した末に、とうとうファフナーは赤い剣を地面に突き刺し、空いた両手で天に祈り始めた。

もちろん、上を見ても真っ暗な空洞が広がるのみ。

真っ赤な世界樹を背にして闇に祈る様は、見ていて少し嫌な鳥肌が立つ。

「俺はわかってたぜ……。ああ、ずっと俺はおまえの気持ちがわかっていた。俺はおまえを信じていた。信じていたからこそ、ずっと苦難を与えていたんだ。……ははっ、いま、その信頼が証明されたな。この千年後の世界で、おまえの死後に、ようやく！　ようやくだ！　くははっ!!」

祈りと共に、ここにいないローウェンに語りかけていく。

二人に交友があったことを理解する。さらに、ファフナーは僕相手だけじゃなくて、ローウェンにも苦難を与えていたことが発覚する。

「ああ……。渦波、すまない。こんなときに、感動で、少し涙が……」

語りかけ続けて感極まったのか、両目から涙が零《こぼ》れ出す。

しかし、少し零れ落ちる程度の量ではない。大号泣と言っていい量の涙が、滝と比喩するほどに流れ落ちる。

その涙を拭うことなく、ファフナーは満面の笑みでこちらを見る。

また目の焦点が少しずれている。虚《うつ》ろな目から涙を零して、けれど歓喜し続けているファフナーを見て、もう間違いないと判断する。

まだ出会って数分ほどだが、断定させて貰う。『血の理を盗むもの』ファフナー・ヘルヴィルシャインは、どこか狂っている。ノスフィーの魔法云々《うんぬん》が原因ではなく、元よりファフナー自身が尋常でない狂気を抱えている。

「ああ。言われずとも、わかってるぜ。剣士アレイスの生涯に、敬意を。そして、祈りを捧《ささ》げよう。かの経典にもある。――五章十一節『全ての魂を敬わなければ、自らの魂も安息できない』と」

ファフナーは両手に武器を持ったまま、何かの本を捲《めく》る動作をした。

本当に本を持っているかのように自然で、器用な動きだった。

思えば、先ほど視線が宙に向いていたときも、何かを目で追っていたかのように自然だった。まるで、僕には見えないものが見えているような……。もしくは、僕には聞こえないものが聞こえているような……。そう思わせる動きが、先ほどから多々ある。

僕が猜疑《さいぎ》の目を向けて『注視』していると、ファフナーは祈りを止めて、決意めいた表情を見せる。

「ははっ、もう『未練』を解消して消えたいなんて言ってる場合じゃねえな……。あのアレイスが、自らの剣を他人に譲ったんだぜ？　俺もアレイスの剣に見合うものを見せないとな」

そして、その両手にあった赤い武具を消した。

徒手空拳となり、また身体の色が薄まったように見える。

だが、戦意を失ったわけではない。むしろ膨らみ、魔力は猛々《たけだけ》しく踊り出す。

「ファフナー？　何を言って……」

「悪いな、渦波《かなみ》。まだ俺には覚悟が足りなかった。さっき言った弱点は、正直なところ俺の最大の弱点じゃあない。渦波に記憶のないのをいいことに、俺は出し惜しんでた。どこか甘えがあった。まだまだだぜ……。俺ってやつは、本当にまだまだだ」

自分の最大の弱点を隠すなんて普通のことだ。

しかし、それをファフナーは酷《ひど》く恥じている様子だった。

「アレイスの魂に相応《ふさわ》しいものを見せよう。俺たちの真の弱点を、いま――！」

ファフナーは僕の右手に持つ『アレイス家の宝剣ローウェン』を見つめながら、その右手を自分の胸に突き刺した。まるで、僕の《ディスタンスミュート》のように身体の中に入り込み、その中にあるものを取り出す。

──魔石ではない。

その手にあったのは、引き千切られた心臓だった。

血を操ってるのか、生々しい鮮血は噴出していない。しかし、生きた心臓が身体から取り出されたのは間違いない。真っ赤な心臓がファフナーの手の中で、脈打っている。

心臓が抜けた途端に、ファフナーの色が完全に抜け落ちた。

身体も服も魔力も、何もかもが透明になり、まさしく亡霊《ゴースト》となる。余りに存在感が希薄で、目を凝らしてもファフナーがいると確信できない。守護者《ガーディアン》にあるまじき弱々しさだった。しかし、この姿こそ、彼の本当の姿であると僕は直感する。

この色のない亡霊こそがファフナー・ヘルヴィルシャインの本質であり、出会ったときの黒い髪と赤い目は別の誰かだと──

「──『この心臓は我が主《あるじ》に捧げた』『彼女の心臓を我が墓標とした』──」

ファフナーとは全く別の存在を感じたとき、詠唱が聞こえた。

同時に、地下空間に漂う真っ赤な魔力が、透明な彼の身体に集まっていく。

「──鮮血魔法《ヘルミナ・ネイシャ》」

魔法名が告げられる。

その魔法名は、いましがた僕が感じた別の誰かの名前にしか聞こえなかった。

かつてラスティアラが鮮血魔法を「他の誰かになる魔法」と言っていたことを思い出し、その真の意味が、いまわかる。

血の霧のような魔力が集まったあと、透明なファフナーの背後に、ぼんやりと人の姿が見え始めた。黒く長い巻き髪に、血潮のように赤い瞳。肌は青白く、痩せ細っている。背は僕よりも一回りほど小さく、年下だろうか。出会ったときのファフナーと似た特徴を持った少女が、目を閉じて穏やかに微笑《ほほえ》んでいる。

ファフナーとお揃《そろ》いの白い服を着た少女が、いまファフナーと重なっていく。

そして、わかる。伝わる。想《おも》いを叩《たた》きつけられる。

彼女の名前は『ヘルミナ・ネイシャ』。

いまファフナーの右手にある心臓の持ち主であり、本当の『血の理《ことわり》を盗むもの』であると、強制的に理解させられる。

「――『空に爪を突き立て、私は世界《あなた》を掻《か》き切った』――」

少女の姿に目を奪われている間に、さらなる詠唱が続けられる。

次元魔法使いである僕は、その詠唱に伴う『代償』の大きさに気づく。

合わせて、いまファフナーが構築している魔法の正体にも、辿《たど》りつきかける。

こ、これは、まさか……！

「――『見上げて瞠《みは》れ。いま肉裂いた空から、血の雨を降らせる』――」

おそらく、ファフナーは人生を詠んでいる。

ゆえに、これは守護者《ガーディアン》の本当の『魔法』の詠唱。

足元の血の池が波を打ち始めた。

地下空間に血の雲が立ち込め始めた。

これから発動する魔法に世界が震えている。

魔力が膨らみ過ぎて、悲鳴のような怪音が鳴り響く。

本気も本気過ぎる。もう模擬戦を、優に超えている。

「いきなり、本当の『魔法』を……!?　ちょ、ちょっと待――」

「――魔法《生きとし生ける赤》《ヘル・ヴィルミリオン・ヘル》」

止めるより先に、その『魔法』は完成した。

ファフナーの足元に広がる血の池が蠢《うごめ》き、蚯蚓《みみず》のように細く長い血液が無数に立ち昇った。その全てが彼の手にある心臓に吸い付き、ぐるぐると絡みついては、被覆《コーティング》していく。

数秒後、心臓は大きな十字架に変わっていた。

彫刻の施された真っ赤な十字架が、血の池に一つ建ったのだ。

「心配する必要はないぜ、渦波。いつだって『魔法』ってのは、みんなを幸せにするためにあった。だから、俺たち二人が渦波の命を脅かすことだけはない。この戦いで命を賭けるのは、俺だけだ。……簡単に言うと、これがゴーストのモンスターである俺の核《コア》ってわけだな。砕けば、終わりだ。……ああ。俺だけは、いつでも終われるんだ」

その墓標にしか見えない十字架の前で、ファフナーは真の弱点を教えた。

僕は十字架を見つめる。赤色は珍しいが、教会などでよく見られる装飾のなされた十字架に近い。ただ、縦に長い部分は細く鋭く、見ようによっては片刃の剣に見えないこともない。《ディメンション》によると、その高さは一メートル四十九センチ二ミリと、先ほど見えた少女と同じ背丈だった。

そして、心臓のときと変わらず、まだ脈打っている。

　魔法で形を変えられようとも、未《いま》だに人の心臓であることがわかる。同時に『血の理を盗むもの』というモンスターの核《コア》であることも、その脈動が示している。なにより、『注視』をしたところ、いま守護者《ガーディアン》の『表示』がされているのは、ファフナーではなく十字架のほうだった。

目に見える情報全てが、ファフナーの話の正しさを裏付けていく。

「ああ、そういうことだぜ。この十字架の形をした心臓こそが『血の理を盗むもの』であり、俺は迷宮や使徒とは全く関係のない一般人だ。俺は才能がなくて……いや、才能があったからか？　とにかく、俺は『理を盗むもの』の代行者にしかなれなかった。周囲からは『地獄の明かり《ヘルヴィルシャイン》』と呼ばれ、『終末の悪竜《ファフナー》』なんて称号を譲ってもらったりしたが……。まあ、どこにでもいる魔人でしかなかった」

守護者《ガーディアン》でありながら、ただの人間でもあるのが、『血の理を盗むもの』の代行者ファフナー・ヘルヴィルシャイン。その少し複雑な事情が、さらに説明されていく。

「本当の『血の理を盗むもの』の身体《からだ》は、ぐちゃぐちゃになっちまってな……。まともに残ったのは、心臓だけだった。だから、こうなった。でも、まだマシなほうだと思ってるんだぜ？　アルティの頭だけみたいなもんだ。ちゃんと大事な心は残ってる。心すら失ったやつらと比べたら大分マシだから、これでいい。……いいんだよ」

心臓だけとなったヘルミナという少女に、僕は憐憫《れんびん》の情を抱いていた。だが、その必要はないと、ファフナーに先んじて首を振られてしまった。

そして、彼は身構える僕の前で、近くに落ちていた本を拾う。

最初、木に背中を預けて読んでいた本だ。いまは《ディメンション》があるので、その本の詳細を得ることができた。大陸に広まっているレヴァン教の『経典』を左手に、戦いの再開を宣言していく。

「さあ、続きをやろうか。この状態の俺は騎士じゃなくて、魔法使いっぽい戦い方になる。渦波風に言うと攻撃力アップで防御力ダウン。諸刃《もろは》の剣ってやつだな」

嘘《うそ》ではない。《ディメンション》が、いまのファフナーの状態を見抜いている。

ファフナーの身体という外殻から核《コア》が外に出たということは、『血の理を盗むもの』の魔法が外殻に遮られて減衰しないということでもある。

もちろん、外殻という守りを失ったことで、防御力は大幅ダウンしているだろう。

まず間違いなく、マイナスと言っていい状態だろう。せっかく攻撃力が上昇しても、『一切の死人を出すな』というルールを背負うファフナーには生かし切れない。本気で負けようとしていて、もう消滅してもいいと覚悟しているのが伝わってくる。

「渦波。この十字架が、おまえに奪えるか？」

ファフナーは一歩前に出る。自らの晒《さら》された弱点を守るように、十字架の前に立ち塞がり、その右手を軽く横に振り、呟《つぶや》く。

「大地の亡霊たちよ。我が声に応え、ヘルミナの魔法を認めろ」

ファフナーの希薄な身体の後ろで、十字架が赤く輝く。

魔力の動きから、魔法を使ったのはファフナーではなく、十字架だとわかる。

十字架の放った赤い光が地下空間を満たして、視界が真っ赤に染まる。

さらに血の池の鳴動が強まり、ぼこりぼこりと泡の数が増えていく。

おどろおどろしい沸騰のあとに、血の池から人形《ひとがた》の『何か』が生まれる。

赤い四肢があり、騎士のように赤い鎧《よろい》を着込み、赤い剣を佩《は》いている。

暫定的に、『血の騎士』と呼ぼうと思う。それは一瞬で十体も生まれて、僕の周囲を取り囲み、すぐさま血の剣を振り上げて襲い掛かってきた。《ディメンション》で『血の騎士』たち全員を把握して、『アレイス家の宝剣ローウェン』を強く握る。

まず正面からの剣を後退して、かわす。死角からの剣は、避け様に剣を振り抜く。一体の『血の騎士』の胴体が両断されて、溶けるように形を失った。だが、すぐに溶けたところから、また同じ形の『血の騎士』が生まれて、再度剣を振り上げてくる。

「くっ……、ネクロマンサーみたいなことを！」

厄介な能力だ。何よりも、ただの木偶《でく》人形が襲ってきているのではなく、『血の騎士』

たち一体一体に、ちゃんと個性があるところが面倒だった。まるで、どこかの戦場から熟練の騎士十人ほどを調達してきて、ぶつけられている感覚だ。

……いや、「まるで」ではなく、まさしくそうなのだろう。

ファフナーの発言から『血の騎士』は、そういう召喚魔法であると推測できる。

「はっ、俺が死霊使い《ネクロマンサー》い？　そいつは心外だな。この魔法は、俺の本質じゃない。もし俺にクラスがあるとするなら……、『盾持ち』だろうな！　もし、いまの俺のステータスを見られたら、絶対にそう書かれてある！」

「た、『盾持ち』……？　どこが!?」

「この身体が！　この肉と血が！　渦波を守る盾だった！　最後まで、主を守り続けるのが俺の役割だった！　あの日から、ずっと!!」

『盾持ち』。

騎士見習いという意味ではなく、自分の身体を盾にして戦う者と言いたいのだろうか。ふざけたクラスを捏造《ねつぞう》している。なにせ、主張とは全く逆の攻撃方法が、いま現実に行われている。『血の騎士』による物量攻撃が、絶え間なく四方から襲い掛かってくる。

ファフナーは遠くの後方で、次々と魔法を足していく。

「――鮮血魔法《ブラッド・クロスフィールド》《ブラッドヒール》《ブラッドアロー》」

棒立ちからの連続魔法。血の池の赤色が増して、鮮血属性の魔法効果を増幅させる。こちらが『血の騎士』たちが魔法で強化されては、活《い》き活《い》きと動きを加速させていく。

『血の騎士』に集中していると、隙を突くかのように血の矢が飛来してくる。その純正の魔法使いとしか思えない戦術に腹を立たせながら、僕は過熱する猛攻をしのいでいく。

これが『血の理を盗むもの』の戦い方。

息をつく間もなかった。『血の騎士』たちが壁となって、後衛となっているファフナーと核《コア》まで辿りつけない。次第に額が汗ばみ出し、呼吸が荒れていく。刻一刻と削られていく体力を認識しながら、僕は思う。

――この程度、いけなくはない。

ファフナーの主張通り、このネクロマンサーのような戦い方は彼本来のものではないのだろう。『血の理を盗むもの』の力を最大限に使ってはいるが、どこか全体的にぎこちない。付け焼き刃の戦法相手ならば、いつでも突破できる。

例えば、『未来予知』の魔法。次元魔法が使用可能ならば、あとは上手《うま》く十字架が破壊される未来を引き寄せてしまえばいいだけ。あの反則的な魔法を見せることが、彼の『未練』解消にも繋《つな》がるはずだ。

――ただ、僕は「いける」と思うと同時に、「楽過ぎる」とも思った。

ここまで楽な守護者《ガーディアン》戦は、かつてない。

そのせいか、本当にこれで終わっていいのかと、頭の隅で考えてしまっている。

いまファフナーは消滅を受け入れている。彼が真の弱点を曝《さら》け出して、本当の『魔法』まで使っているのは、もうこれで終わりでいいと覚悟したからだろう。

間違いなく、遠慮する必要はない。

――同時に、間違いなく、いまのファフナーは本気ではない。

身体が勝手に動くまま、流れで戦っているだけ。

僕だって、同じだ。これは本気のぶつかり合いではない。

互いの本心は、まだ完全に交わり合っていない。

茶番にも似た模擬戦で、僕たち二人は実に中途半端な戦いを繰り広げているだけ。

こんな戦いで、本当にファフナーの人生が終わっていいのか……？

何か大切なことを忘れたまま、僕は『友達』を一人失うのではないのか……？

今日のところはノスフィーの魔法解除だけに努めて、ファフナーとの決着は後回しにすべきではないか……？

そんな迷いが頭によぎって――その優柔不断を叱るような本気の声が、響く。

「終わっていいに決まってるっす」

僕でもファフナーでもない声。

遠くの階段で見守っているはずのラグネちゃんの声だった。

それがファフナーの後ろにある赤い十字架――そのさらに奥から聞こえてきた。

当然だが、目の前の敵に集中していた僕とファフナーは、一緒に驚く。

「ラグネちゃん!?」

「なっ――!?」

ファフナーは後ろを振り返る。

僕は目の前の光景に目を見開く。

いつの間にか、ラグネちゃんが血の池に突き刺さった十字架を手に持っていた。

脈打つ十字架を剣のように持ち、ラグネちゃんは勝利を確信して笑って、そのまま逃げようとしている。

「よし、盗《と》ったっす！　あとは――」

「おい、おまえ――」

ファフナーは追い縋《すが》ろうと、盗人《ぬすっと》に向かって手を伸ばした。

当然だ。ファフナーは負けないために、最善を尽くすルールがある。

ただ、僕と戦っているときとは、声色が全く違った。その表情も違った。今日初めて見る冷たい無表情を顔に張り付けて、右手で『何か』を構えて振り抜こうとしている。

その構えた『何か』を見た瞬間、僕は怖気《おぞけ》が立った。

恐怖で身が竦《すく》んだと言っていい。

身体が硬直して、肺が石みたいに硬くなり、息が止まり、動けなくなる。

ただ、その『何か』が何であるかまでは、頭に入ってこない。

困惑が困惑を呼ぶ感覚だった。

その『何か』は赤かった。

赤い。

とにかく赤い。

人生で一番の赤だろう。

世界が終わるまで赤の頂点で在り続けると理解《わか》る赤でもある。

血、紅、朱、桜、躑躅《つつじ》、柘榴《ざくろ》、珊瑚《さんご》、蘇芳《すおう》といった僕の知る赤のどれよりも赤い。恐ろしいことに、その痛烈過ぎる色の情報だけが目に入って、脳を満たし、『何か』の実体がどうなっているかわからないのだ。かろうじて、その『何か』の輪郭線を辿《たど》って、それが剣のような棒状のものであることがわかるだけだった。

色の濃さだけで、人の認識を狂わす赤い『何か』。

殺意どころではない。世界をも殺そうとする怨念を感じる。

まさしく、『空に爪を突きたて、世界を掻《か》き切る』までの怨念を。

見ているだけで、死が頭によぎった。

この世に非《あら》ざる色が、拒否と嫌悪の信号だけで脳を埋め尽くす。

狙われているのは僕ではないのに、走馬灯が見えそうになって――どこまでも、一瞬が引き延ばされていく。

『何か』がラグネちゃんに襲いかかるのを、スローモーションで僕は見る。

その『何か』の輪郭線が吸い込まれるように、ラグネちゃんの首に近づいていく。

このままだと、彼女は死ぬ。ギロチンで処刑されたかのように、綺麗《きれい》に首が飛ばされる未来が見える。次元魔法使いだからではなく、人間の本能として鮮明に見える。

ファフナーの動きが速過ぎる。

いままでの戦いが、まさに茶番であったと証明する速さだった。

止められるタイミングではない。

避けられるタイミングでもない。

それがラグネちゃんもわかっているのだろう。赤い『何か』を見て、死の恐怖で青ざめていた。僕と同じように走馬灯を見ているのだろう。異常な体感時間の遅さの中、あらゆる生き残る手段を模索しているのが表情でわかる。その思考の果て、ラグネちゃんが選択したのは――

「ぐ、ぬぅっ!!」

飛び跳ねながら、上体を後ろに大きく反らす。

もちろん、それだけでは足りない。避け切れない。その不足分をラグネちゃんは自分ではなく、他で補う。避けながら、手に持った十字架をファフナーに放り投げていた。

ファフナーは自分の核《コア》が手放されたのを、その目で追いかけていた。

それを境に、『何か』の一閃《いっせん》から鋭さが消える。ほんの僅かだが、確かに減衰した。

避けれない攻撃ならば、相手に避けられる攻撃に変えてもらう。

それがラグネちゃんの選択だった。

そして、引き延ばされた一瞬が――終わる。

スパッと一閃が振り抜かれて、血飛沫《ちしぶき》が飛んだ。

続いて、仰《の》け反《ぞ》り過ぎて体勢を崩したラグネちゃんが、血の池の上に両足をつける。すぐに飛び跳ねて、距離を取り、文句を口にしていく。

「あ、危ねぇーーーーーっす!!　というか、話が違うっすよ!!　ファフナーさんは人殺しができないんじゃなかったっすか!?」

もし失敗しても死にはしないと思っての突貫だったのだろう。

しかし、実際は違った。あと少しで、首が飛ぶところだった。

ファフナーの一閃によって、ぱっくりとラグネちゃんの左頬が裂けている。

見たところ、傷は深い。口内まで達していそうな切り傷から、放置できない量の血液が流れ出ている。ラグネちゃんは傷口を手で押さえて、神聖魔法で回復させていく。

十字架を手にしたファフナーは、その彼女の姿を驚きながら見つめていた。

自分でしたことが信じられず、理解が追いついていないように見える。

そこにはもう先のような無表情や殺意はなく、元のファフナーに戻っていた。

十分に混乱を味わったあと、ゆっくりとファフナーは口を開いていく。

「な、なあ、チビっ子……。いま、どうやって俺に近づいた？」

何よりもまず、ファフナーはラグネちゃんの奇襲方法を気にした。

正直、それは僕も聞きたい。

戦いの間、ずっと僕は《ディメンション》を発動させていた。

おそらく、ファフナーも血を介して、空間全てを把握していたはずだ。

その僕たち二人の目を掻《か》い潜《くぐ》って、あそこまで接近するのは、不可能のはずだ。

「どうやってって……。教えるわけないっすよ。胡散臭《うさんくさ》いお二人と違って、私は真剣に生きてるので、そうほいほいと自分の技を説明なんてしないっす！」

ラグネちゃんは頬を押さえた状態で、眉を顰《ひそ》める。

戦う者として当然の反応だった。自分の弱点や攻略法を語るほうがおかしいと、ファフナーも理解しているのだろう。すぐに謝罪しながら、別件に話を移していく。

「……そりゃそうだな。平和ボケしたことを聞いたぜ、すまん。ってか、問題は俺のほうだな。いま俺は本気で【血の理《ことわり》】まで剣に乗せて斬りかかった。どうしてだ？」

先ほどの自分の行動に、ファフナーは困惑し続ける。

言葉からすると、本気中の本気の一撃だったのだろう。

ティティーの何もかも分解してしまう【風の理】の一撃に似た凶悪さを感じた。

ぶつぶつと独り言を呟《つぶや》きながら、ファフナーは自分の状態を見直していく。

「いまの感覚は、『もし殺されそうになったら、相手を殺してもいい』ってルールか？いや、少し違うな。『世界樹よりも、ヘルミナ・ネイシャを優先しろ』って感じだった。だとしたら、なんでノスフィーのやつは、俺の『未練』解消の手伝いみたいな真似《まね》を……」

原因はノスフィーにあると考えているようだ。

彼女の課した六つ目のルールを考えると同時に、その思惑も推測していく。

　しかし、ファフナーは見当すら付けられず、最後には髪を掻きながら悪態をつく。

「ああっ、くそ！　あの馬鹿のほうの主《あるじ》は、相変わらずシャイ過ぎる！　口に出してくれねえと、言いたいことが全然わかんねえよ……!!」

　その様子を僕は、『持ち物』に剣を収めながら見守る。

　もう完全に戦いの空気ではない。

　僕を囲んでいた『血の騎士』たちは形を崩して、全員が血液に戻っている。周囲を満たしていた魔力も霧散して、徐々に血の池の水位も下がっていっている。一安心して呼吸を整えていると、ラグネちゃんが僕の近くまで寄ってきて、慌てた声を出す。

「カナミのお兄さん！　回復魔法をかけても、血が止まらないっす！　こ、これ……！」

　頬を押さえる手の隙間から、止めどなく血液が流れ続けている。まだ安心し切れないことがわかり、すぐに僕は傷口に《ディメンション》を集中させる。

　回復魔法は成功している。『天上の七騎士《セレスティアル・ナイツ》』の総長に相応《ふさわ》しい見事な神聖魔法だ。しかし、傷が治る気配は一向になく、出血し続けている。明らかに異常だった。

「おい！　チビっ子、すぐにこっちに来い！　【血の理】で斬られたら、普通の回復魔法じゃあ無理だ！　俺が治療する!!」

　異常の答えはファフナーが知っているようだ。

　その場から動けないので、叫んで呼びつける。

　だが、ラグネちゃんは怯《おび》えた様子で、僕の後ろから一歩も動かない。

先ほどの一閃のせいで、ファフナーに近づくのも恐ろしいのかもしれない。遠くから見ていた僕でも、本能的な恐怖で動けなくなったのだ。直面したラグネちゃんの恐怖は計り知れない。

「触れずに治療するから安心しろ！　というか来ねえと、どっちみち死ぬぞ！」

ファフナーは治療を急ぐ。

そこに善意しかないと思う僕は、背中に隠れるラグネちゃんを促す。

「ラグネちゃん、治せる可能性があるのはファフナーだけだと思う。僕は彼を信頼してる。少なくとも、嘘《うそ》をつく性格じゃない」

時おり狂った言動をするが、ファフナーは一貫して誠実な態度を取っている。

騎士と呼ぶに相応しい献身的な行動ばかりだ。それはラグネちゃんも感じているのだろう。血を止めるために仕方なく、僕の背後から出て、ファフナーに近づいていく。

ある程度近づいたところで、ファフナーはラグネちゃんを制止して、その場で鮮血魔法を構築していく。

「よし、そこでいい。動かず、傷口を見せろ。――鮮血魔法《エルメスミア・リンカー》」

ファフナーは地面に両手を突いて、直立するラグネちゃんの両隣に新たな血の人形《ひとがた》を生み出していく。『血の騎士』と違って武具を身に着けていないので、こちらは率直に『血の人形』と呼称しておく。『血の人形』たちは生まれたと同時にラグネちゃんに駆け寄って、その傷を見つめ始める。

「ひ、ひえぇ……！」

　当然だが、ラグネちゃんは怯えて、小さく体を震わせた。

「ビビんな。こいつらは、腕の立つ軍医たちだ。回復系の魔法を専門にしてる」

『血の人形』たちは診断しているだけだと言って、ラグネちゃんを落ち着かせる。そして、その医師たちが魔法を唱え始めたところで、ファフナーは僕たちに説明を始める。

「もうわかってると思うが、その傷は普通の傷じゃない。『血の理を盗むもの』ヘルミナの盗んだ理は、【戻らない血】だ。つまり、一度傷を負えば、【二度と元には戻らない】。……すまん。『一切の死人を出すな』ってルールがあれば、どんなことがあっても俺は絶対に【血の理】を使わないって油断していた」

　先ほどの『何か』の一閃が回復不能の攻撃であることがわかり、僕とラグネちゃんの顔は蒼褪《あおざ》める。いまの説明だと、このままラグネちゃんの出血は永遠に止まらないということになる。

　そこで一息ついたファフナーが、両手を地面から離して立ち上がる。同時にラグネちゃんを囲んでいた『血の人形』たちは形を崩して、血の池に還《かえ》っていった。

「ふう……。とりあえず、上手《うま》く俺の血で埋めて、傷の修繕はできたな」

「しゅ、修繕って……。これ、治ったんすか？」

　ラグネちゃんの頬の傷を、瘡蓋《かさぶた》のような赤黒いものが覆っていた。

　あれだけ脅しておきながら、あっさりと出血は止まっている。

「治ってはいねえ。ただ、もう出血死することもない。そんなところだ」

とりあえず死にはしないとわかり、ラグネちゃんはファフナーと同じように一息つく。

だが、すぐに自分の頬に手を当てて、心配げに顔を曇らせる。

それを見たファフナーはラグネちゃん以上に顔を曇らせて、深々と頭を下げた。

「本当にすまねえ、チビっ子。たぶん、その痕は死ぬまで残る」

僕の火傷《やけど》痕と同じで、一生ものであるとわかる。

無理を言っていると承知で、僕は再確認する。

「ファフナー、どうにかならないのか。女の子の顔だ」

「ああ、わかってる。ただ、俺は血を操るのは得意だが、肉を弄《いじ》ることはできない。そういうのはアイドあたりが得意なんだが……、もういねえみたいだしな」

痕の治療ができる人物はアイドらしい。

だが、そのアイドは少し前に消えた。二度と蘇《よみがえ》ることはない。可能性があるとすれば、アイドとティティーの魔石と繋《つな》がって、その知識と魔法を得ることだろう。

「化粧とかで隠すしかねえ。……そうだ。渦波《かなみ》がこいつに上手いこと教えてやってくれねえか？」

「え？　化粧なんて、僕には全然わからないけど……」

「は？　いまはそうなのか？　昔は得意だったんだけどな。なら、他には――」

僕とファフナーは真剣に、ラグネちゃんの傷痕を消す方法について話し込む。

　ただ、その途中で、ラグネちゃんが少し呆《あき》れながら間に入ってくる。

「あ、あのー……。お二人とも、死なないなら傷痕くらい何の問題もないっすよ？　むしろ、一人前の騎士として貫禄《かんろく》ついた気がするっす。なんかペルシオナ先輩みたいで悪い気しないいっす」

　ラグネちゃんは痕を撫《な》でながら、陽気に笑っていた。

　無理をしているようには見えない。斜めについた頬の傷を、本当にかっこいいと思っている余裕が、その表情から窺《うかが》える。

　ファフナーは自らの古傷に手をやりながら、その反応に感謝する。

「ははは……。嘘でも、そう言ってくれるとありがたい」

　苦笑いを見せたあと、ファフナーは目の前の少女を見据える。

　もう僕のお供《オマケ》ではなく、一人の人物としてラグネちゃんを見ていた。

「なあ、チビっ子。名前は何て言うんだ？」

「えーっと、ラグネ・カイクヲラっす」

「ラグネ、助かった。あと、おまえのひやっとした奇襲のおかげで、頭も冷えた。正直、渦波に会えて興奮し過ぎてたぜ」

「あー、そうっすね。傍目《はため》から見ると、かなり頭のやられた人だったたっすよ。落ち着いてくれて、非常に助かるっす」

「くははっ。はっきり言うぜ。そのちょっと変なところが、俺のチャームポイントのつもりなんだがな」

「あれが魅力になると思ってるところがまた頭おかしいっすね。あはは」

気を許し合った友人かのように、二人は冗談を飛ばし合う。

妙な蟠《わだかま》りが残ることなく和解できてよかったと思う反面、仲良くなるのが早過ぎるような気もする。どこか共感する部分が、二人の間にはあったのかもしれない。

そして、二人が十分に皮肉を含んだ掛け合いをしたところで、ファフナーは手にした赤い十字架を見ながら僕に話し掛ける。

「もう今日は、お開きだな。六つ目の妙なルールがあるとわかった以上、穏便に俺を消滅させる方法はない。……本当に色々とすまない、渦波。まさか、渦波よりも俺を優先するルールを、あのノスフィーが課してるとは思わなかった。生前、数え切れないほど命令違反して嫌がらせしたから、殺したいほど憎まれてると思っていたんだが……。どうも、俺は思い違いしてるかもしれねえ」

殺されても不思議ではないレベルの嫌がらせとは何だろうか。

もしかして、ノスフィーに心を弄られているのは自業自得ではないかという疑いが出てきたところで、ファフナーは赤い十字架を心臓に戻して、本来あるべき場所である胸の中に納めていく。今回も《ディスタンスミュート》のように、するりとだ。

「心臓を戻してっと……。鮮血魔法も止めて、普通に戻るか。マジで今日は疲れたぜ」

さらに周囲に漂っていた魔力も身体《からだ》に戻していく。地面に残っていた血溜《ちだ》まりも全て、乾いたスポンジのように足元から吸い込んでいった。

薄くなっていたファフナーの身体に色が戻っていき、存在感が膨らんでいく。ゴーストではなく、徐々に生身の人間になっていき——その果てに、今日一度も見ていない姿に変わった。それを見て、ラグネちゃんが感嘆の声を漏らす。

「わ、わぁ。金髪碧眼《へきがん》……、急に貴族っぽくなったっすねー」

ファフナーの癖っ毛は金色に輝き、瞳は海のように色濃い蒼《あお》となった。

雰囲気も丸々変わったように感じる。高貴さが顔立ちから窺え始めて、少しだけヘルヴィルシャイン家のハインさんやフランリューレの面影を感じる。

驚くラグネちゃんに対して、ファフナーは嘯《うそぶ》く。

「かっこいいだろ？　これが本来の俺だぜ。惚《ほ》れたか？」

「いやあ、それはないっす。まだカナミのお兄さんのほうが好みっすね」

「へえ……。だとよ。よかったな、渦波」

ラグネちゃんが見せ付けるように僕の腕に抱きついたのを見て、ファフナーは自分が褒められたかのように喜んだ。

対して僕は、その急な彼女のスキンシップに動揺したが、平静を努めながら答える。

「ありがと、ラグネちゃん。ただ、色々とわかってて、こういうことやってるよね」

「その通りっす。そうやって簡単に照れるから、からかわれるんすよ。もっと女性の扱いに精進してくださいっす」

これも女心を知るための訓練の一環と言いたいのだろうか。しかし、このスキンシップで一切の動揺がないのは、逆に女性に対して失礼だと思うが……。

「くははっ。こんな風に渦波は、なんでもかんでもマジに受け取るからな。けど、そこが渦波のいいところなんだぜ、ラグネ」

「えー？　いやあ、そこがカナミさんの胡散臭《うさんくさ》いところっすよ。これがあるから、私が本気でカナミさんに惚れることはないっすねー」

「へー。ラグネは渦波を胡散臭いって思ってるのか？　珍しいな」

「いえいえ、珍しくないっすよ。たぶん、十人女性がいれば、何人かはカナミさんを怪しいって思うはずっす」

「そうか？……なら、渦波。もっと精進しないとな。ラグネに胡散臭いと思われないように、もっともっと女性の扱いを上手くなろうぜ？　昔みたいに、なあ？」

ファフナーはラグネちゃんに同調した上で、すこぶる評判の悪い千年前の僕の女性遍歴を持ち出してきた。からかうように笑っているファフナーを相手に、真面目に答えたら負けだと思った僕は「気が向いたらね。気が向いたら」と返した。

その僕の反応にファフナーは軽く謝罪しながら、冗談から真剣な話題に移っていく。

「わりいわりい、冗談だ。そんな馬鹿なことよりも、やって欲しいことがちゃんとある。次、ここに来るときまでに、ノスフィーから碑白《ひはく》教の『経典』を取り返しておいてくれ。あれさえあれば、色々と話が変わる」

「碑白教《ひはく》の『経典』？　もしかして、それがファフナーの命よりも大切なもの？」

　ここへ来る前に、ノスフィーはファフナーの大切なものを人質に取っていると言っていた。その話をしているのだと推測して、続きを聞く。

「ああ、そうだ。いま流行《はや》ってるレヴァン教じゃなくて、碑白教《ひはく》だから注意してくれ。あれを人質に取られたせいで、いま俺はこんな目に遭っているわけだな。ぶっちゃけると、あの『経典』の所持者に俺は逆らえねえ。俺を囲んで袋叩《ふくろだた》きにするなら、あって損はないアイテムだぜ？」

　ノスフィーからは聞け出せなかった情報だ。物の種類がわかれば、探すのは随分と楽になることだろう。ただ、その話を聞いて期待感を持つ僕とは対照的に、ラグネちゃんは情報の真偽を少し疑っている。

「『経典』って言っても……、ただの本っすよね？　それ、本当の話っすか？　もし本当なら、ファフナーさんって弱点ばっかりっすよ」

「ほんとはっきり言うなあ、おまえ……。悪かったな。ゴーストという特殊なモンスター混じりのせいか、俺は弱点ばっかりなんだよ」

　横からラグネちゃんの茶々が入った。

　けれど、ファフナーは話を逸《そ》らすことなく、僕に頼み込み続ける。

「頼むぜ、渦波。あれは最後の一冊なんだ。どこにでもある『経典』だが、あれで本当に最後なんだ」

「ファフナーにとって特別なのはわかったよ。ちなみに、見た目はどんな感じ？」

「よくある革の装丁がされてて、普通に碑白《ひはく》教って題名が書かれてある。滅茶苦茶《めちゃくちゃ》古い本だから、見たらすぐわかるはずだぜ」

「わかった。どうにか見つけてくる」

ここまで情報が揃《そろ》えば、ノスフィーに白を切られることもないだろう。

なんだかんだで戦った甲斐《かい》があったと思う。最初はファフナーの異常性に振り回されたが、終わってみれば色々な情報を得られた。そして、そろそろ解散かと思ったところで、ファフナーが両手を合わせて神官のように祈り始める。

「それじゃあな、二人とも……。これからの相川《あいかわ》渦波とラグネ・カイクヲラの人生に、多くの苦難を……」

「え、え？　なんで苦難を祈るんすか!?」

ファフナーが物騒なことを言ってきたので、間髪入れずにラグネちゃんは非難した。

「くははっ。千年前の伝説の騎士様の祈りだ。たぶん、めっちゃ効くと思うぜ？」

「やっぱりこの人、頭おかしいっす！　性質《たち》悪いっす！」

ファフナーほどの存在から祈られると、何かしらの加護が乗ってそうで本当に恐ろしい。

その僕の感情を代弁してくれるラグネちゃんに、ファフナーは「ははは」と笑い返して、最後に真剣な別れの挨拶を投げかける。

「マジで頑張れよ、おまえら。フーズヤーズだと俺は、どう足掻《あが》いても端役だからな。ここで大人しくノスフィーの駒をやって、おまえらを待つことくらいしかできねえ。俺の番が来る前に、目の届かないところで死んだりするなよ？　苦難というものは、乗り越えて成長するためにある。それだけは絶対に守ってくれ」

「……もちろん。そう簡単に死なない自信はあるから、そこは安心して。ラグネちゃんも付いていてくれてるしね」

　本気で死んで欲しくないのならば、苦難を祈らなければいいのにと思ったが……彼なりの信念と思いやりがあるのだろう。その激励を受け入れたあと、僕たちは手を振り合う。

「信じてるぜ。いつだって俺は、誰よりも渦波の力を信じてる」

「それじゃあ、また。あとで会おう、ファフナー」

「できれば、私は二度と会いたくないっす。ばいばいっすー」

　ファフナーは聳《そび》え立つ世界樹の幹に背中を預けて、座り込む。その姿を尻目に、僕とラグネちゃんは階段に向かっていく。

　遠巻きに見守っていた騎士たちと合流して、フーズヤーズの暗い地の底から、栄耀栄華《えいようえいが》を極めた城の一階に戻る。

　こうして、僕とファフナーの一度目の邂逅《かいこう》は、無事に終わったのだった。

◆◆◆◆◆

ファフナーと世界樹の解放に失敗した僕たちは、階段を登り切ってフーズヤーズ城一階まで戻ってくる。中央の吹き抜けを覗《のぞ》き込んでいた騎士の一人が振り返り、僕に声をかける。

「本当に大変でしたね。我々は遠くで見ているだけでも意識が遠のきかけました……」

ファフナーとの戦いを労《ねぎら》う言葉だ。

僕への畏怖と敬意が混在しているようにも感じる。周囲を見回せば、あのファフナーと真正面から渡り合った僕を、騎士として憧れている者もいれば怯《おび》えている者もいる。

「でも、ファフナーを世界樹から退《ど》かせることはできませんでした。すみません」

結果だけ見れば、僕は仕事を果たせなかった。

端《はな》からその気はなかったとはいえ、形式的に謝っておく。ただ、それは最初からわかっているといった様子で、騎士は頷《うなず》き返す。

「いいえ、構いません。元老院の方々も、一度目は必ず失敗すると言っておりましたので」

「一度目は、必ず？」

最初から期待されていなかったことに、少なからずショックを受ける。そして、その断定をした元老院という存在が気にかかる。勘や推測で、失敗を予測されていたのならばいい。しかし、そう断定するだけの情報を持っていたのならば、話は随分と変わる。

「最下層での戦いが終わり次第、お二人をお連れするように言い付けられています。元老院の方々の揃う最上階へと」

今度は城の地下へではなく、頂上へ続く階段に誘《いざな》われる。

その誘いに僕は足を止めた。

ラスティアラたちがいない以上、その代わりとして僕が求められるのは予想していた。

ただ、一年前の『エピックシーカー』ギルドマスター時代の経験から、上流階級の社交界とは関わり合いたくない。どうにか言い訳をして逃れようと、頭を回転させ始めたところで、隣から邪魔が入る。

「カ、カナミさーん、本当に無視するんすか？　これを断るのはやばいっすよ？」

自由の身である僕と違って、騎士として国に仕えているラグネちゃんは元老院という存在に気後れしていた。それでも、僕は首を振ろうとしたところで――

「カナミ様、元老院の方々は『聖女誘拐事件』について相談したいとも言っておりました。要望があれば、あれは解決したものとして依頼を取り下げてもいいらしいです」

聞き逃せない話だった。

さらに、その話の意味を理解したとき、僕の中の元老院に対する警戒度が上がる。

「それ……。僕が渋ったらそう言うようにって、指示されていたんですか？」

「はい」

素直に頷く騎士を見ながら、僕は戦闘時ほどの真剣さで思考していく。

いま僕たちは『聖女誘拐事件』に取り組む冒険者パーティーとしてフーズヤーズに滞在している。しかし、その事件の主犯は、仲間のマリアとリーパーだった。当然だが、彼女たちを国に突き出して、事件の解決なんて図れはしない。このまま犯罪者としてフーズヤーズで過ごすしかないと思っていたところに、この話だ。

何かしらの方法で、僕たちの動きを把握されているとしか思えない。

「わかりました。行きます」

僕は逃げることなく誘いに乗ることを決めた。

話だけ見れば、とても友好的な提案を元老院はしてきている。少なくとも表面上は仲良くする気があるのだ。歓待されながら、元老院の思惑を測るのは悪い話じゃない。

「感謝します。それでは、上へ」

僕が了承したことで、騎士は中央の吹き抜けにある階段ではなく、壁際にある階段に向かっていく。その後ろではラグネちゃんが誰よりも深い溜《た》め息《いき》をついていた。礼儀正しい騎士とは真逆に、打算的な内情を堂々と口にしていく。

「ふいー。あー、一安心っすー。これで、なんとかカナミさんと元老院の両方の評価を保てるっすよー」

建前上、ラグネちゃんは連合国の騎士代表として、僕という英雄を案内しているところだ。とにかく偉くなりたい彼女にとって、その役割を無事こなし切り、上から評価されるのは大切なことなのだろう。

冷や汗を拭う振りをするラグネちゃんと共に、また僕たちは騎士たちの先導で歩き出す。

階段を上りながら、先ほどの地下に続く階段との違いを体感する。階段は一段毎《ごと》に絹のカーペットが敷かれてあり、手摺《てす》りは限界まで磨き上げられていた。その手摺りを支える柱や蹴込み板には細密な装飾が絶え間なく施されており、同じ螺旋《らせん》階段だというのに、まるで質が違った。

その露骨な贔屓《ひいき》を感じつつ、僕たちは進み続ける。

長い階段だ。

階段を踏んだ数が百を越えたところで、ここまで高く建築している理由を少し考える。日頃から鍛えている騎士たちならば大丈夫かもしれないが、一般的な高官や神官には辛《つら》い長さだろう。何かしらの目的があったとしても、ちょっとした仕事の伝達さえも一苦労というのは非合理過ぎる。

心の中で城の造りについて文句をつけていると、周囲の様子が変わっていく。

三十階あたりまで登ったところで、警備と思われる騎士の数が増えてくる。さらに材質のよくなったカーペットの下にある『魔石線《ライン》』から伝わる魔法の結界の強度も増しているようだ。

寄り道して他の階を見るつもりはないが、間違いなく、この三十階あたりから警備のランクが変わっている。見張りで立つ騎士たちの表情は硬く、身に着けている装備が違う。

「ねえ、ラグネちゃん。ちょっと物々しくない？」

予想はできているが、フーズヤーズに詳しいであろう隣の騎士に答えを聞く。

「そりゃそうっすよ。ここから先は、王族さんたちの居住区でもあるっすから」

「ああ、やっぱりそうなんだ。上に行けば行くほど、偉い人がいるの？」

「そうっすよー。フーズヤーズは王族の種類と数が多くて、色々と入り乱れてるから場所を取るんすよねー。だから、こんなに城がでかくなっちゃったんすかね？　しっかし、私もここまで入るのは久しぶりだから緊張するっす」

口では緊張すると言っているが、飄々《ひょうひょう》としたものだ。

先ほどファフナーに殺されかけたというのに、軽い足取りで階段を登っている。その頬の真っ赤な瘡蓋《かさぶた》を見つめ過ぎないように、ラグネちゃんと世間話をしていく。

「ここが王族のエリア……。で、元老院の人たちは王族よりも上にいるんだね」

「それこそ、元老院が『一番』って証明っす。フーズヤーズでは王族よりも教会が偉くて、教会よりも元老院が偉い。フーズヤーズは大陸の頂点なんで、自然と元老院は世界で『一番』偉い存在となるっす！」

「そんなに偉いんだ……。だからさっき、無下にするとまずいって言ったんだね」

「うぃっす！　私は権力に弱いっすからね！　とことん自分の評価が気になるっす！」

元老院が『一番』だと語るとき、少しだけラグネちゃんの執念のようなものが垣間見《かいまみ》えた。おそらく、彼女は元老院まで成り上がろうとしているのだろう。

いつかはそこまで辿《たど》りついてやるという前向きなエネルギーを感じる。

そして、ラグネちゃんの笑顔が明るくなるのに合わせて、周囲の明度も高くなっていく。

階段を上るにつれて、近くの窓から差し込む太陽の光の角度が変わっているのだ。斜め上からだったはずの光が、横から殴りつけるかのように城内を照らしていく。

僕は壁際に寄って、外の様子が見れるように開け放たれている窓を覗き込んだ。

雲が手の届きそうなところにあり、太陽が燦々《さんさん》と輝いていた。

「ひょえー、高いっすねー！　街が、ものすごく下にあるっす！」

「余り乗り出し過ぎると危ないよ」

僕が太陽を眺めたのに対して、ラグネちゃんは何よりも先に下を見た。

いまにも飛び降りそうな勢いで窓に張り付いているのを咎《とが》めると、一言「うぃっす」と答えて離れていく。そして、再度階段を上り直しながら、しみじみと話す。

「しかし、なんかあれっすね。ファフナーさんが城の一番下にいて、天辺《てっぺん》に元老院の人たちがいるってのは、少しだけ皮肉を感じるっす。ファフナーさんは千年前の偉い人で、誰も敵《かな》いっこないほど強いのに……」

先ほどファフナーと仲良くなったからか、彼のいる場所がおかしいと批判する。もちろん、戦いの強さだけが全てではないと、彼女もわかっているだろう。だからこそ、僕の後ろ盾を求めて、権力に対抗しようとしている。

僕たちが最後に見たファフナーの姿は、素足で世界樹を背に本を読んでいる姿だった。その周りには何もなく、暗闇と冷たい地面が広がっているだけ。次に訪れるときは、暖かい明かりとなるものを持っていこうかと思ったとき、階段が途切れる。

ようやく最上階までやってきたようだ。ここまでの階層と違って、最上階は狭く、簡素だった。一本道の回廊が延びているだけで、余分な装飾や横道はない。その最後の回廊を、ゆっくりと僕たちは通り抜けて、最上階に一つだけしかない部屋の前に辿りつく。

大きめだが質素な木製の扉の前で、代表の騎士は告げる。

「着きました、カナミ様。ラグネ様も、中へどうぞ」

この先は畏れ多いといった様子で、案内の騎士たちは全員が扉から大きく離れて、一礼した。どうやら、この部屋に入れるのは、僕とラグネちゃんだけらしい。

『天上の七騎士《セレスティアル・ナイツ》』総長である彼女は、他の騎士と別格であることが窺《うかが》える。

僕は遠慮なくラグネちゃんを連れて、部屋の扉に手をかけて、押す。

古めかしい頑丈な扉かと思ったが、とても軽かった。木製特有の軋《きし》みもなく、非常にスムーズに開かれていく。

そして、扉の先へ。

部屋に入って、すぐに僕は周囲を観察する。まず予想を大きく下回る狭さに、少しだけ驚いた。城の最上階に一つだけある部屋なので、運動場くらいの広さはあるかもしれないと思っていたが、実際は一般家庭のリビング程度。

調度品は最低限で、壁際に小さな棚とランプがいくつか置かれているだけ。

その普通過ぎる部屋の中央に、円卓が一つ。豪奢《ごうしゃ》ではない。どこにでもある木の机だった。その周りには、椅子が七つある。

僕たちが入ってきた正面の椅子が二つ空いていて、残る五つの椅子に五人の男女が座っていた。全員が同じくゆったりとした絹の服を纏《まと》っていることから、それが正装の類のようだ。おそらく、この五人が元老という役職にある人たちなのだろう。

平均年齢の高い男女で、皺《しわ》だらけの顔で入室した僕を見つめている。もちろん、その眼光は独特で、年齢に見合わない鋭さを感じる。元老院と呼ばれるだけの貫禄《かんろく》があった。

そして、その五人の中、最も年若い三十前後の女性には見覚えがあった。

彼女と視線が合ったとき、微笑《ほほえ》みと共に、再会の挨拶を投げかけられる。

「久しぶりじゃな、カナミ殿」

「あなたは、確か……。連合国の大聖堂にいた……」

一年前、ラスティアラを救出しようと連合国の大聖堂を強襲した際に、『再誕』の儀式を取り仕切っていた女性だ。色々な人たちがいたので印象は薄いが、名前はレキと呼ばれていたはずだ。僕の登場で混乱する神殿の中、元老院代理という役職の彼女だけは、常に冷静だったのを覚えている。

「あのときは世話になったな。今年正式に元老についたレキ・アーヴァンスじゃ。一年前と違い、もう代理ではないぞ？」

レキさんは席を立ち、深々と頭を下げて挨拶した。その年齢に見合わない物言いは記憶通りだった。すぐに僕は、かつて敵であったことは一時忘れて、その丁寧な礼に応えようとする。しかし、さらに丁寧な礼によって、それは遮られてしまう。

元老と思われる男女五人が全員立ち上がり、レキさんと同じように深々と頭を下げた。

「え？」

予期せぬ対応に僕は困惑する。こちらは先ほど、元老院は王族以上に偉いという話をしたところだ。この国の正式な礼儀作法を知らないので、ずっと片膝を突いて話す覚悟をしていた。だが現実は、むしろ元老院側がいまにも片膝を突こうとする勢いであった。

その理由は、この中で最も高齢と思われる初老の男が語っていく。

「そう驚くな、英雄殿よ。これは、フーズヤーズの祖に対する礼だ。おぬしが千年前の始祖様であることは、正統なる歴史を伝えられておる我らにはわかっておる。本来ならば、我らが下座にて言葉を整えるべきだろうが……」

「……いえ。始祖扱いされても、ちょっと困ります」

その記憶が曖昧で、ずっと僕は苦労しているのだ。

何より、身に覚えのないことで敬われることほど居心地の悪いことはない。

「そう言うと思っていた。ゆえに、あえて英雄カナミと位を下げて呼ぼう。よいか？」

「はい……、相川渦波《あいかわかなみ》です。初めまして。レキさんはお久しぶりです」

下げても英雄扱いらしい。どうにかして、一般冒険者扱いにしてもらいたかったが、そうなると次は位が足りなくなるのだろう。英雄扱いで我慢して礼を返したところで、レキさんは僕の後ろにいる騎士を労《ねぎら》い始める。

「うむ。……まずはカイクヲラ総長よ。よくぞ、彼を連れてきてくれたのう。おぬしがいなければ、きっと『開拓地』の英雄殿はこんなところまで足を運んでくれなかったであろう。褒めて遣わそう」

そう声をかけられたラグネちゃんは――

「…………っ！　は、ははー！　ありがたき幸せっす！」

なぜか、僕でも元老たちでもなく、全く別のところを見ていた。

部屋の奥に、上へ続く階段があった。おそらく、城の屋上に続いているのだろう。それを見ていたラグネちゃんは我に返り、慌てて腰を折った。

「ふむ、おぬしは相変わらずじゃな。もうよいぞ。もっと後ろにて控えておれ。英雄殿の護衛に専念せよ」

「うぃっす！」

びしっと敬礼して、ラグネちゃんは遥《はる》か後方まで下がる。

どうやら、レキさんとラグネちゃんは知り合いのようだ。いまよりもっと地位の低いときに交流があったのかもしれない。二人がアイコンタクトで通じ合っているのを見続けていると、先の元老院代表と思われる高齢の男が話しかけてくる。

「英雄殿よ。最初に誤解を解かせてもらいたい。君たちは私たちを避けて行動しているようだが、その必要はない。全くな」

「避けて……ましたよね。やっぱり」

言い訳はできないだろう。留守番中の仲間たちの顔を思い浮かべて、頷《うなず》き返す。

「総司令代理スノウ・ウォーカーに関してだが、彼女の辞職をフーズヤーズは正式に受理しよう。副官殿が奮闘しているおかげで、本来の総司令が戻るまでの間は十分に持つ。さらにラスティアラ・フーズヤーズのほうも同様だ。大聖堂はフェーデルトのやつに権限を戻す。使徒シスに関しても、こちらは無理に取り込むつもりはない。彼女らには、城への挨拶は必要ないと伝えてくれ。こちらで尤《もっと》もらしい理由を用意して、関係者たちには説明しておく」

大盤振る舞い。そう言っていいだろう。

素人目の僕から見ても、彼女たちの辞職・転職の流れはふざけていた。それら全てを不問にして、城や社交界での謝罪さえも代わりに行ってくれるようだ。

「ありがとうございます。たぶん、みんな安心すると思います」

「このくらいならば構わん。いま我ら元老院が最も危惧していることは、君たちと結べるはずの友好的な関係を、誤解によって失うことだ。その最悪の展開を避けるためならば、協力は厭《いと》わん」

深々と頭を下げてお礼を言ったものの、目の前の老人は淡々と話を続けていく。

「元々スノウ・ウォーカーの気まぐれは計算済みだった。ラスティアラ・フーズヤーズが私欲で大聖堂を動かしていたのも把握している。使徒シスに関しては、敵国の謀略が我々を上回っただけで、責めるのは彼女自身ではない。とはいえ、いつでも帰還を歓迎するとも、三人には伝えて欲しい」

「はい。そう伝えます」

ただ、甘過ぎる話だとも思う。才能のある人間は特別といえど、度が過ぎる。その裏にある思惑を読み取ろうとしたところで、レキさんに会話相手が交代されていく。

「まあ、固い話ばかりでは英雄殿も息苦しかろう？　そうじゃなあ……。英雄殿よ、どうじゃ？　この大聖都は？　おぬしの率直な感想が聞きたいぞ」

「素晴らしい街だと思います。いままで見てきた中で、一番活気がありました」

唐突に世間話を振られて、僕はレキさんに意識を向けて答える。

「そうか、そうか。これでも自慢の街なのでな。英雄殿の目に適《かな》ったのならば嬉《うれ》しい限りじゃ。街の結界など、立派じゃろう？　カナミ殿には、特にじゃ」

「はい。立派過ぎて、僕の次元魔法のほとんどが使えません」

「ははは。あれは、ノスフィーのやつがどうしてもと言ったのでな。街を活性化させる魔法を刻む交換条件で刻まれたのじゃ」

「やっぱり、あれはノスフィーの仕業なんですね」

「うむ。寝ずに完成させおった。まことにいじらしいやつよ。ははは」

会話の反応一つ一つから、僕という人物を見抜こうとしている。レキさんだけじゃない。他の面々も油断ならない。いま現在、この部屋で魔法の使用は一切ない。

元老院の五人を『表示』で見たところ、高くてもレベル10に届いている程度。世界トップクラスの魔法使いとして、魔法で裏をかかれることはないと断言できる。

代わりに、魔法でなく豊富なスキルによって、一挙一動を観察されている。

元老院たちの持つ『観察眼』『交渉』『真眼』といった様々なスキルの発動を、肌が感じ取っている。僕が軽く手を握ったり、重心を後ろにずらしたりするなど、僅かな挙動の全てを目で追われている。僕の器を計り切られる前に、本題へと入ったほうがいいだろう。

「すみません、レキさん。今回は『聖女誘拐事件』について相談できると聞いて、来たのですが……」

「む？　ははは、少し意地悪をし過ぎたな。もちろん、その用意は終わっておるぞ。英雄殿の不安は、いま城下を賑《にぎ》わせておる『魔女』と『死神』のことじゃろう？」

あえて本題に入らず、世間話で僕を焦《じ》らしていたことをレキさんは認めた。

そして、真面目な話になったところで、レキさんから元老院代表の人に会話は移る。

「街に広まった『聖女誘拐事件』の依頼は、解決済みということにして取り下げよう。関係者である『魔女』も『死神』も、これで無罪放免だ」

ここから交渉に入るのかと思えば、あっさりと僕側の目標《つつ》が達成されてしまう。

当然、その露骨な餌に食いつく前に、僕は色々と突かざるを得ない。

「いいんですか？　それでは、ノスフィーはあなた方のところに帰ってきませんよ？　彼女はフーズヤーズにとって大事な存在だと聞きましたが」

「心配要らぬ。こちらは、一連の騒動をおぬしらの痴話喧嘩《げんか》と判断した。はっきり言ってしまえば、聖女ノスフィーと英雄カナミのどちらにもいい顔をしたい我らは、どちらも優遇して、どちらも贔屓《ひいき》せん。ゆえに、いま彼女の返還を強制するつもりはない」

関与しないと、ばっさり言い切られる。ただ、そこに打算が混じっていることも、矛盾めいた言い回しと共に白状されている。

「強いて言えば、二人の早期和解を望んでいるくらいか。二人とも無事で、我らが国のために力を費やしてくれるのが理想だろうな」

本当に優しく、甘過ぎる話だ。こうも甘いと、こちらは疑念で身構えてしまう。その僕に対して元老院代表は、さらに甘い話を足していく。

「そうだな。まず、あの地下街の炎上地区は丸々、英雄殿に進呈しよう」

「地区って……、あの土地をってことですか？」

「あと我々にできるのは資金の提供くらいか？　フーズヤーズの神聖金貨ならば、すぐに一万ほど用意できるが」

「ちょ、ちょっと待ってください……！」

神聖金貨一枚で家一つは余裕で建つ。大雑把な計算だが、僕の世界の価値で千億ほどの貨幣を渡されそうになって、僕は慌てて首を振る。

「英雄殿には、それ以上の価値がある。ノスフィーが我ら元老院直属の部下となったように、英雄殿にも我ら元老院直属の騎士になって欲しいと思っているのだ」

国家予算ほどのお金でノスフィーが雇われているとわかり、僕は確認を取る。

「ノスフィーはお金で、あなたたちの部下になったんですか？」

「厳密には、部下というより協力者だな。いま我らは『光の理《ことわり》を盗むもの』ノスフィーと取引関係にある」

わかっていたことだが、元老院とノスフィーの繋《つな》がりが明らかになる。

同時に僕の中の元老院の信用度が下がり、いまのこの会話もノスフィーの策略ではないかと思えてくる。その僕の疑いが伝わったのだろう。苦笑いされながら、また大きな譲歩が目の前にぶらさげられる。

「しかし、英雄殿相手ならば、彼女との取引内容を教えるのも吝《やぶさ》かではない。むしろ、我らの真の目的を教えなければ、素直に我らの好意は受け取ってくれんようだ。英雄殿は我らと同じで、裏がなければ安心できぬタイプのようだ」

「そんなに軽々と教えてもいいんですか？」

「別に口止めはされておらん。ということを、前提にして聞くといい」

つまり、ノスフィーとしては、僕に伝わっていい情報ということ。僕の耳に届くことで働く罠《わな》かもしれないが、迷っている内に元老院代表は口にしてしまう。

「ノスフィー・フーズヤーズは『フーズヤーズ国の協力』を欲しがり、我々は『不老不死』の力を欲しがった。もっと端的に言うとだな――」

いまから口にされるのは、フーズヤーズの頂点に君臨する五人の目的。世界で『一番』の人間たちが抱く荒唐無稽な夢を、一切恥じることなく言い切られていく。

「我々の目的は一つ。――永遠の命だ」

永遠の命という四文字を耳にして、僕は言葉を失う。その様子を見て、目の前の老人は笑う。ここにきて、ようやく笑う。心の底からの笑みを、わざとらしく見せてくる。

「くくくっ、英雄殿は幼稚と思うか？　俗でありがちだと笑うか？　我々もそう思っているゆえ、遠慮は要らんぞ。確かに、普通ならば一笑に付す幼稚な目的だ。だがな、困ったことに歴史に前例が記されてしまっているのだ。幼稚なそれが、現実的に手に届くところに在ってしまっている。かの迷宮から這《は》い出て、堂々と闊歩《かっぽ》してもいる。世に生きる愚者たち全員の夢が、すぐそこにある。――これが、いかん。欲の深さだけでこんなところまで成り上がった我らは、これに手を伸ばさない理由がないのだ」

くつくつと笑う老人は、本当に楽しそうだった。齢《よわい》八十には届きそう男が少年のように目を輝かせて、夢を語っていく。その様を見て、僕は「毒が濃い」と思った。

「英雄殿は伝説の『統べる王《ロード》』という存在を知っておるか？　あの者の為《な》した偉業を」

『統べる王《ロード》』。つまり、ティティーのことだ。『風の理を盗むもの』ロード・ティティーの人生ならば、僕以上に詳しいやつはいない。そう頷く僕を前に、話は続く。

「あの王の偉業には、前提として『不老不死』という信仰があった。誰よりも『統べる王《ロード》』は強い。何があっても『統べる王《ロード》』は死なぬ。いつまでも『統べる王《ロード》』は君臨し続ける。ゆえに、彼女は絶対的な民の安心となりえた。民たちは苦しい逆境の中でも、確かに心安らぐことができた」

かつての北の人々が、ティティーを神のように信仰していたのは否定できない。

それが『理を盗むもの』という年を取らない存在だから成立したことも同様だ。

「あの『不老不死』というものが、我々も欲しい。それも『統べる王《ロード》』のような不便な『不老』ではなく、聖人ティアラの転生による不安定な『不死』でもなく、完璧な『不老不死』が欲しい。この頂上に永遠に君臨し、フーズヤーズの繁栄を永遠のものにしたい。……この野望を英雄殿は笑うか？」

「いいえ、笑いはしません。……しませんが、『理を盗むもの』以上の不死身なんて、そんな都合のいいものがこの世に存在するのですか？」

そこが一番の問題だ。『理を盗むもの』の『不老』だけでも奇跡的だというのに、それ以上の話なんて聞いたことがない。それに近かった『闇の理を盗むもの』であるティーダやパリンクロンだって、結局は消えてしまった。

しかし、目の前の老人は次々と言い切る。

「ある。それを証明する資料が、フーズヤーズには残っていた。さらに言えば、世界樹の使徒ディプラクラにも確認を取った。当の時代の賢者が、「悔しいが、ある」と断言したのだ」

ここで使徒ディプラクラの名前が出てくる。

ずっと世界樹とコンタクトを取れる機会のあった彼らは、僕以上に詳しい情報を持っているのだろう。それを惜しむことなく、僕に説明していく。いかに自分たちの目的が純粋で俗であるかを伝えて、裏は見易《やす》いぞと訴えてくる。

「『不老不死』の鍵は、当然『理を盗むもの』となる。その中でも、特に『光の理を盗むもの』ノスフィーが重要だ。千年前の始まりの『魔石人間《ジュエルクルス》』ノースフィールド・フーズヤーズこそが世界で唯一、永遠の命に届きうる存在であると、ディプラクラは言った。その【光の理】の関係上、長い長い世界の歴史の中で、単独で完璧な『不老不死』を完成させられると——」

真偽はわからない。ノスフィーが『不老不死』の魔法を使う様子を見せたことは一度もない。いつだって彼女は死を怖《おそ》れて、僅かでも敗北の可能性があれば逃げ出そうとしていた。しかし、そのノスフィーの力を、ここにいる人たちは信じている。

彼女こそ、世界で最も『不老不死』に近い魔法使いであると。

「えっと、つまり……ノスフィーは僕と決着をつけたあと、あなたたちの『不老不死』の研究に協力する契約をしているんですね？　その代わりに、あなたたちから色々な援助を受けている。例えば、聖女という立場を貰《もら》って、国の結界を弄《いじ》る権利を得た」

「そういうことだな。ただ、我らはノスフィーが必ず勝つとまでは思っておらんぞ。ゆえに、いま英雄殿にも恩を売ろうと必死なのだ。もしノスフィーが死した場合、その次に可能性があるのは、『異邦人』らしいからな」

「『異邦人』……。それって、僕のことですよね？」

「ああ、英雄殿だ。そう、賢者は言っていた」

ノスフィーが駄目ならば、僕の協力を得て『不老不死』を目指すつもりらしい。

そのどう転んでもいい立ち回りから、元老院の柔軟さと容赦のなさが透けて見える。もし『理を盗むもの』や『異邦人』の個人の力が大したことなければ、かつてパリンクロンが僕を捕らえたように僕らを洗脳の果てに実験材料とするだろう。

しかし、僕たちの個人の力が異様に高いせいで、いま彼らは喧嘩《けんか》を売ることなく外堀から攻めてきている。徹底してリスクを排除して、確実な利益だけを拾おうとしている。迷宮のモンスターや守護者《ガーディアン》たちとは違った厄介さだと思いながら、目の前の五人を睨《にら》んでいると、黙っていたレキさんが固い空気を解《ほぐ》そうとする。

「ふっ、英雄殿。この世界の黒幕たちが、意外に安っぽくてがっかりしたか？」

「え？　いや、そんなことは……」

「だが、この最も純粋な欲望こそが、世界の頂上じゃ。もう知っておるとは思うが、我らの采配で大陸の戦争は決定されていく。大陸を生きる全ての人々の生死を握っていると言っても、過言ではない」

力を誇示して、笑いながら話す。

僕が元老院の性質《たち》の悪さを見抜いたことを、逆に見抜いたと伝えるように話していく。

「我ら五人はどこまでも汚く、どこまでも俗で、どこまでも貪欲ゆえに、こんなところまで来てしまった。――元老院《ここ》はそういうところだと、最初から決まっておった。いまも尚《なお》我らは、他四名を蹴落として、一人だけ『不老不死』となり、世界を独り占めしてやりたいと思っておる。本当に救いようのない愚者の集まりじゃ」

レキさんは笑いながら、この場の全員を虚仮にした。しかし、誰も否定しない。他四人の顔を見回せば、誰もが真実であると首肯していた。自嘲で顔を歪《ゆが》めて、元老院内は一枚岩でなく、敵同士であることを認めている。その中、レキさんの笑い声が強まる。

「ははっ、どうじゃ？　我らに協力する気が起きんじゃろう？　じゃが、必ず協力することになる！　このフーズヤーズでのおぬしら二人の痴話喧嘩が、どう決着しようともじゃ！　どちらかには必ず、『不老不死』を目指してもらう！　はははははっ！」

その傍若無人な話に、僕は返す言葉に詰まる。

「………っ！」

これが、フーズヤーズの元老院。軽く千億もの金を放り投げて、大陸の戦争を操ることで万の命を左右して、世界のあらゆるものを支配している存在。

質素過ぎる最上階の一室で、欲を隠さない笑い声が響き続ける。

──なぜか、その世界屈指の力を持つ相手たちを前に、僕の心は静かだった。

これも元老院たちの狙い通りなのだろうか。理性《あたま》では恐ろしい相手とわかっていても本能《こころ》が全く揺さぶられない。過去に戦った難敵パリンクロン・レガシィと比べても、協力し合える可能性があるというだけで、なぜか非常に心が楽だ。

安心。それが初めて元老院と邂逅《かいこう》した僕の正直な感想だった。

5. 代償

元老院との謁見を終えた僕は、ラグネちゃんと一緒に城を出た。そして、賑《にぎ》わう城下町を歩きながら、持ちかけられた取引を見直していく。

大前提として、僕は元老院の誰かが『不老不死』になってもいいと思っている。

すでに僕は、生者も死者も冒瀆《ぼうとく》するような魔法を多く使っている。

いまさら『不老不死』くらいで、騒ぎたてはしない。

機会さえあれば、元老院に『不老不死』の魔法開発の協力をするのも悪くないだろう。

彼らから人間のどす黒さは感じるが、同時に確かな愛国心も感じる。欲深いからと言って、根っからの悪だと決めつける気はない。あの黒さもまた、人が生きるための強さの一つのはずだ。だから、『不老不死』くらいなら譲ると、そう軽く考えてしまうのは『理を盗むもの』たちの人生を見てきたからだろう。

『不老不死』というものに、そこまでの魅力を感じない。

大層な言葉を使えども、結局は『状態異常』の一つでしかないはずだ。『不老』になっても不老の悩みがあり、『不死』になっても不死の悩みがあると僕は知っている。

何より、『不老不死』と絶対の力さえあれば、国が安泰だなんて幻想もいいところだ。そうだったならば千年前、もっとマシな結末を迎えている。

などといった理由から、元老院たちとは良い取引相手になれると僕は判断した。利害の不一致が起きないのだから相容《あいい》れなくなったり、命がけの戦いが起こったりもしない。

だから、僕は彼らの好意を受け入れた。『聖女誘拐事件』は取り下げて貰い、炎上中の地下街を一時的にだが間借りした。流石《さすが》に資金の援助は断ったが、これでマリアとリーパーの罪状は消えた。さらに、ノスフィーとの決着がつくまでは静観して貰うという約束もした。

ただ、どれも口約束に過ぎない。なので、いつ裏切られてもいいように覚悟はしておくべきだろう。利が損を上回れば、平気で良心を捨ててくる人たちだ。

あの老人たちの陽気な笑い声を思い出しながら、僕は気を引き締め直す。

さらに、これから帰る地下街の屋敷の面子《メンツ》を頭に浮かべて、臨戦態勢に入る。

城でファフナーと戦って、元老院と長話をして、かなりの時間が経過している。移動時間もかなりあったので、もう日が暮れかけているところだ。

ただ、夜に沈みかけても、大聖都の活気は削《そ》がれない。元老院の自慢する街の豊かさを確認しながら、僕たちは例の地下街への入り口を通り、燃え盛る炎の中を抜けて、拠点となっている屋敷まで帰る。

まずは仲間たちの無事を確かめようと、食堂に入り——そこで恐ろしい会話がなされているのを耳にして、足を止めてしまう。拘束されながらも強気なノスフィーが、椅子に座ったラスティアラの膝に座っているマリアに問いかけていた。

「――マリアさん。先ほども言いましたが、これでいいのですか？　この状況と関係性で、本当に？　余りに不平等で不幸だと、世界が憎くなりませんか？」

「何度も言っていますが、私は幸せです。カナミさんとラスティアラさんが結ばれたと知って、こんなにも心が温かいんです……。いまの私の気持ちを決めていいのは私だけですよ、ノスフィー」

　マリアは自分の胸に手を当てて、背中のラスティアラに微笑《ほほえ》みかけながら答えた。

……お、恐ろしい。

　話の経緯はわからないが、かなり人生の奥底まで突っ込んだ会話が交わされている。たった一言二言聞いただけだが、いつ誰の心の地雷に触れて、大炎上が起きてもおかしくない応酬だ。

　両者共に、本気過ぎる。守護者《ガーディアン》ファフナー相手に僕が心の距離を慎重に測って、茶番のような戦いをしている間……まさか、守護者《ガーディアン》ノスフィー相手に、マリアとラスティアラが心をぶつけ合うような対話をしているとは思わなかった。

「し、しかし！　いまのあなたは大多数の人から見れば、憐《あわ》れと呼ばれる状態でしょう。多くを望まないにもほどがあります。わたくしから見ても、あなたはとても不憫《ふびん》で仕方ない……！　間違いなく、それは悲恋です……！」

「繰り返しますが、それでも私は幸せです。いま人生で一番幸せだって、そう思っています。たとえノスフィーでも、それは否定させません。私の人生は私のもの。そして、いま私は、私を手放しで褒めてあげられる。……それが大事だと思っています」

「そう、ですか……。マリアさんは強いのですね。本当に……」

その話し合いは、マリアが押しているように聞こえた。

どういう経緯で幸せ・不幸の話になったかはわからない。だが、その話題でマリアが崩れることは決してないだろう。いま、この空間で心を揺らしているのは、ノスフィーのみ。いや、あとライナーも同様のようだ。部屋の隅っこで、ライナーもノスフィーと同じくらいの冷や汗を流して、苦々しい顔をして剣を握っていた。

本当は席を外したいのだろう。だが、ライナーは「見張りをする」と僕に言った手前逃げられなかったようだ。いつ何が爆発してもいいように、ずっと同じ姿勢だったのが、その疲れた顔からよくわかる。

そして、終始マリアに押されているノスフィーは、その矛先を変えようとする。

ずっとマリアを抱き枕のように抱えているラスティアラに。

「ラスティアラさんは……？　マリアさんの話を聞いて、どう思っているのですか？」

「私はマリアちゃんの言葉を全部信じてるよ。だから、安心してる。たとえ世界中のみんなが私を馬鹿にしても、もう絶対に自分を曲げない。私はティアラ様と同じ夢を、これからは目指すだけ」

「ティアラと同じ夢……。あの背中を追いかけるんですね、ラスティアラさんは」

「うん。私もみんな一緒の幸せを目指したい。どんなに難しいってノスフィーちゃんに言われても、完全無欠のオールハッピーエンドを追いかける。だから、本当はノスフィーちゃんとだって、私は一緒に……」

ノスフィーと違って、爽やかにラスティアラは話す。

その果てに、いま話している敵さえも仲間に誘おうとする。

「すみません、それはできません。それだけは間違っています」

「ん、んー？　間違ってる？……ねえ、マリアちゃん。いまの駄目だった？　私、いま滅《め》茶苦茶《ちゃくちゃ》真《ま》っ直《す》ぐなシナリオの進め方してたよね」

「ラスティアラさん、シナリオって……。また演劇の世界みたいな考え方してますよ」

腕の中の呆《あき》れ顔《がお》のマリアとラスティアラは話す。顔と顔が触れ合う距離で「えっ。私、演劇っぽい考えしてた？」「してました」「本当に？」「完全に癖になってます」「本当の本当に？」「もう病気です」「な、直すように心掛けます……」と声を掛け合う二人を見て、くすりとノスフィーは笑った。それは僕の見たことない晴れやかな笑顔だった。

「ふふっ。間違ってはいますが……、お二人は仲がいいですね。本当に仲がいい」

穏やかで、和やかで、たおやかなノスフィーの笑顔。

ささやかな幸せを前にして、不意に笑みが零《こぼ》れてしまったといった様子だった。

「みなさんの顔を見ていると、昔を思い出します。どこか面影があるのです。ティアラに、シスに、アルティに、セルドラに……」

僕は隠れて、彼女の表情をよく窺《うかが》う。

ノスフィーの『未練』に関わることが、いま話されている気がした。

「千年前、わたくしはみなさんのように間違えることができず、一人だけいい子の振りをしてしまいました……。一歩踏み出す勇気が、わたくしにだけなかった……」

悔いているように聞こえる。しかし、笑みは保ったままで、過去の自分を懐かしんでいるだけのようにも見えた。そのノスフィーに向かって、ラスティアラは再三誘う。

「そっか。でも、いまからでも遅くないんじゃないかな？　私は誘うよ？　何度だって」

「ありがとうございます、お優しいラスティアラさん。でも、もうわたくしたちは友だちにはなれません。だって、時代が……。もう世界が、違い過ぎますから」

ノスフィーは感謝しながらも、きっぱりと断る。そこだけは譲れないという力強さから、そこにこそ真の『未練』があるような気がした。

「友達にはなれませんが……、そうですね。力にはなってあげられます。光魔法か神聖魔法の手解《てほど》きなら少し自信がありますので、いつか来る戦いのために教えて差し上げましょう。特にラスティアラさんは、もう少し強くなっておくべきです」

「おぉっ。『光の理《ことわり》を盗むもの』から、直《じか》に教えて貰《もら》えるの？　それはいいね！」

そして、机を挟んでだが、二人は仲良く魔法を練習し始める。

間にいるマリアも、興味津々で止めようとはしなかった。

僕からすると、練習にかこつけてノスフィーが何かするのではないかと見ていられない。

だが、対面している二人に、そんな不安は全くない様子だ。仲間の勧誘は断られれども、もう完全に友人の一人かのような扱いだ。

　仕方なく僕は、マリアとラスティアラではなく、同じ感情を抱いているであろうライナーに近づいて、後ろから声をかけることにする。

「……ライナー。妙に仲がいいね、この三人」

「…………っ！　ああ、ジークか。もう帰ってきたのか。確かに、妙に仲がよくて、見ていて吐きそうだ。だが、ここから見張っている限り、普通に話をしていただけで、何らかの魔法の発動は見受けられなかった。本当に真っ当で……、このまま何もかもが終わるんじゃないかと思ったくらいだ」

　ライナーは僕の帰還に安堵《あんど》して、臨戦態勢を解く。両手の双剣を鞘《さや》に戻し、一息つきながら部屋の椅子の一つに座り込む。

　そこで他のみんなも、僕の帰還に気づいた。当然、最初に声をあげるのはノスフィーだった。ぱぁっと顔を明るくして、先ほどまでの優しげな表情は全て捨てて、声を歪《いびつ》に大きくする。

「あ、ああっ……！　おかえりなさいませ、渦波《かなみ》様ぁ！　ふふふっ。どうでしたか、ファフナーとの対談は。いえ、ファフナーとの対決はぁ!?」

　口元を限界まで緩ませて、人を小馬鹿にするような口調となる。

　……僕と話すときだけは、これだ。

　僕は口元を限界まで引き締めたあと、部屋の中の仲間へ伝えるように答える。

「ファフナーの弱点と攻略法はわかったよ。あいつの真の魔法も見た。何より、ノスフィーが奪ったファフナーの大切なものが、本だってこともわかって――」

「はい！　それで、それで、それで!?」

僕の言葉に被《かぶ》せ気味で、ノスフィーは相槌《あいづち》を打ってくる。

僕は苦々しい顔になりつつも、報告を続ける。

「それで……。次は、もう負けようがない」

「次は？　次ということは、今回は……？」

「……軽く模擬戦して、帰ってきた」

「軽く模擬戦して、帰ってきた!?　ふ、ふふっ、ふふふっ！　はいっ、よーくわかりますよ！　軽く模擬戦して、軽く圧倒されて、すごすごと帰ってきたんですよね!?　渦波様ぁ！　顔を見れば、わかります！　わたくし、渦波様のことならなんでもわかる自信があるのです！　きっと渦波様は苦しそうに狂ってるファフナーを見て、放っておけなかったのですよね!?　ああ、お優しい！　お優し過ぎて――ふふっ、笑えます！　上から目線で救って差し上げようとして、結局は悪化させただけの渦波様が、いまにも目に浮かんで！　ふふっ、涙も目に浮かびますっ！　ふふふっ!!」

ノスフィーは笑い過ぎて、目尻に涙を溜《た》めていた。

彼女の言った通りの結末になっていることを、不甲斐《ふがい》ないとは思う。しかし、ファフナーとは次善に近い交流を果たせたとも思っている僕は、その煽《あお》りを冷静に受け流す。

「お優しい渦波様！　話だけしてくると意気込んで行ったのに、模擬戦なんてしてしまい、しかも敗北してしまった！　わかります！　どうしても戦って差し上げたかったのですよね!?　ファフナーが叫び、ファフナーが望み、ファフナーが剣を抜いた！　ええ、このわたくしは全てわかっております！」

「ああ、おまえの言う通りだ。今回はそっちの目論見《もくろみ》通りになったな。……それよりも、いまは本だ。ノスフィー、ファフナーから奪った『経典』はどこにある？」

大興奮するノスフィーに対して、僕は薄い反応を返す。

釣られて向こうの興奮も落ち着いたようで、「……ふぅ」と一つ大きく息を吐いたあとに、無闇な挑発は止まる。

「あの馬鹿騎士の『経典』ですね。……ええ。あれはわたくしが奪い、保管しております。彼を操るための大切なピースの一つです」

僕は厳しい視線を保ち、その在り処《あか》はどこであるかを問い質《ただ》す。

とはいえ、素直に答えはしないとわかっているので、どうにか工夫して聞き出す必要がある。そう思ったときだった。

「いま、『経典』はグレン・ウォーカーに管理を任せています。しかし、彼がどこで何をしているかまでは、わたくしにはわかりません」

あっさりと答えが返ってきた。その上、元『最強』の探索者でありスノウの兄であるグレン・ウォーカーという全く予想していなかった名前まで出てきた。

素直過ぎる彼女に、僕は二重の意味で驚く。頭の隅で「絶対に嘘《うそ》だ」という忠告が反響している。ただ、僕のスキル群たちはどれも、これが真実であると判断していた。お馴染《なじ》みの『感応』の警告音《アラート》も全く響かない。

僕が困惑していると、すぐ近くのマリアが補足を入れてくれる。

「あのグレンさんも、ファフナーさんと一緒の状態のようです。魔法で妙なルールを植えつけられたのか、少し前からノスフィーに協力してます。……実は、私が最初に大聖都へ来たとき、彼も一緒だったんです。ついでに、シア・レガシィも」

そうだ。以前に北の第二迷宮都市ダリルで、『過去視』の魔法を使ったとき、マリアたちが団体で行動していたのを視《み》た。マリア、リーパー、グレンさん、シアちゃんの四人だ。つまり、この大聖都にも四人パーティーでやってきて、ノスフィーと出会い、戦闘になった。その際、グレンさんは光の魔法によって、寝返ってしまったということらしい。その事実が発覚し、彼の旧《ふる》い知人であるラスティアラが笑う。

「ははっ。グレンってば、精神魔法にやられたの？　相変わらずだなぁ」

ラスティアラが懐かしんでいる横で、さらに厳しい口調で僕は聞く。

「いま、そのグレンさんはどこにいる？」

「さあ、どこにいるのでしょう？　大聖都の中にいるのは間違いありません。しかし、正確な位置までは知りません」

これは嘘だろう。そのおどけた仕草から「いま私は嘘をついています」と主張しているように見えるほどだ。しかし、この嘘を問い質しても、ノスフィーは口を割らないだろう。

むしろ、僕に尋問されることが、彼女の望むところであるような気さえする。

グレンさんと『経典』の場所を聞き出すには、工夫を重ねる必要があるとわかったとこ

ろで、僕は取り組み易いほうの話題に移っていく。

いま会話に出たマリアの四人目のパーティーメンバーについてだ。

「マリア。シアですか?」

「え、シアですか? シアなら、大聖都にあるレガシィ家の別荘にいます。はっきり言う

と、戦力にならないので避難して貰ってます」

世界各地にあるらしいレガシィ家の別荘が、ちゃんとところにもあるらしい。

彼女の居場所がわかっているのならば、グレンさんよりも優先していいだろう。

「なら、まずはシアちゃんのところに行こう。『闇の理を盗むもの』の魔石を回収したい」

手の届くものから手に入れていくべきだ。確か『過去視』の魔法では、迷宮で拾った魔

石を、パリンクロンの姪のシアちゃんが持っていたはずだ。

「…………っ!? カナミさん、よく知っていますね。確かに、いま彼女が『闇の理を盗む

もの』の魔石を持ってます。こちらとしては、隠していた切り札だったのですが」

「か、彼女が……!?」

僕の魔法を見ていないマリアは不思議がり、ノスフィーも大きな声をあげた。

ノスフィーも探していたけれど、いままで場所の見当すらついていなかったようだ。

「シアちゃんと会って、魔石を回収。そのあとにグレンさんを捜して、『経典』を回収。後顧の憂いを全て断ってから、全員でファフナー・ヘルヴィルシャインと戦おう。囲んで、ぼこぼこだ」

ファフナーに宣言した通り、こちらは全力を以《もっ》て準備するつもりだ。

なので、ファフナーと戦うよりも先に、グレンさんを仲間にする。守護者《ガーディアン》と戦えるレベルの知り合いを集めるのは悪くない案だと思っている。他にも、この大聖都にいるはずのセラさんとも早く会っておきたい。

その僕の油断のなさを知り、マリアは満足そうに頷《うなず》く。

「いい計画です。それでいきましょう。ファフナーさんもそれを望んでいます」

「手加減は要らないって、僕も本人から聞いた。ファフナーは大人数で押し潰す」

マリアと目を合わせて、確かな意思疎通を行う。

今後の方針は決まった。いつもは厳しいマリアの賛同もある。

「ただ、今日はもう遅いから……。シアちゃんの件は明日にしよう。そろそろ僕は休むよ」

僕は踵《きびす》を返して、部屋の外に出ようとする。

「か、渦波様。もう行ってしまうのですか……？」

それをノスフィーは引き止める。僕は止まることなく部屋から出ようとしたが、ラスティアラが少し強めに繰り返す。

「カナミ、もう行くの？　もっとノスフィーちゃんと話していかないの？」

「もう話すべきことは話したよ。これ以上話しても、余り意味がないと思う。いまは明日に備えて休むほうが大事だ」

なにせ僕がいると、いまのような態度しかノスフィーは取れない。マリアやラスティアラたちと普通にお喋《しゃべ》りができなくなり、歪な表情に変わってしまう。自分のためにもノスフィーのためにも、席を外すのが一番いい。

それに、ファフナーとの戦いで消耗していないとは言えない。

常に体調を万全に保つと決めたからこそ、早めに休んだほうがいいのは間違いない。

「それじゃあ、また明日」

僕は二人の制止を振り切って、食堂を出ていく。

そして、休めそうな場所を探して、屋敷の中を歩き出す。その直前、いま出てきた部屋の明かりが、足元まで届いているのを目にする。

顔を上げると、屋敷の真っ暗な廊下が続いていた。

背後からの明るい光のせいか、より一層廊下が暗く見えてしまう。

いま自分の抱えている後ろめたさを表すように、その道は暗い。

その後、僕は空いている部屋を自室にして、一人で夕食を摂《と》った。

仲間たちから食堂で一緒に食べようと誘われたけれど、ファフナーとの戦いで疲れていると言って、遠慮させて貰った。

もちろん、理由は別にある。

その理由から逃げるように、僕は一人になろうとする。

◆◆◆◆◆

屋敷の二階には、建物から大きく出っ張った広めのバルコニーが存在する。

古めかしい木製の椅子と机が用意されていて、気分を変えて一息つくには丁度いい場所だった。そのバルコニーの手摺《てす》りに両腕を置いて、僕は地下の景色を眺める。

マリアに元老院からの無罪放免を伝えたことで、地下を満たしていた燃え盛る炎は消えて、すっかり様変わりしていた。熱源が消えたことで、地上にも見劣らない地下街が視認できる。ぐっと空気が冷えているのが、風から感じられる。どうやら、この地下街では魔法道具による換気が常に行われているようだ。地下だというのに、まるで地上の自然の風のように心地いい。

今日は休むと言っていた僕だったが、まだ眠れていなかった。

仲間たちと情報共有を終わらせたあと、このバルコニーでぼうっとしている。

基本的にノスフィーはマリアとライナーが見張り、夢遊病状態の陽滝《ひたき》の警護はディアとスノウが行ってくれている（ディアはスキル『過捕護』が理由だが、スノウは楽そうという理由だろう）。

仲間が全員揃《そろ》ったことで、本来自分でやるべきことが全て賄われてしまっていた。だから、こうして頬杖《ほおづえ》をついて、ゆったりと大聖都の地下街を眺めることだってできる。

炎が消えて、全貌が明らかになった地下空間は、ＲＰＧや御伽噺《おとぎばなし》のように幻想的だった。

地上と同じく三次元的な街並みが広がり、その上には星空が浮かんでいた。目を凝らすと、天井に魔石と宝石をちりばめることで、疑似的な空を作っているようだ。その独特な光景に、僕が黄昏《たそが》れていると――僕以上に酔いしれた声が、バルコニーに響く。

「ふふっ、闇の風が哭《な》いている。これが人に飢えた街の嘆きか――」

僕の採点だと八十点ほどのポエムに導かれて、周囲を見回す。

出窓の縁に、背中を預けて格好つけてラスティアラが立っていた。

「訳すると、夜風に当たりに来たってところ？」

「うん、よくわかるね。流石《さすが》、カナミ」

寝巻きと思われる薄めの服を纏《まと》ったラスティアラが、バルコニーの中を歩く。胸元から鎖骨にかけて開放的な服で、目を向けるところが限られる。

「ちょっと執筆に行き詰まっちゃってねー。気分転換に来たんだ」

「執筆……？　ああ、あの自伝のこと？」

一年前、『リヴィングレジェンド号』の自室で、こっそりとラスティアラが手記をしためていたのを見たことがある。あの夜の日課は、まだ続いているようだ。

「うん、あれのこと。……随分と溜まってきたよ。大聖堂でカナミに助けられて自分を取り戻したのが一章で、『本土』の中央でパリンクロンと戦ったのが二章。カナミがいなくなって一人で迷走した一年間が三章で、この前の『告白』が四章。いま、五章に入ったあたりで……、そろそろ終わりかな？」

そう言って、ラスティアラは執筆している手記を懐から出して、ぱらぱらと中身を僕に見せてくれる。中々の分量だ。時の流れの早さを感じると同時に、自分の戦いの積み重ねを思い返して、少しだけ物悲しさに包まれる。

「確かに、今回の戦いが僕たちの最終章になるかもね……。ファフナーを倒して、使徒ディプラクラから知識を借りて、陽滝が目覚めたら、もう僕はやることがない。元の世界に戻る方法を探すのは、エピローグか外伝あたりになるのかな？　以前と違って、もう本気で帰りたいってわけじゃないからね」

「随分と状況は変わったからねー。でもっ！　本気で帰る必要はなくても、迷宮探索だけは最後までやってもらうから！　主に、私の楽しみのために！」

「それはわかってる。あれは僕が処理しないといけないものだ」

迷宮を作ったのは、千年前の僕だった。

ならば、あれを終わらせるのも、僕であるべきだと思っている。

そして、その迷宮の『最深部』まで到達してしまえば、この異世界での物語は終わりだろう。もし本ならば、もう完全に閉じられて、裏表紙が見えているところだ。

いまラスティアラが持っている手記も、最後の頁《ページ》を迎えているはずだ。

その明るい未来を思い浮かべながら、少しだけ話題を変える。

「……そういえば、最近みんなと仲がいいよね」

先ほど、僕のいない夕食の時間でも、食堂でみんなと一緒に騒いでいたのを思い返す。親戚の家に遊びに来た子供のようにラスティアラの声は大きく、目立っていた。

「そうだね。ちょっとカナミを放置する形になって、申し訳ないなあとは思ってるよ。彼女《ガールフレンド》としてね！」

少しだけラスティアラとの意識のずれを感じる。

僕は妹を最優先にしているが、ラスティアラはみんなを最優先にしているというずれだ。

悪いずれではない。

迷宮の探索のときと同じで、間を取れば丁度いい塩梅《あんばい》になる。

そう前向きに受けとめて笑う僕とは対照的に、ラスティアラの表情は真剣なものに変わっていた。執筆中の手記を握り締めて、その本の終わりについて話す。

「カナミには申し訳ないと思うけど……、みんなとの結束を先に固めておかないと、私の最終章に出てくる最後の敵《ラスボス》と戦うとき、不安だからね。厄介な最後の敵《ラスボス》を倒すのに必要なのは、いつだって仲間たちとの絆《きずな》！　そう思わない？　物語のお約束的にさ」

最後の敵《ラスボス》……。面白い異世界語の翻訳がされたものだ。いや、ゲーム的単語が多いのは自然なことか。元の世界ならばゲーム脳と馬鹿にされてもおかしくないラスティアラの話だったが、その表現は僕の脳に上手《うま》くフィットしてくれた。

「ラスボス相手に、仲間との絆か……。確かに、それはお約束だ。僕も嫌いじゃないし、間違いじゃないと思う。絆ってのは、本当に大切なものだからね」

「だよね！」

そして、もし相手が小賢《こざか》しい系のラスボスならば、主人公と仲間たちの絆の崩壊を狙ってくるのは王道だ。いま敵対しているノスフィーが、まさにその小賢しいボス代表だろう。

彼女の煽《あお》り能力の高さを思い返して、僕は溜《た》め息《いき》と共に弱音を吐く。

「間違いなく、そういう準備も大切だ。ノスフィーのやつは厄介だからな、本当に」

「……ううん、カナミ。それは違うよ。ノスフィーちゃんは敵じゃない。それだけは絶対に違うって、私は思ってる」

首を振られてしまった。その返答は、ここまでの流れからして予想外だった。

「ノスフィーは敵じゃない？　なら、ラスボスってファフナーのことを言ってるのか？」

「それも違う。私の物語の最後に待つ敵は……、カナミ。『異邦人』のアイカワカナミだって思ってる。随分と前から、ずっとね」

「は、はあ？　僕が？」

一瞬、何かの冗談かと思ったが、そのラスティアラの顔を見る限りは違った。

真剣だった。その太陽と見紛《みまが》う黄金の瞳で、真っ直《す》ぐ見つめている。その真珠のように白い肌も、ぴくりとも動かない。微動だにせず僕を見つめて、その白銀の糸のような髪だけが夜風で揺れる。

真剣な彼女には悪いが、その姿と声に「綺麗《きれい》だ」という感想しか湧いて出てこない。

「カナミこそ世界で一番厄介な敵だって、私は確信してる。誰よりも面倒臭くて、誰よりも捻《ね》じ曲がってて、誰よりも病的で……でも、それが私の好きな人！　そんなカナミと喧《けん》嘩《か》するときのために、私はみんなを味方につけておこうと、いま必死なのです！　すっごいすっごい必死なのです！」

おどけながら、ラスティアラは最近の行動の理由を明かしてくれた。

偽りもなければ、回り道もない本音だろう。

先ほどノスフィーと話していたときのように、心をぶつけてきているのが肌で感じられる。なぜか、鏡を見ているような錯覚があった。守護者《ガーディアン》を相手にしているときの僕みたいな表情を前に、こちらの言葉は詰まり続ける。

なんとか言葉を喉から声を絞り出すのが精一杯だった。

「僕とおまえが戦う……？　いつ、どうして……？」

「どうしてかって言われると……、私たちはお互いの気持ちを伝え合ったけど、まだお互いの考え方は納得し合ってないからかな？　カナミは『たった一人の運命の人と幸せ』になりたいけど、私は『みんな一緒に幸せ』になりたい。これは大分違うよ」

ラスティアラは丁寧に説明してくれる。

落ち着く我が家で気心の知れた相手と話すように、その内心を打ち明けてくれている。

だから、僕とラスティアラは根本から考え方が違うと、本気で思っているのが伝わってくる。こちらも偽りや回り道はなく、心を直接ぶつけるしかないと思った。

「正直、おまえの言う『みんな一緒』だなんて、僕は絵空事だと思ってる。いまは大丈夫でも、いつか必ず仲間《みんな》たちの気持ちはバラバラになる。だって、人一人が愛し続けられるのは一人までだ。時間と共に、ちょっとずつみんなの想《おも》いはずれていって、最後は一組だけしか残らない。そう僕は思ってる」

人間はそんなに器用じゃない。特に男女の話となると、想いのずれというのは大きくなるものだ。その僕の現実的な訴えを聞き、ラスティアラは首を振り続ける。

「そんなことないよ。カナミには、もっと私たちのことを信じて欲しい……。ほらっ、もっと仲間との絆を信じないと！　もう本は終盤なんだから、カナミ！」

手に持った書きかけの自伝を突きつけながら、僕を説得しようとする。

「信じてるよ。僕はみんなを信じてる。だから、いま一緒に旅ができて、仲間として同じ敵と戦っていられるんだ。……けど、ラスティアラが言いたいのは、全部の戦いが終わったあとも、ずっと『みんな一緒』ってことだろ？　それは本当に難しいと思うよ」

「難しくなんかない。カナミは物語のお約束を知ってるでしょ？　このカナミとラスティアラの英雄譚《たん》には、可愛《かわい》い女の子が一杯！　なら自然と、終わりはハーレムな感じになるに決まってる！　そういうのがいいって、ずっと私は思ってて、目指してる！」

否定する僕に、頑として引かないラスティアラ。

途中に、かつてリーパーが冗談交じりで提案した一夫多妻《ハーレム》という言葉が交じっていた。この異世界だと珍しくない形だとしても、日本生まれの僕には受け入れがたいと断った価値観だ。

あのとき、僕は何て言っていたっけ……？

確か、人は『たった一人の運命の人』と結ばれるべき……だったか？

いまでも、そう思うし……それだけは僕にとって、絶対だ。

だから、一夫多妻《ハーレム》なんて考えてすらいなかったのだが、なぜかラスティアラは本気で目指してしまっているようだ。

そのおかしな状況に僕は「ははは」と笑って見せて、ラスティアラは口を尖《とが》らせる。

「カナミ、私は冗談で言ってるわけじゃないよ。とても真剣に、愛するみんなの幸せを願って、『みんな一緒』って言ってる」

「うん。いつだって、ラスティアラは本気だ。その本気を僕は応援してる。止めるつもりなんてない。ただ、僕には無理って話なんだ。これぱっかりはラスティアラが言っても、僕には無理だ。ごめん……」

考える間もなく、無理という言葉を繰り返した。ラスティアラの笑顔以外は見たくない僕だが、彼女の顔を曇るのがわかっていても否定し続ける。自分でも不思議だった。

「はぁー。……ほんと不安。そこだけは、やっぱり譲らないんだね」

僕の返答にラスティアラは「むむむ」と唸《うな》り、諦めた様子で大きく息を吐いた。

そして、また突拍子もなく、全く予期していなかった話を投げつけてくる。

「じゃあ、例えばさ。もし、マリアちゃんたちがやり直せるような魔法があったら、カナミってなんだかんだ使っちゃうよね？」

「……え？」

僕とラスティアラの価値観が違うのはわかっていたが、こうも予期せぬ話ばかりになるのは久しぶりだった。出会った頃を思い出すほどに、いま振り回されている。

最近、想いが通じ合ったと喜んだばかりなので、その感覚はより強い。

「マリアちゃんの育った村が消えることなく、一度も奴隷に落ちることもなく、死ぬまで故郷で幸せに生きていけるようになるような……。ディアは使徒じゃなくなって、本当の家族たちと一緒に暮らせて……。スノウは竜人《ドラゴニュート》の里から一度も出なかったことになるような……。そんな『魔法』」

「いや、ラスティアラ……。そんな馬鹿な魔法、あるわけないだろ」

「そこまではできないにしても、カナミは過去をなかったことにする魔法とか、そのうち編み出しちゃうタイプだよ。間違いなく、いまのカナミの魔法って、そういう方向に向かってるって思う。……自分で気づかない？」

ここまで言われると、ラスティアラの考えていることがわかる。

そして、それを強く否定できない。なにせ、つい最近、『不老不死』という人の運命を愚弄するものを許容してしまったところだ。『次元の理《ことわり》を盗むもの』である僕が、いつか人々の過去を弄ぶ魔法に行き着くと思われても仕方ない。

それに、予感もある。

『木の理を盗むもの』アイドを圧倒したあたりから覚えている予感だ。

――あと少しで、僕の力は完成する。

それは他の守護者《ガーディアン》たちと同じように、人生が詠唱となり、普遍的な『代償』となるということ。『次元の理を盗むもの』の本当の、『魔法』が近づいているということ。

いま丁度、物語が終わるという話をした。もしかしたら、異世界の冒険譚の最終章には、そんな反則的な魔法があってもおかしくないかもしれない。

ただ、その魔法を僕が使うことは絶対にないだろう。

「もし、そんな魔法があったとしても、僕は絶対使わないよ。過去をなかったことにするなんて、間違ってる。みんなの記憶を消すとか、最低な真似《まね》だ。都合の悪いことを見なかったことにして、偽りの幸福を得るのだけは、もう二度としたくない」

過去を思い出せなくなるのは、本当に辛《つら》いものだ。経験があるからこそ、その辛さを誰かに強いるなんてできるわけがない。きっと自分で自分が許せなくなる。

「本当に？　本当に、なかったことにするのは間違ってるって思ってる？……なら、いまのノスフィーちゃんの扱いは、ちょっとおかしくない？」

「…………」

ここでノスフィーの名前が出てくる。ずっとラスティアラは、彼女の話を切り出そうとタイミングを見ていたのかもしれない。

「ずっとノスフィーちゃんを避けて、できるだけ話さないようにしてる。カナミは完全に、彼女のことを私たちに任せてるよね？　もしかして、ノスフィーちゃんには自分が関わらないほうがいいって思ってる？」

図星を指される。いまの僕の後ろめたさ全てを、ラスティアラは見透かしていた。

今日ラグネちゃんに諭されたときも思ったが、僕以上に僕のことをわかっている人が多過ぎる。ラスティアラの言う通りであることを素直に認めて、理由を告白する。

「僕がいないほうが、ノスフィーは幸せだ。僕がいないときのノスフィーは、あんなにも普通に笑う。無理して僕を褒めて笑うことも、誰かを煽って笑うことも、泣きそうに笑うこともない。普通の女の子のように笑うって、わかったんだ……。あいつを避ける理由には、十分過ぎる……」

今日、逃げるように一人になろうとしたのは、僕さえいなければノスフィーの問題は上手く回ると思ったからだ。

はっきり言って、僕はノスフィーが好きじゃない。けれど、不幸になって欲しいとまでは憎んでいない。だから、ノスフィーを信頼できる仲間たちに任せようとした。

その僕の判断を聞いて、ラスティアラは困った顔を浮かべながらも、渋々と頷《うなず》く。

「……わかった。カナミがそう考えてるなら、ノスフィーちゃんは私たちで頑張ってみる。せめて、妹ちゃんの問題が終わるまでは、私たちみんなで見てる」

「ありがとう。でも、無理にあいつの『未練』は探らなくていいから……。一緒に笑い合ってくれるだけでいいんだ。それだけで十分だって、僕は思ってる……」

その僕の弱気な後回しに、ラスティアラは肩を竦《すく》める。本当は陽滝《ひたき》とノスフィーの問題を、同時に解決するくらいの気概を見せて欲しいのかもしれない。

「ノスフィーちゃんのことは少し納得したけど、さっきの話も忘れないでね。さっき言った魔法だけは、絶対に使っちゃ駄目。たとえ、その魔法で傷つくのがカナミだけだとして、世界のみんなが幸せになれるとしても……。私たちは絶対に嫌だから」

話の最後に、先の荒唐無稽な魔法について、もう一度念を押してきた。

互いの顔がくっつくほど近づいてきてのお願いだ。

「さっきの魔法……？　それは、もちろん。使わないよ、絶対に」

額がぶつからないように、少しだけ身を引いてから頷いた。

自然と、至近距離で目と目が合う形になる。

その状況から、ラスティアラと初めて出会ったときのことを、ふと思い出した。

あのときも、こんな風に近くで見詰め合っていた。ただ、かつて恐怖したラスティアラの黄金の双眸《そうぼう》に、もう僕が怯《おび》えることはない。見ているだけで、心が削られていくことはない。美し過ぎるという感想は同じでも、もう非現実的とまでは言わない。狂気も感じなければ、可愛らしい女の子の綺麗な瞳にしか見えない。

――そのラスティアラの瞳が、少しだけ震えているような気がした。

毅然《きぜん》と見つめ返すラスティアラから、感情の揺らぎが垣間見《かいまみ》える。

自分のことばかり考えていたが、いまラスティアラのほうは、どんな気持ちで僕の黒い双眸を見ているのだろうか……？

　この世界では珍しい黒目を、少しでも綺麗《きれい》だと思ってくれているのか。それとも、僕がレベル1だったときにラスティアラを畏怖したように、いま彼女は僕を見て畏怖しているのか……？

　思えば、あれから多くの戦いを経て、力関係は逆転してしまった。

　もし僕の力に僅かでも恐怖しているのならば、すぐにでも安心させてあげたい。

「大丈夫、ラスティアラ。そんな都合のいい魔法なんてあるわけない。もしあったとしても、僕は絶対に使わない。約束する。過去を消して、幸せな世界を作るなんて……。まるで、パリンクロンのやつだ」

　一番の敵の名前を出して、あいつの真似だけはしないと誓ってみせた。

　それを聞いたラスティアラは、眉を顰《ひそ》めながら苦笑を浮かべた。

　安心し切れないけれど、こうして約束できたのは嬉《うれ》しいといった表情だ。

「うん、約束。ほんと駄目だからね。まだ私は、カナミにお礼をし切ってないんだから」

　ラスティアラは指きりするかのように、僕の右手を両手で強く握った。

　不意の接触に、心臓が跳ねた。そして、すぐに彼女の言葉の意味を考える。

　お礼というのは、フーズヤーズの大聖堂から連れ出したことだろうか。それならば、ラウラヴィアの『舞闘大会』で十分に返してもらったつもりだ。

　他に何かした覚えはない。けれど、ラスティアラは必死そうに手を握り締め続ける。

最後に優しく笑いかけたあと、その黄金の瞳の視線をバルコニーから見える地下街に広がる『作り物』の星空に移して、感慨深そうに独白していく。

「ちょっと不謹慎かもしれないけど……。私、いまの生活が楽しいんだ……。マリアちゃんと一緒で、ディアと遊んで、スノウと冗談言い合って……。カナミとノスフィーちゃんが面白い面倒ごとを、たくさん持ってきてくれる。大聖堂で夢見てた『冒険』が、ここに確かにある。それが楽しくて楽しくて……、本当は最終章《おわり》なんて迎えたくないくらいに楽しくて……。だから、これからもずっと、このみんなで一緒に過ごしたい」

それは今日最も深く重い、心に響く感想だった。

遠くを見つめて『冒険』を口にするラスティアラを見て、ふと僕も口から零《こぼ》れる。

彼女と同じように、視線を『作り物』の星空に移しながら――

「僕も……。できれば、みんなと……」

しかし、なぜか次に続く言葉が、僕からは出てこない。

あと少しのところで、まるで鍵が掛かっているかのように、次へ進めなかった。

続きを口にできたのは、ラスティアラだけだ。

――そして、再確認する。

これこそ、僕がラスティアラを好きになった一番の理由だろう。

出会ったときから、ずっとだ。迷宮の中だと、僕では行けないところまで彼女は連れ出してくれた。僕一人ではできないことでも、彼女と一緒ならできた。ずっと眩《まぶ》しくて仕方ない。鍵の掛かった領域まで、僕の手を引いて導いてくれる。

――いつか必ず、僕の嫌いな僕を、ラスティアラならば打ち負かしてくれる。

――だから、僕はラスティアラが好き。

その自分の気持ちを見つめ直しながら、僕も空を見続ける。

視線の先で、偽りの星々が輝いていた。魔石や宝石を加工して、それらしく発光させている『作り物』だ。けれど、その星々は『本物』と変わらない意味を持っている。

地下街を生きる人たちは、この天井の光に深く感謝しているはずだ。

地上の星空と同じく、世界を照らすという重要な役割を果たしてくれているのだから。

その作られた夜空を、ラスティアラと一緒に見つめ続けた。

もう言葉を交わすことはなかったが、手だけは繋《つな》がっていた。

恋人らしく並んで、同じ時間を過ごしていく。

どうにか一人になろうとしたけれど、結局はラスティアラと二人。

大聖都での一日目は終わっていった。

◆◆◆◆◆

そして、大聖都到着から二日目。

地下街の屋敷の一室で、僕は目を覚ます。船旅の間では予想もしなかった場所で起床した僕は、すぐに仲間たちと合流するべく食堂に向かう。

今日は予定通りに、レガシィ家の別荘に向かって、シア・レガシィに会う。

そのメンバーをどうしようかとみんなで相談したところ、まずラグネちゃんが「大聖都の案内役は仕事なんで、カナミのお兄さんに付き添うっす」と挙手した。そして、ラスティアラがぐるぐる巻きのノスフィーを膝上に抱きかかえて、「ノスフィーちゃんと一緒にいる！」と留守番を希望する。その居残りにディア、マリア、スノウ、リーパーも続いていく。どうやら、昨日のうちに、今日は屋敷でノスフィー監視会兼歓迎会をすると決めていたらしい。みんな一緒に台所に立って、騒ぎながら遊びながら料理を作っていくという話を聞いて、僕はノスフィーと仲の悪そうな仲間を誘ってみる。

「ライナーはどうする？　シアちゃんとは仲がいいんじゃない？」

一年前、二人は同じパーティーで旅をしていて、とても親しげだった。

その経歴を考えて、同行を勧めてみる。

食堂の隅っこで壁に背中を預けていたライナーは、その提案に迷う。

「確かに、僕がいたほうがシアには話が通りやすいだろうな……。けど、どうだろうな。ここどっちのほうが……」

眉間に皺《しわ》を寄せて、視線を僕とノスフィーの間で彷徨《さまよ》わせる。

その様子から、危険度を真剣に測っているのがよくわかる。

ラスティアラたちのように、漫然と選択肢を選ぶ気はないのだろう。十分に考え込んだあと、ライナーは背中を壁から離して動き出した。

「今日は、ジークについて行こう。見たところ、もうノスフィーのやつは大丈夫そうだ。やばい話は全部、昨日で終わったはずだしな。……たぶんだけど」

ラスティアラに捕まって照れているノスフィーを見て、ライナーは脱走の心配はないと判断したようだ。さらに眠る陽滝にも一瞬だけ目を向けたが、ディアが常に護衛のように付いているのを見て、安心して頷いていた。

留守番組と外出組の戦力比が、昨日とは少しだけ変更される。

ラスティアラに髪の毛を弄《いじ》られているノスフィーが、その変更を誰よりも喜ぶ。

「ふふふっ、行ってらっしゃいませ。今日は気持ち悪いヘルヴィルシャインがいないというだけで、とてもよい一日になりそうです」

「……チッ。こっちも物騒な女から離れることができて、いい一日になりそうだよ」

二人は嫌味を飛ばし合って、別れの挨拶を済ませた。一見仲が悪そうに見えても、息が合っているように感じるのは気のせいだろうか。もしかしたら、いま、この場でノスフィーとまともに向き合えていないのは、僕だけ……。

それを考えると気が滅入《めい》るので、すぐに僕は移動を開始していく。

「それじゃあ、行こうか。『闇の理《ことわり》を盗むもの』の魔石を回収して、すぐに戻ってくると思うから、みんなは屋敷で大人しくしてて」

台所に向かっていく居残り組と別れの挨拶を交わしてから、屋敷の外に出て行く。

昨日と打って変わって、静かな地下街が広がっている。空気がひんやりとしている地下街を通り、地上の大聖都に出て、活気に満ちた街並みに紛れ込んでいく。

――二日目の大聖都だ。

昨日は二人だったが、今日は三人。

朝と思えないほどに人の溢《あふ》れる道すがら、どんな話を二人としたものかと考えていると、ラグネちゃんが隣から僕の顔を覗《のぞ》き込みながら声をかけてくる。

「あのー、カナミのお兄さーん。もしかして、昨日の夜にお嬢と何かあったっす？」

現在位置は、地下街入り口から十分離れた雑踏の中。

屋敷の誰にも聞かれない場所まで移動してからの質問だった。

その気遣いと鋭過ぎる観察眼に感心しながら、頷いて肯定する。

「……よくわかるね」

「ふーむ。やっぱりっすかー」

もしかしたら、昨日の夜のことは大体察しているのかもしれない。

僕が少し焦っているのを見て、ラグネちゃんは指を立てた。人差し指と中指でピースサインを作って、なぜか昨日の話の続きがなされていく。

「では、女心を知るレッスンツーっすね。ライナーもご一緒に」

また街中にて、ラグネちゃん直々のお話が始まる。今日の受講者には、ライナーが追加されているようだ。当然だが、その唐突なレッスンにライナーは抗議を入れる。

「はあ？　なんで、そんなことを……」

「いま、ノスフィーさんがお嬢をどう思っているかわかりますか？　逆パターンもお答えくださいっす」

　真剣な表情と口調で、ラグネちゃんは僕たち二人に聞いた。くだらない冗談かのような出だしで始まったレッスンだが、全てが戯言《たわごと》ではないとライナーは理解したようだ。

　場合によっては、これからの戦いを左右すると思ったようで、彼女と同じように真剣な表情で答えていく。

「たぶんですけど、昨日今日の様子からして、もう殺し合う敵とは見てないでしょうね。でも、恋敵くらいには見ているんじゃないですか？　元カノと今カノなんですから」

「おい、ライナー……!!」

　真剣な顔で最悪な表現をしたライナーに、僕は殺気の混じった魔力を飛ばして非難する。それをライナーは涼しげに受け流して、ラグネちゃんも僕のツッコミはなかったかのようにレッスンを進めていく。

「ぶぶー。普通過ぎる回答っすね。それは違うっすよ。だって、ノスフィーさんもお嬢も、カナミのお兄さんとまともに恋愛するのを諦めてるっすからね。だから、恋敵なんてまともな関係は成立しませんっす」

「ああ、なるほど」

　ライナーは「言われてみればそうだ」といった顔で納得していく。

「待て、ライナー。いまのが、なるほどで納得できるのか……？」

その納得に納得がいかない僕は、ライナーに対する視線が厳しくなるばかりである。この僕の騎士を自称する少年は、僕のことをどう思っているのか。一度本気で話し合う必要がありそうだ。

僕だけ難しい顔をする中、ラグネちゃんは答え合わせを行っていく。

「答えは、ノスフィーさんはお嬢を『妹』のように見ています。逆に、お嬢はノスフィーさんを『姉』のように見ています。だから、あんなに仲良くなりたがってるっす」

その僕とライナーでは絶対に届かない答えに、僕の困惑は増していく。

「い、『妹』と『姉』？　いや、確かに似てなくはないけど……」

どちらも同じ『魔石人間《ジュエルクルス》』ではある。

どちらも人工の理想的女性像を体現している。

ただ、同じ経歴だとしても、本質は違い過ぎる。姿の特徴も違えば、性格の傾向も違う。魔力属性も違えば、戦いのスタイルも違う。ぱっと見たところ共通点はあれど、考えれば考えるほど似ていないことがよくわかる二人だ。

ただ、二人が姉妹のようになりたがっているかという話になると、安易に否定はできない。昨日の夜、そのような節があることを、ラスティアラから感じ取っている。

僕とライナーが驚きながらも否定しないのを見て、さらにラグネちゃんは諭していく。きちんと二人の気持ちを知り、その上で慎重に行動しろと。

「二人は下手な姉妹以上に姉妹をやってると思うっすよ。その上で、カナミのお兄さんは自分のやるべきことを考えてくださいっすねー。ライナーもっす。……余計なお節介かもしれないっすけど、私はお嬢に幸せになって欲しいって思ってるっすからー。一応、ノスフィーさんもー」

ノスフィーを目の敵にしている僕とライナーに、遠まわしな自粛が伝えられる。ラスティアラの幸せのためと言われてしまえば、言い返すことはできない。ただ、僕にできることなんて、二人を陰から見守ることくらいだろう。ノスフィーは僕の前だと、その姉らしいところを失い、ただの厭《いや》らしい性格の敵でしかなくなるのだから。

いままで通り、距離を取るしかない……。他にできることはないはずだ……。

街中を歩きながら、ノスフィーについて悩み続けた。だが、新しい答えは見つかることなく、僕たち一行は目的地に辿《たど》りついてしまう。

「あっ、着いちゃったっすね。この話の続きは、また今度っす」

僕たちの拠点から歩いて数十分といったところに、その別荘はあった。

別荘の大きさは、こちらの拠点の屋敷と比べて小さい。庭はないも同然くらいの広さだ。はっきり言って、そこまでお金はかかっていない。隠れ別荘のような形で所有しているのだろう。確か、レガシィ家はヴァルトの出身で、フーズヤーズとは縁が浅かったはずだ。

正門や庭を見回しても、使用人がいるわけでもない。

普通に玄関を叩《たた》いて、訪問を告げるしかなさそうだ。話をスムーズに進めるためにライナーを先頭にして、庭の門をくぐり、敷地内に入っていく。

そして、別荘の扉にライナーの手が触れかけたとき、軋《きし》んだ音が鳴る。

独りでに扉が動いた。いや、正確には、別荘の中から扉が開けられた。

レガシィ家の別荘から、三人の男女が現れる。

最も目立つのは、真ん中に立つ長身の男。艶やかな金色の髪を肩まで垂らして、側頭部の髪を芸術品の如《ごと》く複雑に編み込んでいる。一度見たら忘れられない美丈夫と言えるだろう。彼の気品に釣られるように、僕は名前を零《こぼ》す。

「エ、エルミラード・シッダルク？　それに、そっちは……」

スノウの婚約者であり、ラウラヴィアのギルド『スプリーム』のマスターでもある男が、なぜかここにいた。続いて僕は、彼の両隣にいる二人の女性にも目を向ける。

一人目は栗色《くりいろ》のポニーテールの長身美女、元『天上の七騎士《セレスティアル・ナイツ》』総長のペルシオナ・クエイガーさんだ。彼女の代名詞といえる真っ黒の全身鎧《フルプレートメイル》ではなく、ラフな私服だが間違えようがない。

最後の一人は、黒髪黒目の少女——とは、少し違う。髪の染め忘れか、黒い髪の根元から真っ白の髪が見えていた。雪を頭に乗せているかのような可愛《かわい》らしい少女の名も、すぐに出てくる。アイドが助けた『魔石人間《ジュエルクルス》』の一人、ノワールちゃんだ。

「ペルシオナさんに、ノワールちゃんも？」

予期せぬ顔ぶれに、僕たちは驚いた。

それは向こうも同じようで、三人共が目を丸くしている。

その中で、最初に我に返ったのはエルミラードだった。

顔を明るくして再会を喜び、握りこぶしを突き出してくる。

「驚いた。まさか、こんなところで会うとは……。カナミ、久しぶりだ」

一年前の『舞闘大会』以来だ。四回戦で殴り合って、決勝戦では色々と手助けしてもらった。あの日の出来事を思い出して、僕は懐かしい友人に挨拶を投げる。その突き出した拳に、僕も拳を当てて応える。

「えっと……。久しぶり、エル」

あえて馴《な》れ馴《な》れしくする。もう彼を「シッダルクさん」と呼ぶべきでないと、僕はわかっていた。『舞闘大会』で全力を出し合ったときから、僕たちの間に敬語は消えている。

いや、冷静にラウラヴィアの生活を思い返せば、最初からわかることだった。このエルミラード・シッダルクという男は、ずっと対等の友人を探していた。貴族の立場を超えて、一緒に物語の英雄を追いかけられるような馬鹿な男を欲しがっていただけ。

僕の低姿勢に対して、張り合いがないと落胆していたのをよく覚えている。

いまこそ、彼の期待に応えるときだ。

「おおっ。……ふっ、あれから少し変わったようだ」

その僕の対応に、エルミラードは口を開いて感嘆の声を出して、すぐに気品ある咳払《せきばら》いで誤魔化した。

「色々あったからね。それに、前に別れるとき、お礼をするって言っただろ？」

『舞闘大会』の決勝戦でエルミラードは、僕の隣にいるラグネちゃんから『アレイス家の宝剣ローウェン』を取り返して、その上で追っ手の足止めまでしてくれた。あの恩は返そうと思っても、なかなか返し切れないものだろう。

「ありがたいな。確かに、いまの君こそが、僕の最も望むお礼だ。……これで気兼ねなく、また君に挑戦できるというものだ」

貴族らしい優雅な微笑《ほほえ》みで、エルミラードは僕に戦意を向けてくる。

そこには隠すことのないリベンジの意志が宿っていた。

「挑戦って、また僕と試合したいってこと？」

「もちろんだ。機会があれば、どうか頼みたい。婚約者奪還のため、我が一族の誇りのため、僕はラウラヴィアの英雄に挑戦する義務があるんだ。ああ、これは僕の義務なのだ」

「まあ、機会があればいいけど……」

「時間ができたらでいい。いい機会があれば、頼む」

いますぐにと無理強いするつもりはないようだ。

一安心しながら、僕はエルミラードに聞いていく。

「それよりも、どうしてエルがここに？」

「理由は君が誰よりも知っているはずだ。ここ最近、ずっと僕は戦の将として駆り出されていたのだが……唐突に休戦が決まってしまい、大きな暇ができてしまったんだ。大聖都にて、待機中ってところだ」

いま『本土』では北と南で戦争が行われている。ただ、僕が南側の総司令代理のスノウを連れ出して、北側からは頭《トップ》のアイドを消しさってしまったため、まともに戦争ができる状態ではなくなってしまった。

一連の騒動の原因が僕であることを、エルミラードは知っているらしい。

「昔から、レガシィ家とシッダルク家は縁が深くてね。この空いた時間を利用して、別荘まで挨拶に来ていたんだ。……隣のクエイガー君も、同じ理由さ」

エルミラードは右手を勢いよく広げて、隣に並ぶ騎士を紹介する。

名前が出たことで、ペルシオナさんは軽く手を上げながら挨拶をしてくれる。

「久しぶりだな、カナミ君。それに、ライナーとラグネも。前線に駆り出された将同士、シッダルク卿《きょう》とは行動を共にすることが多いのだ。今日も、その流れだ」

簡潔にエルミラードの話の補足がされる。

ただ、その説明に僕は……、納得できない。

先ほどから違和感を覚えるのだ。

例えば、このレガシィ家に彼らが訪れている理由に、いま一つ説明がつかない。

どうしても、この出会いは偶然ではないと思ってしまう。けれど、エルミラードたちが親しげに話しかけてくる以上、そこを強引に指摘することができない。

「ああ、それでですか……。でも、そっちのノワールちゃんは？」

「いちゃ悪いのですか？」

　最たる違和感であるノワールちゃんに話しかけたが、仏頂面で返されてしまう。

　思えば、僕は彼女の腹を刺して、さらに右腕の靭帯《じんたい》を断ったことがある。すぐにでも報復で斬りかかられてもおかしくないと気づき、できるだけ優しく語りかける。

「いや、そういうわけじゃないよ。ただ、ルージュちゃんが会いたがっていたのを伝えたくて……。アイドがいなくなって、いまヴィアイシアでは手が足りないんだ。どうか会いに行ってあげて欲しいな……」

「ど、どの口が言うのですか！　どの口がぁあ……!!　アイド先生を消したのは、あなたでしょう!?　それなのに、あなたはぁ!!」

　その通りだ。僕は彼女の恩人を殺しているようなものだ。

　言い繕うのは無理なので、言葉を飾るのを止《や》める。

「うん、僕がアイドを本当の故郷まで送った。でも、君の恩人であるアイドは、あれが一番の終わり方だったと思う。嘘《うそ》でも、君に謝ることはできない」

「この……!!」

　謝ってしまえば、あの城での戦いを侮辱しているようなものだ。

　アイドとティティーの二人とは、最高の戦いの末に、最高の別れを済ました。

　それを僕は伝えたかったが、ノワールちゃんの怒りは増すばかりだ。

　いまにも飛びかかろうとする彼女を、後ろからエルミラードは肩を摑《つか》んで制止する。

「ふむ。どうやら、二人は余り仲がよろしくないようだ。……しかし、いまノワール君は僕の部下のような扱いになっている。カナミといえど、手出しはさせないよ」

エルミラードはノワールちゃんを庇《かば》い、一歩前に出て、厳しい顔で戦意を漲《みなぎ》らせた。

対して、僕は一歩引く。怖気《おじけ》づいたわけではない。エルミラードの戦意が冗談じゃないことに気づいたのだ。いま僕が何かしらのアクションを起こせば、迷いなくエルミラードはここで決闘を始める。その確信ができるほどに、戦意が濃い。

「ははは。カナミ、そう心配しないでいい。この大聖都での用事が終われば、ノワール君はヴィアイシアに送り返すつもりさ。カナミたちに迷惑をかけるようなこともしない。だから、今回の仕事が終わるまでは、どうか大目に見てやって欲しい」

戦意を保ったまま、エルミラードは笑う。違和感は膨らむばかりだった。

……嘘をついているように見える。いや、元々エルミラードは容易に内心を明かすような人間ではない。十中八九、何らかの隠し事はしているだろう。ただ、それが伝わるように、あえてエルミラードは怪しまれるような動きをしているような気がした。

正確には、『いま僕は嘘をついているから、カナミに触れて欲しい』と、誘いをかけられているように感じる。

「……さて。それでは、そろそろ僕たちは失礼させてもらおうか。実は、まだまだ挨拶に回らないといけないところがたくさんあるんだ。貴族嫡男の辛《つら》いところだ。カナミとの決闘は、またの機会にしよう」

僕が慎重に返答を選んでいると、エルミラードは去ろうとし始める。

見送るべきか、悩む。引き止めれば、おそらく彼は嬉々《きき》として――

「シッダルク卿。それでやり過ごせると、本当に思っているんですか？」

去ろうとする三人を、僕ではなくライナーが止めた。

続いて、ラグネちゃんも腰の剣に手を当てながら、きつめの口調で声をかける。

「行かせないっすよ。このタイミングでここにいる時点で、怪し過ぎっす。そもそも、なんでこの寂れた隠れ別荘に、いまレガシィ家の人間が来ているって知ってるんすか？」

二人ともエルミラードたちを怪しみ、逃がしはしないという意思表示をする。

そして、ひっそりとライナーは小声で、僕だけに話す。

「ジーク……。そこの家の中……、一人も動いてない。全員眠らされてる」

僅かな風魔法の発動を、ライナーから感じる。

どうやら、風を操って、別荘内部の人々の呼吸音を調べたようだ。

「ふう……。これは困ったな。ああ、非常に困った」

臨戦態勢の二人を前に、エルミラードは軽く溜《た》め息《いき》をつく。さらに眼球を、わずかにだが揺らして――それをラグネちゃんが、目ざとく咎《とが》める。

「あっ、いま！　目線が右の胸ポケットに向いたっす！……シッダルク卿、すみませんが軽く身体チェックさせてもらってもいいっすか？　私たち、ちょっと探しものでここまで来たんすよ」

ある種の確信を持って、ラグネちゃんは確認を望んだ。

その要望を聞き、エルミラードは唐突に笑い始める。

「ふっ、ふふふっ。くくくっ、はーはっはっは！」

肩を大きく揺らして、天を仰ぎながらの大笑いだ。

その彼らしくない行儀の悪さに、僕たち三人は困惑する。

彼らならば、どう言い詰めようとも、冷静に優雅で上手《うま》い言い訳をすると思っていたのだ。だが、エルミラードは優雅さの欠片《かけら》もなく、笑いながら震えて、観念する。

「ははっ、もう限界のようだ……。まさしく、二人の疑い通りだ！　だが正直、僕も限界だったので丁度いい！　これで、僕はいい機会を得られる……!!」

その言葉を最後に、エルミラードの全身の魔力が膨らむ。

さらに彼は、手を胸ポケットに伸ばすことなく、腰の剣を抜いてしまう。

会話を拒否し、戦闘を選んだのは明白だった。

エルミラードは笑いながら、隣の二人に指示を出す。

「二人共、残念ながら作戦変更だ！　カナミから全力で逃げる！――《ワインド》!!」

エルミラードは剣を真横に振り抜き、膨らんだ魔力全てを風に変換した。

真正面から突風が襲いかかってくる。

僕は目を細めて、両手で顔を守りつつ、彼を呼び止める。

「ま、待て！　エル!!」

困惑は増すばかりだった。これでは後ろめたいことがあると白状したようなものだ。まだいくらでも言い逃れの余地はあったのに、わざわざ剣と魔法を選択したのは、余りにエルミラードらしくなさ過ぎる。

そう思いながら、魔法《ワインド》を両手で払い退《の》け、視界を取り戻す。

もう三人とも、目の前にはいなかった。視界を左右に振ると、屋敷の狭い庭の中を横に走り抜けて、岩垣を乗り越えようとしている背中を見つけた。

その三人の背中を、僕は走って追いかけようとする。

ステータスの『速さ』において、僕を超えるような存在はいない。庭から出る前に追いつける自信があった。だが、エルミラードたちと僕の間の距離が縮まることはなく、屋敷の岩垣を飛び越えられてしまう。

「なっ!?」

追いつけなかったことに驚いたのではない。

距離の縮まらない原因を目にして、僕は声を漏らしてしまった。

追いかけていた三人の後ろ姿が、いつの間にか人型から遠く離れていた。まずノワールちゃんは、背中から蝙蝠《こうもり》に似た黒い羽を生やして滑空している。ペルシオナさんの下半身は馬のようなものに変化して、四足で地を駆けている。

その能力の正体は知っている。以前に見た『魔人化』だ。

ノワールちゃんが変身するのは知っていたが、まさかペルシオナさんまで同じだとは思わなかった。獣人でもないのに、神話に出てくる半人半馬《ケンタウロス》そのものだ。

そして、その彼女の馬となった部分の背に、エルミラードが乗っている。遠目に見たところ、彼も髪と左腕が異形化していた。艶やかな長髪が何倍にも伸びて、服の袖から覗《のぞ》く腕が歪《いびつ》に膨らんでいる。何かしらのモンスターの特徴を得ていそうだ。

つまりは、三人とも『魔人返り』しているということだった。その影響で人外の『速さ』を得ているとわかり、隣を駆けるライナーが慌てた声を出す。

「ジーク！　たぶん、あの三人がシアを襲撃して魔石を奪ってる！　逃がすとまずい！」

「わかってる！　このまま、街道のほうに行くつもりだ！」

屋敷の外に出た魔人三人組は、すぐに大聖都の大通りに向かっていく。

そこには昨日と同じく、止まることなく流れる人波が続いていた。

その人と人の隙間を縫って、変身した三人が通り抜ける。横を高速で通り抜ける異形の者たちに、街の人々は次々と悲鳴をあげていく。この悲鳴という目印がある限り、そうそう見失うことはなさそうだが、距離を縮めるのも難しそうだった。

こういうときに次元魔法《ディフォルト》があれば話は簡単なのだが、いまは大聖都の結界で使用できない。いや、無理に使おうと思えば、使える。だが、そのときは街の『魔石線《ライン》』を破損させて、インフラを崩壊させる可能性が高い。どうにか別の追いつく方法はないかと考えていると、エルミラードたちの逃走ルートに確かな目的地があることに気づく。

「ライナー！　たぶん、城だ！　エルは城に向かってる!!」

いま僕たちは、昨日フーズヤーズ城に行ったときと同じ道を走っている。

それを聞いたライナーは風の魔法を使用して、跳躍する。

「了解！　目的地がわかっているなら、どうとでもなる！　道を先回りするから、このままジークは追い詰めてくれ！――《ワインド・風疾走《スカイランナー》》!!」

道の両側に並ぶ家屋の屋根上に登って、その勢いのまま駆けていった。

障害物を無視して、直線的に城を目指すつもりのようだ。

ノワールちゃんも飛行できるが、馬の形を取っているペルシオナさんと背に乗っている
エルミラードは道なりに進むしかない。先回りは有効だ。

僕は騎士の独断専行を見送ったあと、もう一人の仲間を探して後ろに顔を向ける。

遥《はる》か後方にいるラグネちゃんに向けて、大声で指示を出す。

「ラグネちゃん！　そのまま真っ直《す》ぐ城まで走って！　僕たちは先に行くから!!」

単純にレベルとステータスの足りないラグネちゃんは、かなり遅れてしまっていた。残念ながら今回の追跡では数に数えられないと判断して、彼女を置いていくつもりで街道を本気で駆け出す。

途中、何人もの町民たちとすれ違い、何度も驚きの大声を耳にする。

大聖都の入り組んだ街道で追跡劇を繰り広げる途中、一際賑《にぎ》わうエリアに入っていく。

いくつもの簡易テントが張られ、様々な絨毯《じゅうたん》が石畳の道に敷かれ、商人たちが工芸品や

食品を並べている空間だ。大聖都の外から輸入されたと思われる新鮮な野菜や魚介類の数々から、大聖都の朝市であることがわかる。

より厚くなった人波が、より大きな悲鳴で割れていく。どこかで商品の棚がひっくり返っていないかと冷や冷やするが、驚きの悲鳴以上のものはあがらない。

怒号があがらないのは、逃げる三人が慎重に手段を選んでいるおかげだろう。本当に逃げることだけを考えるのならば、逃げながら市場を荒らして回ればいい。商品を道に散乱させ、人々を混乱に陥らせてしまえば、後方を追いかける僕の足は遅れる。

町民への配慮を忘れていないことから、まだエルミラードたちが冷静であるのは間違いない。だが、冷静であるならば、ああも短慮に逃亡を選択した理由がわからない。

この一連の流れが罠《わな》である可能性がある。

例えば、この人のごった返す市場に伏兵がいる可能性。すぐに僕は、他にどのような罠がありえるかを、頭の中で整理しようとして――前方の背中三つの動きが止まった。

よく目を凝らせば、道の奥で双剣を構えたライナーが立ち塞がっていた。

早くも、先回りを成功させてくれたようだ。僕は止まった三人に追いつき、ライナーと二人で挟撃の形を作る。道の前と後ろを押さえられ、立ち往生するエルミラードは唸《うな》る。

「くっ……！　ライナー君に先回りされたようだ……！」

僕たち五人が足を止めた場所は、市場の中央。

周囲には様々な商品が積み並び、商人や町民が顔を並べて僕たちを見守っている。唐突に現れた魔人と騎士たちに悲鳴をあげて驚きながらも、結局は好奇心に負けて移動していない人が多そうだ。

ここを戦場にすると、一般の人たちに怪我人《けがにん》が出てしまう。

迷宮深部よりも遥かに戦いにくい。そう僕が周囲を気にしていると、ペルシオナさんが背中に乗ったエルミラードに怒鳴りつける。

「シッダルク卿《きょう》、追いつかれるのは当然だ！　この二人から逃げられるわけないだろう!?　いや、それよりも！　先ほど、わざと怪しまれるように話していなかったか!?」

「ははは、まさか。クエイガー君、僕がそんなことするわけないでしょう？　僕は職務に誠実なことで有名です」

「白々しい！　やはり、私が隊長になるように上申すべきだった！　ああ、また仕事が増える!!」

その言葉の端々から、仕方なくペルシオナさんはエルミラードの指示に従っていることがわかる。指揮系統はエルミラードのほうが上。そして、同時に彼が質疑応答で手を抜いていたことも、いま確信に変わる。

そのペルシオナさんとエルミラードの揉《も》め合いを見るライナーの視線は冷たい。

二人の事情など知ったことではないと、剣を向けて高圧的に話しかける。

「冗談はそこまでにしてくれ。……しかし、舐《な》められたもんだ。ヘルヴィルシャインの騎士相手に風の魔法で逃げようとするとはな」

そのライナーの戦意を、エルミラードは好戦的な笑みを浮かべながら受け止めて、ペルシオナさんの背中から降りていく。速さに任せて逃亡するのは止《や》めたようだ。

「ふっ、ハイン・ヘルヴィルシャインの弟か。……いい目だ。どうやら、ここはライナー君とカナミを倒さないと突破できないようだ。残念だが、もう戦わざるを得ない！　ああ、非常に残念なことに、戦わざるを得なくなった!!」

残念と繰り返しながら、ライナーと同じように臨戦態勢に入っていく。その横でペルシオナさんは忌々しげに舌打ちをして、少し取り残され気味のノワールちゃんは強く右手を握り込んで、この争いを歓迎していた。

――不味《まず》い。

このままだと、こんなところで戦闘になってしまう。

そして、戦闘になる理由が、何かおかしい。

まずエルミラードのテンションがおかし過ぎる。もっと彼は淡々としていたはずだ。常に冷静沈着で、仕事に対する責任感が異常に強いイメージだった。

一年経《た》ったことで人が変わったと言われてしまえばそこまでだが、せめて確認だけはしたい。誰かが動き出す前に、急いで僕は叫ぶ。

「待て、ライナー！　それと、エル！　色々とおかしいぞ！　自分でおかしいと思わないか!?　なんというか、そのノリっ、君らしくなさ過ぎる！」

「ああ、そうだな！　もちろん、いま僕は頭がおかしい！　平時なら絶対にこんなことはしない！　色々とおかしいんだ、この状況は！」

「は!?　な、なっ……!?」

あっさりと肯定されてしまい、逆に僕が言葉に詰まる。

いまから戦おうとする敵相手に余りに素直過ぎる。呆気《あっけ》に取られる僕の前で、演出過多の俳優が如《ごと》くエルミラードは全身を使って、その身の潔白を訴えていく。

「しかし、カナミ！　いま我々三人はノスフィーの魔法に掛かってしまっているから仕方ないんだ！　我々が掛けられたのは光魔法の基本の一つ《ライトマインド》！　世界で最も有名な精神干渉の魔法だが、あのノスフィーが使うと、こうも凄《すさ》まじい!!」

そして、原因が屋敷にいる『光の理《ことわり》を盗むもの』ノスフィーであると教えられる。ついでのように、問題となっている魔法名までばらすエルミラードを見て、昨日戦ったファフナーを思い出す。エルミラードもノスフィーの魔法の被害者のようだが、掛けられている魔法の種類は違うようだ。

すぐに頭の中の辞書を捲《めく》って、いまエルミラードが口にした光の基礎魔法《ライトマインド》について思い出していく。

少し前に、全魔石を呑《の》み込んだので詳細はわかる。

使おうと思えば僕も使えるやつで、光を発する《ライト》の次くらいに位置する光魔法だ。とにかく役に立たないという評価がされていた気がする。その効果は『心を綺麗《きれい》にする』という曖昧なもの。少し他人に優しくなれて、嘘《うそ》をつきにくくなり、素直になりやすくなるという効果で、確実性が全くない。

よって、世間での使用例は本当に限られている。

まず迷宮で使われることは一切ない。教会に祈りに来た教徒に、神官が気持ち程度に唱えるくらい。あとは特定の神聖な行事の際に、なんとなく最初に唱えておくくらいなのだが……使用場所が全て街中なので、知名度だけは高めの魔法だ。

その《ライトマインド》に、いまエルミラードたちは侵されているらしい。

僕は彼のステータスを『表示』させて確認を取る。

【ステータス】
名前：エルミラード・シッダルク　HP252/252　MP421/421　クラス：騎士
レベル28
筋力6.54　体力4.56　技量6.66　速さ11.79　賢さ8.92　魔力34.23　素質1.67
先天スキル：属性魔法2.52
後天スキル：魔法戦闘2.50　剣術1.34　先導1.21　鼓舞1.89
状態：浄化4.88

『魔人返り』の影響か、レベルとステータスの値が跳ね上がっている。

そして、状態異常名は『浄化』。その言葉からバッドステータスとは思えないが、4.88

という数値の高さが問題なのだろう。さらに、いままでの経験からして、これに状態異常回復の魔法をかけても、正常と判断されて、解除されない可能性が高そうだ。

心が『浄化』されているらしいエルミラードは、とても楽しそうに話を続けていく。

「カナミ！　いま僕たちは、とても心が『素直』になってる状態らしい！　人外に至っている彼女の強力な魔力のせいか、ほとんど暴走と言っていい『素直』さだ！　これは、もはや白過ぎて、逆に闇の魔法に近いな！　嗚呼《ああ》ぁっ、遺憾だ！　心を弄《いじ》られ、誰かの手の平の上で踊るなど、大貴族の長男として！　とてもとても遺憾だがァ!!」

悔しそうにノスフィーの魔法の脅威を語っていく。だが、その表情を見る限り――

「しかし、流石《さすが》は終身名誉剣聖ローウェン殿と同じ『理を盗むもの』に名を連ねる少女！　この一年、カナミを倒そうと鍛え直した僕でも、どうにも魔法には抗《あらが》えないようだ！　常時発動の『魅了』といい、血への魔力侵食といい、光魔法の錬度といい、本当に彼女は反則的だ！　そう！　僕は反則を使われて、仕方なく君と敵対することになってしまった！　ああ、本当に仕方なく君と戦うんだ！　あはっ、あははははは!!」

「エル、ほんとに抗えない……？　ほんとのほんとに、仕方なく？」

なんか、あえて魔法に身を委ねているような気がする……。

そう思うのも無理はないほどに、一年間鍛えたらしいエルミラードの力は凄まじい。左腕や髪の変化を見たところ、獅子《しし》に似たモンスターの力を得ている。『理を盗むもの』相手でも、そう易々《やすやす》と全ての意思を奪われるとは思えない存在感を手にしている。

ノスフィーを言い訳に使って、これ幸いと自由な時間を満喫しているような……。

そう僕が怪しんだのを見て、わざとらしくエルミラードは顔を歪《ゆが》ませる。

「嘘じゃない！　全ては仕方がないことなんだ！　本当に仕方なく、我が永遠のライバルである英雄カナミに、僕は挑戦せざるを得ない！　勘違いは止めて欲しい！　丁度休暇中で、いい機会だと喜んでなどいないよ！　ははっ、本当っ、これは仕方なく――！　仕方なくなんだよっ!!」

その大興奮の様子を見て、仕方なくやっていると信じられる人間はどれほどいるだろうか。もう確定だ。わざとエルミラードはノスフィーの魔法を受け入れて、わざと僕たちと邂逅《かいこう》して、わざと怪しまれるように動いていた。おそらくは、いま口にした「いい機会」を得るために。

大笑いするエルミラードを置いて、周囲を見回す。彼が特殊な状態異常であるとわかった以上、もっと他にやりようはある。そう考えたとき、ノワールちゃんが一歩前に出て、エルミラードに負けず劣らずのテンションで叫び出す。

「エルミラード!!　この男の相手は私です！　私が先です！　予約していたのですから、順番を守ってください!!」

「くっ、ノワール君か……！　確かに、そういう話があったな……！　もちろん、エルミラード・シッダルクは順番を守る男だ！　ノワール君、存分に一対一で決闘するといい！　どうせ、すぐに負けるだろうから後ろで見ているよ！　僕はその次だ！」

「は、はぁああア!?　このキザ男！　私が負ける前提でぇええ……い、いや、落ち着け。落ち着け、ノワール。今回はあっちの黒いほうのキザ男を殺すことだけに集中すべきです。この復讐《ふくしゅう》のチャンス、絶対にものにしなければ……！」

なぜか、人数差の有利を放棄し始める二人だった。

ラグネちゃんの合流まで時間があるので、いまならば三対二の乱戦ができる。しかし、エルミラードとノワールちゃんは端《はな》からその考えはなかったようだ。

「え、ノワールちゃんが僕とやるの？　それも、一対一？　それは……えっと、たぶん勝てないと思うけど……？」

エルミラードと違い、彼女とは一対一をやったばかりだ。

あの圧勝具合からして、たった数日で内容が変わるとは思えない。『表示』で見たところ、ほとんどレベルとステータスは変わっていない。

その僕の意見に対して、ノワールちゃんは顔を真っ赤にして金切り声を出す。

「カナミィイイ――！　ク、クソがぁっ！　英雄だからって、人を見下すなあぁっ！　そんなに英雄が偉いんですかあああ!?　私は聖人ですよ!?　シス様に選ばれた聖人なんですよぉおお!?」

以前も中々のテンションだったが、より今日は酷《ひど》い。そして、その彼女の魂の咆哮《ほうこう》に、なぜか僕ではなくエルミラードが代わりに答えていく。

「考えるまでもないな！　聖人より英雄のほうが、間違いなく偉い！　ノワール君程度では、カナミの足元にも及ばないだろう！　ははっ、はははははっ！」

「あ、足元にも……？　そんな……、そんなっ!?　私は聖人なのに？　せっかくシス様に聖人と認めてもらったのに！　やっとレヴァン教の伝説に近づいたと思ったのに！　まだノワールは足りないんですか!?」

「ああ、足りない！　僕たちは足りない！　圧倒的に足りない！　まるで足りない!!」

「ぁあ、ぁあああぁぁあ……!!」

敵である僕を置いて、二人は二人だけ勝手に盛り上がっていく。止める間もなく、戦意の炎を互いに助長させては、爆発させていく。僕は絶句するばかりである。

「ノワール君！　挑戦だ！　挑戦をするしかない！　いま目の前にいるカナミに勝てば、もう二度と誰も、君を見て足りないと言わないだろう！　十分過ぎるほどの価値を、その魂は得るだろう！　なにせ、相手はカナミだ！　あの無敵のカナミだ！　だが、畏れることはない！　人は挑戦するために生まれ、戦い、逝くのだから!!」

「エルミラード……！　そうですね。ここは絶望でなく、希望を抱くところ！　勝てばいいのです、勝てば！……ふ、ふんっ。お礼は言いませんよ。そこで指を咥《くわ》えて、私の勝利を見てるといいです。あなたの番は絶対に回ってきません……！」

「応援はしよう！　一時的とはいえ仲間となっている君を、僕は心から応援する！」

嵐のような寸劇が高速で過ぎ去っていく。

その劇のあとに残ったのは、晴れやかに吹っ切れた顔のノワールちゃんだった。

いまにも、人生の全てを懸けた一大決戦に赴くような面持ちである。

僕は困り顔で、敵の残り一人に目を向ける。

「あの……、ペルシオナさん……」

真面目な騎士として名高いペルシオナさんならば、二人を諫《いさ》めてくれると期待した。

だが、返ってきた反応は酷いものだった。

「カナミ君め！　君が関わると、いつもこうだ！　いつもいつもっ、面倒ごとを大量に運んでくれる！　これで、また私の仕事が増えてしまった！　また仕事が……あはっ、うふふっ！　本当に仕事が一杯だ！　もっともっと仕事を頑張らないと!!」

ペルシオナさんは満面の笑みで、その場で足踏みを繰り返した。

ケンタウロスとなった身体《からだ》のせいで、街の石床に軽く亀裂が入る。

これが、この人の『素直』な状態か……。

エルミラードが英雄症候群《ヒーローシンドローム》で、ノワールちゃんが過剰な劣等感《コンプレックス》なら、ペルシオナさんは仕事中毒《ワーカーホリック》あたりだろうか……。

全員が『光の理を盗むもの』ノスフィーの力によって、その身に抱えた悪癖が表に出切っているのがわかる。魔法が解けたとき、恥ずかしさで寝込まないか心配になるほどの興奮っぷりだ。

その感想をライナーも抱いたのだろう。道を塞いで心理的な優位を取っていたはずだが、表情は引き攣《つ》り切っていた。困った様子で、遠くから僕に指示を仰いでくる。

「ジーク！　これ、どうするんだ？　かなりおかしいことになってるが」

「僕が一人ずつ倒していってもいい？　たぶん、負けはしないと思う」

「そこは疑ってないが……。まあ、それでいいか」

　僕たちが一対一の決闘を受けると話した瞬間、誰よりもエルミラードが顔を明るくした。長年の夢が叶《かな》ったかのような表情で、そのよく通る声を市場全体に響かせる。

「みなさん、ご安心を!!　これは騎士の野外訓練みたいなものです！　できれば、少しばかり遠ざかり、興味があれば観戦してやってください！　ここにいるシッダルクとクエイガーの名において、みなさんの安全は保証します！」

　急ぎ、決闘の準備を進めていく。僕たちの気が変わらないうちに、さっさと戦おうという魂胆が透けて見える。

　いつかの『舞闘大会』の名演説と比べると、余りに稚拙で適当だ。そのため、観客たちが盛り上がることはない。いきなり決闘が街中で始まったことで、遠巻きに見ている町民たちは怯《おび》え、一歩引いている。

　こそこそと話す町民たちの会話の中には「最近、お堅い二人が変になったという噂《うわさ》は本当らしいな……」という、エルミラードとペルシオナさんの異常を認める声が含まれていた。美男美女の二人なので、ファンと思われる黄色い声も少し混じっているが、ほとんどが不安の声である。

　そして、はしゃぐエルミラードの隣から、思いつめた表情のノワールちゃんが前に出てくる。ぶつぶつと独り言を繰り返しながら、僕との決闘に赴いていく。

「この大聖都なら、英雄は次元魔法を使えない……！　完全に、私有利の舞台……！　もし、これで負けたら、また悔しさで夜も眠れない!!」

ひ、非常にやりにくい……。

ここで圧勝してしまうと、後日首を括《くく》ってしまいそうなほどの深刻さを感じる。僕がノワールちゃんとは違った意味で表情を硬くしたところで、エルミラードが右腕を天に掲げる。

「さあっ、僕たちには時間がない！　手早く始めよう！　ルールが必要なら、戦いながら二人で適当に決めるといい！　これより、聖人見習いノワールと大英雄アイカワカナミ・ジークフリート・ヴィジター・ヴァルトフーズヤーズ・フォン・ウォーカーの決闘を、開始する!!」

「も、もう!?　早くない!?」

僕が剣を抜いて構える前に、その右腕は勢いよく振り下ろされ、雑に始まってしまう。

エルミラードの宣言と同時に、準備万端だったノワールちゃんは魔法を発動させて、駆け出した。正確には、蝙蝠《こうもり》に似た翼を広げて、地面すれすれのところを滑空《の》する。

「――魔法《グラヴィティ・フィールド》ォオオ!!」

彼女の発動した魔法によって、滝を浴びたかのような重みが全身に圧し掛かった。

以前と変わらず、重力を操る魔法だ。それを僕中心に、結界のように広げたようだ。

一度似たような戦法で負けたというのに、彼女は何の工夫もなく、叫びながら真っ直《す》ぐ向かってくる。

「食らえぇっ、英雄!!　私の全魔力を込めた一撃をぉお!!」

その直線的な攻撃に、僕は困惑する。

「…………っ！」

こ、攻撃が『素直』過ぎる……。

前と同じ爪での攻撃なんて、まともに食らうはずがない。

重力魔法に少し面食らったが、それだけだ。

間違いなく、状態異常の『浄化』はバッドステータスであるとわかったところで、僕は十分にノワールちゃんを引きつけてから、身体を横にずらす。

あっさりとノワールちゃんの爪は空を切り、僕は彼女の背後を取る。

そして、最小限の動きで敵の全力の攻撃をいなしたことで、いくらでも反撃し放題となる。すぐさま両手を伸ばして、後ろから羽交い締めにかかった。ノワールちゃんは、こうも綺麗《きれい》に渾身《こんしん》の一撃を避けられるとは思ってなかったのか、驚きの声をあげる。

「え、えぇっ!?」

「えぇっじゃないよ。動かないで。もう終わり」

彼女の両脇に腕を通して頭部を固定し、勝利宣言と共に降参を促す。

けれど、まだ油断はしない。彼女の諦めの悪さは、前回でよく知っている。

「ぐ、ぐうぅっ！　まだ——」

「勝者の言うことは聞くように」

案の定、さらなる魔力を編んで動こうとしてきたので、羽交い締めの体勢のままで彼女の足を浮かせて——遠慮なく両手で頭部を掴《つか》み、地面に叩《たた》きつける。脳震盪《のうしんとう》で彼女の身体の力が抜けたのを確認してから、腕で締める箇所を首に変えて、気絶を狙う。

かなり手荒だが、このくらいしないとノワールちゃんは止まらない。

頸動脈《けいどうみゃく》が締め付けられたことで、ノワールちゃんの意識が落ちる。あまり嬉《うれ》しいことではないが、意識を断つ力加減が少しずつわかってきた気がする。

すぐに僕はノワールちゃんの身体を優しく地面に横たえさせて、残りの二人に目を向ける。エルミラードとペルシオナさんは冷静に僕の戦いぶりを分析していた。

明らかな捨て駒扱いに、ノワールちゃんが不憫《ふびん》で仕方ない。

「あのノワール君が、たった一合か。流石《さすが》は英雄」

「シッダルク卿《きょう》、本当に彼とやるのか？　いまの神速の一撃に対して、あんな見切りをされてしまっては、正直お手上げだ。あれでもノワールは、世界最高の重力魔法使いであり、速度特化の『魔人返り』だ。それで、いまの結果だぞ？」

「もちろん、やる。いつだって僕は勝つ気でやっている」

ただ、こうもあっさりとノワールちゃんが敗北するのは、驚愕《きょうがく》のことだったらしい。

思えば、彼女のレベルは30に迫っている。『理《ことわり》を盗むもの』たちを除けば、世界で最上位に位置する強さだろう。いつも相性の悪い僕を相手にしているので、その強さがわかり難《にく》くなっているが……。

「カナミ、次は僕だ。シッダルク家の名に懸けて……ではなく、エルミラードという一人の男として、勝負を挑ませて欲しい」

エルミラードは前言を撤回することなく、僕との決闘を望んで前に出てきた。

正面から向かい合うことで、彼の身体の変化をよく見ることができる。髪は腰まで伸びて、目の形がネコ科のものに近づき、唇から覗《のぞ》く白い歯が鋭利に尖《とが》っている。左腕が獅子《しし》の前足のように肥大化して、滑らかな毛並みを纏《まと》っている。

魔力の量も、以前とは雲泥の差だ。守護者《ガーディアン》に一矢報いるだけのものを感じる。その一矢の刺さりようによっては、彼の好む英雄的な逆転もありえるだろう。

僕に観察されながら、エルミラードは自分たちの決闘について条件を足していく。

「そして、僕はこの決闘に『闇の理を盗むもの』の魔石を賭ける……!!」

先ほどラグネちゃんに指摘されたポケットから、魔石のペンダントを取り出して掲げた。驚くことに本物だ。その禍々《まがまが》しい魔力と『表示』から、偽物でないのがわかる。

「え？　こっちとしては、非常に助かるけど……。本当にいいの？」

隠すことなく魔石の所持を認めて、さらに返還の手順まで用意されてしまった。エルミラードが状態異常に陥っているとはいえ、余りに僕にとって都合のいい展開過ぎる。その理由は彼自身の口から、ゆっくりと説明される。

「正直、これを賭けると宣言するのは、一人の人間として恥ずかしい。疑いの通り、これは盗品だ。卑怯《ひきょう》にも、レガシィ家の屋敷にいる全員を眠らせたあと、シア嬢から奪い取ったものだ。――ただ、だからこそ、いまここで賭けたい。賭けさせて欲しい」

「そっか……。ありがとう、エル。そっちがティーダの魔石を賭けるなら、こっちはローウェンの魔石を賭けたほうがいいのかな？」

「待て！　その必要はない！　それは君だけのものだ！　間違ってでも、僕の手に渡るなどあってはならない!!」

こちらも魔石を賭けなければ平等ではないと思ったが、『舞闘大会』の出場者であるエルミラードは『アレイス家の宝剣ローウェン』を手にするのは烏滸《おこ》がましいと思っているようだった。

そして、その反応は、この決闘に勝利できると彼が思っている証明でもある。

僕は気を引き締め直して、ゆっくりと『持ち物』から『アレイス家の宝剣ローウェン』を抜いて構える。それを見て、エルミラードは勝利の報酬を口にする。

「こちらが勝てば、この場の逃走の時間を貰《もら》う。それだけで十分だ」

「わかった。それでいこう」

エルミラードはエルミラードらしく、自身の誇りに懸けて正々堂々と戦おうとしている。

もし僕が敗北すれば、彼を一時見逃すと心に誓い、頷《うなず》き返した。

あとでラグネちゃんが聞いたら「甘い」と言われるだろう。現に、遠くから刺さるライナーの視線が、痛くて仕方ない。けれど、僕とエルミラードの間にある友情が、その決闘を成立させる。

エルミラードも腰から剣を抜き、一年前とは違う独特な構えを取る。

何も持っていない肥大化した左手を盾のように構えて、その陰から鋭い双眸《そうぼう》を覗かせる。

「さあ、決闘を始めよう。いつかのリベンジ戦だ」

「今日は『舞闘大会』のときと違って、万全も万全。悪いけど、今回も僕の勝ちだ」

「いい答えだ。それを覆すのが、こちらは楽しいのだから」

憎まれ口を叩き合いつつ、僕たちは少しずつ歩み寄っていく。

歩きながら周囲の警戒も怠らない。以前に戦った闘技場船よりも、手狭な戦場だ。いま市場には半径十メートルほどの空間がぽっかりと空いている。その円周にあるのは石の壁ではなく、人の壁。剣で戦いやすく、魔法で戦い難い。結界を考えると、次元魔法ではなく『剣術』と『感応』を中心に戦うことになるだろう。

対して、エルミラードは全属性の魔法を自由自在に扱う――はず。

少し自信がないのは、一年前と違い過ぎる姿のせいだ。

手の内がはっきりしない以上、最初は様子見をしようと作戦を決める。

そして、少しずつ距離が縮まっていき、剣が届くには遠いところで、エルミラードは高速で上位の魔法を発動させる。

「――魔法《ウォーターワイヤー》！」

空中の水分を集めて、一秒もかからずに水の形をした長い蛇を生み出す。その水蛇は螺《ら》旋《せん》を描くように宙を泳ぎ、僕に食らいつこうとする。

「知ってる魔法だ。見えて、——ッ!?」

『舞闘大会』のときに見た魔法だったので、悠々と大きく避けようとした。水蛇は避け切り、水滴が服に掠《かす》ることすらなかった——はずが、その水蛇の陰から、複数の氷の矢が飛来してきていた。僕の外套《がいとう》の端を掠り、布を破いた。

避けた氷の矢は観客たちへ当たる前に霧散する。

「エル！　器用なことを、器用な方法でする！」

口にした魔法名とは別の魔法を飛ばして、見事制御し切っている。

言葉にすればそれだけのことだが……おそらく、僕には真似《まね》の難しい魔法運用だ。僕と同じく、言葉に魔法を乗せることを重視するタイプのラスティアラあたりもできないはずだ。これは生まれ持った感性ではなく、反復練習で身につけることで獲得できる技術《スキル》だからだ。『表示』上では同じ『魔法戦闘』でも、ラスティアラとは全く違う『魔法戦闘』というわけだ。『剣術』に様々な流派はあっても、全て『剣術』で一括《ひとくく》りなのと同じ原理だろう。いつも通り今日も、ステータスを見て戦うのは罠《わな》だと再確認したところで、さらなる魔法が発動されていく。

「——魔法《ゼーアワインド》!!」

放たれたのは突風の魔法——ではなく、地面を揺るがす魔法だった。

僕は風を警戒して両腕を上げていたが、相手の狙いは無防備な足元。

「くっ！　それ、ちょっと卑怯じゃないか!?」

「ふっ。ただの小細工だが、ときには有効だ。『舞闘大会』のとき、僕は多数対多数の訓練しかしていなかった！　だが、あれから僕は視野を広げて、一対一の訓練もこなした！　正攻法以外も、探索者たちから習った！　その成果を見せよう!!」

地震で体勢を崩す僕に対して、エルミラードは駆け出す。その『魔人化』の力で地面を蹴り、一瞬で空いていた距離を潰して、新たな魔法を紡ぎながら、剣を振り抜く。

「――《グロース》！《ワインド》！《インパルス》！」

次は、三属性同時の魔法発動だ。

身体能力を上げて、気流を味方につけて、剣に魔法を乗せている。

動きが速い。以前の弱点だった接近戦を、完全に『魔人化』が補っている。しかし、剣による攻撃ならば、たとえ天と地が逆さになっていたとしても僕が遅れを取ることはない。

高速で近づいてくるエルミラードの剣を姿勢を崩しながらも弾《はじ》き、返す刃で腕を斬りつけようとする。

「――っ!!」

エルミラードは一撃が防がれたのを見た瞬間に、ネコ科の獣のように後方へ飛び跳ねることで、僕の反撃をかわした。

未《いま》だ僕の姿勢は崩れままだったが、それでも慎重に追撃を控えてきた。見たところ、エルミラードの『魔人化』は、四足の動物系。僕の世界で言うところの獅子に近いモンスターの血が混じっているのだろう。以前の何倍もの『筋力』と『速さ』を得たことで、いま彼には非常に強い万能感があるはずだ。それでも、その力に振り回されることなく、あくまで主体は中距離の魔法でヒットアンドアウェイに徹している。

「――《ウッドフィッシャー》！　《ライト》！　《ダークアームズ》!!」

　また三連続魔法。今度は、石畳の隙間から木枝が網のように広がり、光の目くらましが煌《きら》めき、生まれた闇が腕の形となって僕の脚を摑もうとする。

　エルミラードが得意な魔法戦だ。火、水、風、地、光、闇、神聖と、息をつく暇もなく、ありとあらゆる属性の魔法が飛んでくる。その攻略法は接近して、逆に向こうの息をつかせる間もなく攻め続けることだが、容易《たやす》くはない。

　以前は固定砲台だった彼だが、今回は移動砲台と化している。しかも、獣のような反応速度だ。以前のように、魔法の雨の中を直進しても、強引な殴り合いには持ち込めないだろう。

　すぐに僕は、短期戦でなく長期戦を選択する。

　もちろん、少し無理をすればいくつか被弾しても剣の間合いに入れる。ただ、間違いなく、エルミラードには奥の手があるはずだ。その性格上、必ず用意してある――というよりも、魔法を使いながら駆け抜ける彼の表情を見れば、明らかだ。

「――ははっ！　どうだ、カナミ！　以前とは少し違うだろう!?　前のように接近を許しはしない！　もう二度と！　ははははは っ!!」

いい笑顔だ。

本当に楽しそうだ。

そして、いまかいまかと僕の接近を待っている。

かつての『舞闘大会』のように、僕が殴りかかるのを期待しているのが丸分かりだ。

いま強引に詰め寄って、接近戦用の奥の手をまともに食らえば、本当に英雄的な逆転を許すかもしれない。

ゆえに僕は、ＭＰ切れを狙う。

接近戦に彼の勝機があるというのなら、そこに飛び込む必要はない。おそらく、この距離で放たれる魔法に当たっても、僕は大きなダメージを負うことはない。その奥の手さえなければ、負ける可能性はゼロという確信がある。

距離を保ち続け、ヒットアンドアウェイに徹する彼を消耗させることに徹する。

それに正直なところ、もう少しだけ、この楽しそうなエルミラードを見ていたいという気持ちもあった。ノスフィーの『素直』にする魔法のせいか、以前のような切迫した様子がない。無垢《むく》な子供のように遊びながら、見たことのない珍しい魔法をたくさん使ってくれる。それも見せ方が、決して単調ではないのだ。工夫を凝らしての連続発動だ。決闘終了まで、飽きることはないだろう。

僕はエルミラードの放つ魔法たちを、よく見て避けつつ、『表示』にも意識を割く。

向こうのＭＰは目減りして、僕のスキル欄にある『魔法戦闘』の数値はぐんぐんと上がっていく。

おそらく、半刻もしない内に勝負はつく。

そう思いながら、大聖都の中央で僕たち二人は剣と魔法で戦い続ける。

以前と同じように観客に見守られながら――

◆◆◆◆◆

――決闘開始から、二十分が経過する。

体内時計で計る限り、丁度千二百秒。

その間、エルミラードが放った魔法は百十二発で、総消費ＭＰは丁度４００。

『表示』を信用すれば、限界まで残りＭＰ21。全ての数字が、僕の予定通りだった。

魔法を放ち続けるエルミラードは大汗を垂らして、肩で息をしている。

「はぁっ、はぁっ……！　くっ――！」

さらに、決闘開始から千二百十二秒の瞬間、彼の残りＭＰ21がＭＰ15に切り替わったのを『表示』で確認する。いま、エルミラードは魔法名を口にしてはいない。しかし、消費ＭＰ６で、この動きならば――

「それはさっき見た!!」

僕は横に跳んで、空気を熱で歪《ゆが》ませることで視認の難しくなった《フレイムアロー》を避ける。続いて、長期戦で動きの鈍くなったエルミラードに向かって走り、接近戦を要求しに行く。

「はぁっ、はぁっ、はぁっ!! 本当に、対応が速い! 普通、わかっていても対応できないものなのだが! これは!!」

二十分前の速さが、もうエルミラードにはなくなっていた。

身体《からだ》のキレも落ちてしまい、僕を振り切ることができない。

結果、僕の剣がエルミラードに届く。

それを彼は素手の右腕で迎撃しようとする。というより、もう右腕しか彼にはないのだ。

この二十分の戦いで剣は折られて、獅子《しし》の左腕も負傷している。

「――《ワインド》!! まだだ! まだやれるぞ、カナミ!!」

エルミラードは右腕を僕の剣に向けて、残った魔力を全てこめて爆発させて、弾く。

ライナーが得意としていた、魔力を暴走させて損耗と引き換えに威力を出す技だ。

とうとう両腕とも、使い物にならなくなってしまう。

「わかってる! エル、まだやろう!」

まだやれる。しかし、終わりは近い。

エルミラード・シッダルクは強かった。

百獣の王の姿に恥じぬ身体能力を見せた上に、魔法は多彩。属性を選《よ》り好《この》みすることなく、どれもが繊細で緻密。百獣ではなく百魔の王と呼んでも差し支えのない大魔法使いっぷりだった。

ただ、その彼の最後の一手が、右腕の腕輪であると僕は看破できてしまっている。

二十分間の分析の結果だ。何度か接近戦に入る振りをして、確認を取った。

僕は決闘を終わらせるために、魔法を発動させる。

微塵《みじん》も体外に漏らすことなく、体内で次元魔法を使うことで、大聖都の結界の影響から逃れる。一時的に魔力の属性を炎に変更して、先ほど見せて貰《もら》った魔法と同じ構築を行っていく。駆けながら、無言で視認の難しい《フレイムアロー》をこっそりと放つ。

さらに地面を強く蹴り、一気に距離を詰めに行く。

ようやく僕が前に出てきたのを見て、エルミラードは少し頬を緩めた。魔力切れ・体力切れに見せかけてのカウンターを叩《たた》き込むつもりだろう。

そして、僕の剣が届く間合いになった瞬間、エルミラードは右腕をかざして、奥の手の腕輪を使おうとして――その前に、破裂する。僕の透明の《フレイムアロー》が、魔法道具として発動する前に直撃したのだ。

「なっ!?　これは、こちらの――!?」

これで奥の手は壊れて、エルミラードの勝機はゼロ。

僕は剣での追撃を行わずに、その場に留《とど》まって降伏を促す。

「いま壊れたのが、エルの頼みの綱だよね。もう終わりでいい？」

「ふふっ、バレバレだったか……。この腕輪、かなり値の張る一品だったのだが、無駄に終わったな。また届かずか……」

エルミラードも足を止めて、その場で答えていく。

もう魔法戦を続ける気はなさそうだ。だが、まだ負けは認めようとしない。

「嫌味に聞こえるかもしれないけど、エルは強かったよ。本当に驚いた」

「驚いただけでは駄目なんだ、カナミ。僕が望むのは君の驚きでなく、君の敗北だ」

称賛ではなく勝利が欲しかったと、とても『素直』に言われてしまう。

しかし、『理《ことわり》を盗むもの』の魔石を賭けた本気の勝負で、僕は負けるわけにはいかない。

だからこそ、僕は彼に一パーセントの勝機も与えなかった。

一秒もかからなかったノワールちゃんと違って、エルミラードは二十分も時間をかけなければ百パーセント勝てると確信できなかったのだ。だから、十分に強いと僕は言いたかったが、これ以上の上から目線の言葉は控えておく。

勝者が敗者にかけられる言葉なんてないと思いつつ、黙って彼の言葉を聞き続ける。

「少しだけ、ノスフィー君の言うことを疑っていた……。『次元の理を盗むもの』カナミには、もう誰も百パーセント勝てないなんて、信じたくなかった。まだエルミラード・シッダルクには、勝機が一パーセントは残っていると……、また対等の決闘ができると……、そう思いたかった。だが、カナミは次元魔法を使えなくとも、剣だけで歴戦も歴戦だな。戦闘中の冷静さが、違い過ぎる。残念だが、いまの僕に勝機は一パーセントすらなかったようだ」

　本当に悔しそうな表情で、今回の決闘を見直していく。

　奥の手を壊されて、敗北を認めているような口ぶりだったが、僕は剣を収めることができなかった。まだエルミラードの戦意が萎えていない。勝てないと認めてはいる。けれど、どんなに僕が遠いところへ行っても追いかけ続けるという強い意志を感じるのだ。

　エルミラードは自省の果て、笑い、右胸のポケットから『闇の理を盗むもの』のペンダントを取り出した。まだ決闘は終わっていないと、一歩前に出ようとする。

「まあいいさ。それならそれで、いまは仕方ない。決闘のリベンジは、また今度だ。そして、ここからはお節介の決闘をさせて貰う。僕らしくでなく、『リヴェルレオ』の魔人らしく……悪いが、この賭けている魔石を少し使わせてもらって――」

「――《ライトブリューナク》!!」

　だが、それは空から落ちてきた光の槍《やり》によって遮られてしまう。高魔力の魔法が、僕とエルミラードの間の石畳に突き刺さり、地震のように市場が揺れた。

　近くにある一際高い家屋の上から、叫び声が響く。

「エルミラアァァド!!　何をやっているのです!?　昨夜の連絡を覚えていますか!?　引きつけておくように頼みましたが、誰も魔石を賭けて戦えとは言っていません!!」

　そこにいま光の槍を投げたであろう少女が、太陽を背にしていた。

　髪を靡《なび》かせた『光の理を盗むもの』ノスフィーが、巨大な狼《おおかみ》の背に乗って現れた。

「なっ!?　ノスフィー……!?」

マリアの『呪布』の切れ端が身体のあちこちについていることから、あの拘束から脱出したことが見て取れる。ただ、それを認めるということはこの数十分の間で屋敷にいるラスティアラ、ディアア、マリア、スノウ、リーパーの五人を相手に、ノスフィーが勝利してきたということになってしまう。

その驚愕《きょうがく》の事実に動揺する僕の目の前で、エルミラードは心の底から嫌そうな顔で片膝を突き、頭上のノスフィーに頭を下げる。

「くっ、早いな。まさか、ここまで早いとは……」

エルミラードに続いて、負けたノワールちゃんを回収して背中に乗せていたペルシオナさんも跪《ひざまず》く。『魔人化』で増えた四本足の内、前足二本だけを曲げて、大声を出す。

「ああっ、ノスフィー様!!　やっと来て下さった!!」

反応から、二人とも完全にノスフィーの支配下であることがわかる。

さらに言えば、いまノスフィーが跨《また》っている狼も同じだろう。『表示』を見たところ、名前はセラ・レイディアントで、状態に『浄化』があるのを確認できた。

セラさんは僕たちより先に大聖都へ向かったと聞いていたが、随分と前からノスフィーの手に落ちていたようだ。ここにいる騎士たちの仮の主《あるじ》となったノスフィーは、屋上から怒りの声を雷のようにエルミラードへ落とす。

「エルミラード、その反応……!　ずっと、このタイミングを狙ってましたね!　まるでランズ・アレイス・ヘルヴィルシャインの三人みたいな真似《まね》をぉ……！　これだから、男の騎士たちは信用なりません！　矜持《きょうじ》ばかり大きく、何の役にも立たない！　ロマンだと嘯《うそぶ》いて、作戦一つ守らない!!　あぁっ、もう!!」

僕の知人たちを手中に収めているはずのノスフィーは、随分と苛立《いらだ》った様子だった。

その叱責に対して、エルミラードは涼しい顔で笑いながら、答えていく。

「ははは、ノスフィー様。それは、とても心外なお話です。エルミラード・シッダルクはいつだって職務に誠実。今回のこれは予定外ゆえに仕方なく、なのです。嫌々決闘に持ち込まれてしまったことを、どうかご理解ください」

「こ、この男はぁ……！　あれだけ楽しそうに戦っておいて、何が仕方なくですか！　どうせ、予定を無視してあなたから持ちかけたのでしょう!?　次があれば、近衛《このえ》騎士は女性だけで揃《そろ》えましょう！　信用できるのは女性騎士のみです！　きっちりと仕事をしてくれますから……!!」

エルミラードとノスフィー。二人は顔を合わせたと同時に、いがみ合う。

その様子を見て、周囲の町民たちの顔色が心なしか明るくなっていく。

なにせ、最近話題になっている聖女様の登場だ。

どよめきが歓喜に変わっていくのがわかる。

事態が急変していく。その状況の中、僕は冷静に一点だけを見ていた。それはノスフィーの首にかかったペンダント。いまエルミラードが手に持っているものとは別種だが、同じ類のアイテムだ。

【首飾り　『白翠《はくすい》の理』】
守護者《ガーディアン》アイド・ティティーの魔力の結晶をあしらった首飾り

スノウに預けていた二人分の魔石が奪われているのを見て、事態の深刻さを確認しつつ、彼女に声をかける。

「ノスフィー、どうやってここに……？」

もはやエルミラードとの決闘よりも、ノスフィーのほうが重大だ。

僕が睨《にら》みつけながら慎重に問いかけたのに対して、彼女は愉快そうに軽く答えていく。

「ふ、ふふっ。どうやってですか？　渦波《かなみ》様、本当にわかりませんか？」

「わかれば、こんな顔をしていない。ラスティアラたちはどうした？」

「そんな顔しないでくださいませ。その顔を見ていると、いますぐ説明したくなります。何もわからない渦波様に、じっくりと説明したくなってしまいます！」

ノスフィーは身を捩《よ》じらせて、僕の焦る様を嬉《うれ》しそうに見る。

すぐにでも僕は、声を荒らげたかった。だが、仲間の状況を少しでも確認するために、辛抱強く彼女の話を聞き続ける。

「全て、渦波様のおかげです。まず元老院から軽く促されただけで、地下街の炎上を解除してくださったこと。昨夜、私の前でティーダの魔石の在《あ》り処《か》を喋《しゃべ》ったこと。極めつけには、今日ライナーを屋敷から連れ出したこと。ふふふ、本当にお優しい渦波様……！」

　自慢するかのように、僕を馬鹿にするかのように、僕が犯したらしき失態を並べていく。

　何気なく僕が行ってきた三つの行動、それがノスフィーにとっては思いもしない幸運だったようだ。

「おかげで、あの屋敷の床下に待機していたグレンが、やりたい放題できました。ありがとうございます、渦波様」

　最後に、いまの状況を作ったと思われる人物の名前が出る。

　それは次に捜そうと思っていたファフナーの『経典』を持つ人物の名前だった。

「屋敷の床下に、グレンさんが……？」

「ええ、いました。実は、ずっと」

　ノスフィーは肯定する。

　ありえない話ではないだろう。

　あの屋敷に訪れたとき、この建物内は安全安心であると誰もが思い込んでいた。なにせ、周囲ではマリアの炎が燃え盛り、虫の一匹すらも入れない状態だったのだ。

　だが、もしもマリアが炎で屋敷を囲む前から、誰かが侵入していたのならば話は別だ。

　それならば、マリアの炎でも気づけない。そして、僕は《ディメンション》を使えない。

　普段、索敵や警戒を僕とマリアに頼っているみんなは、気が緩みに緩んでいただろう。その精神的な隙を突いて、グレンさんは屋敷の中で息を潜めていた？
　なら、今日シアちゃんへの訪問がエルミラードたちと被《かぶ》ったのは、偶々《たまたま》じゃないという
ことになる。僕から『闇の理を盗むもの』の魔石の話が漏れたから、こうも——
「ジーク！　そんなことはどうでもいい！　どうせノスフィーの言うことだ！　どれが本
当かわかりようがない！」
　ライナーが耳元で叫《や》び、僕の思考は止まる。いつの間にか、彼はエルミラードたちの逃
げ道を塞ぐのを止めて、すぐ近くまで来ていた。
　僕と同じようにノスフィーだけを敵と認識して、厳しい表情で睨みつけている。
　そのライナーに向かって、ノスフィーは心底嫌気の差した顔で答える。
「相変わらず、ライナーは釣れませんね」
「当たり前だ。目の前に敵の大将がいるんだから、話は簡単だ。その大将を倒して、それ
で終わり。……ノスフィー、よく僕たちの目の前に顔を出せたな。やっと拘束から抜け出
せて、気を抜いてるのか？　悪いが、もう僕は容赦——しないっ!!」
　ライナーは言い切る前に跳躍していた。
　話すのではなく戦うのが、一番のノスフィー対策になると思っているのだろう。風を両
足に纏《まと》わせて、今日一番のスピードで、敵のいる屋根上に真っ直《す》ぐ向かう。
　しかし、その跳躍の途中、市場の町民たちの中から短剣が飛来する。
　ライナーの喉元に二つ、正確な狙いだった。

「――っ！」

短剣をライナーは空中で身を捩《よじ》って、かわすことに成功する。ただ、無理な回避行動を取ったために跳躍の飛距離が足りず、屋根上に上ることができなかった。

ノスフィーが立っている家屋の窓の縁に手をかけて、壁に張り付きながらライナーは短剣の飛んできた方向を見る。

「ウォーカー家の元『最強』……！　やっぱりいたか!!」

観戦する町民の群れの一角。その最後方にて、大きめの外套《がいとう》に身を包んだ男がいた。フードで目元を隠しているのでわかりにくいが、僕の『表示』の確認は可能だ。

【ステータス】
名前：グレン・ウォーカー　HP234/352　MP34/156　クラス：スカウト
レベル：29
筋力7.74　体力8.90　技量17.78　速さ19.79　賢さ10.23　魔力10.22　素質2.19
先天スキル：幸運1.03　悪運3.55
後天スキル：地魔法1.78　武器戦闘1.56　探索2.25
　　　　　　隠れ身3.12　薬師2.22　盗み2.25
状態：浄化4.76

僕の視線に気づいたのか、短剣を投げた男は観念した様子でフードを取る。

そこには僕の知っている気弱そうだけれど優しそうな顔があった。

姿を現したグレンさんは、何よりもまず頭上のノスフィーに叫ぶ。

「ノスフィー様！　ライナー君の言う通り、気を抜き過ぎです！　何をネタばらししているんですか!?　まだカナミ君たちは、僕の存在が頭の外だったのに！　これでは奇襲できません！　あなたが言ったことでしょう!?　カナミ君を攻撃するには意識の外からだと!!」

まだ僕は少しだけ、グレンさんが敵でないことを期待していた。しかし、この叫びで、かつて僕を義弟と呼んで助けてくれた人が敵になっていることを理解する。

動揺する僕だったが、屋根上のノスフィーはそれ以上に動揺した様子を見せる。

「え……？　わたくしが、ばらした……？　あ、あぁ、確かにそうです。どうして、いまわたくしは『素直』に話をして……。どうして、いまさら……――」

ノスフィーは額に片手を押し当てて、少し顔を俯《うつむ》けた。グレンさんの一声で、先ほどまでの得意顔が完全に消え失《う》せてしまっていた。

それを確認したグレンさんは、忌々しげに唸《うな》る。

「これは……！　先ほどの戦闘のツケが、いま回ってきているのか!?」

ノスフィーの様子がおかしい。

レガシィ家を訪れてからの急展開に混乱している僕だが、ノスフィー側も同じくらい混乱しているのかもしれない。

よく見れば、ノスフィーもグレンさんも無傷というわけではない。服の裾が焦げて、いくつかの擦り傷が見える。屋敷を脱出する際に、手痛い反撃に遭ったのだろう。

こちらも敵も混乱しているのならば、条件はイーブンだ。

操られているエルミラードたちと戦っても無駄なのはわかっている。

ゲームの定番としても、ここは術者《ボス》を叩《たた》くのが正道。

そう判断して動こうとした僕を見て、ノスフィーは慌てて懐から本を取り出して叫ぶ。

「そ、そうはさせません！　主ノスフィー・フーズヤーズの名において、命ずる！　騎士ファフナー・ヘルヴィルシャインよ！　その魔法を解除せよ!!」

叫ばれた名前は、フーズヤーズ城にいるはずの『血の理《ことわり》を盗むもの』ファフナー。

その名前から、いまノスフィーが取り出した本が例の『経典』であると確信する。説明された通り、革の表紙の古い本だ。

その『経典』が魔法発動の鍵《キー》となっていたのだろう。

市場の人ごみの中、グレンさんがいた場所とは逆方向から見知った声が聞こえてくる。

「う、うえぇっ!?」

視線を向けると、頬に両手を当てるラグネちゃんがいた。

僕たちに追いつくのが遅いと思ったら、状況を見て民衆の中に潜んで様子を見ていたようだ。もしかしたら、僕がエルミラードとの決闘で負けそうになったら割って入るつもりだったのかもしれない。彼女は、そういう子だ。

そのラグネちゃんが慌てた様子で民衆を掻《か》き分けて、僕のほうに駆け寄ってくる。

「カナミのお兄さん！　やばいっす！　ファフナーさんが塞いでくれていた傷が！」

頬に当てた両手の隙間から、血が溢《あふ》れ出していた。ノスフィーの口にした「魔法を解除せよ」とは、ファフナーがラグネちゃんに施した止血のことだったようだ。

僕はノスフィーに向かう足を止めて、ラグネちゃんに近づく。『持ち物』から厚手の清潔な布を取り出して、頭部に巻きつけ、圧迫止血を行う。確か、人間は血液の半分ほどを失うと、あっさり失血死するはずだ。その元の世界でのあやふやな知識を元に、少しでも体外に出る血の量を減らす。

その僕たちの様子を見て、ノスフィーは呟《つぶや》く。

「ふふ……。やはり、ラグネさんも隠れて奇襲を狙ってましたね。わたくし、どんな相手でも油断だけはしませんよ」

いまの魔法解除は、ラグネちゃんを炙《あぶ》り出す目的もあったようだ。

「ノスフィー！　おまえ、なんてことを!!」

「渦波様。その出血を止められるのは、ファフナーかわたくしだけでしょう。しかし、もう二度とファフナーには止血させません。わたくしがさせません。ここからはわたくしが彼の『経典』を常に所持して、彼の魔法を咎《とが》めます」

ノスフィーは『経典』を掲げ、ラグネちゃんの止血をする気がないことを表明した。

「ノスフィー、傷を負ってるのが僕ならいい!!　けど、ラグネちゃんだぞ!?　関係のない彼女相手に、そこまでする必要はないだろ!?」

「それは……、強過ぎる渦波様が悪いのです。もはや、あなた様を倒せる存在は、この世にいません。それほどまでに『次元の理を盗むもの』の力は強過ぎます。ゆえに、脆弱《ぜいじゃく》なわたくしはあなた様の知人の命を人質に取り、あなた様の知人たちを操ることで、あなた様と戦いましょう」

　堂々と卑怯《ひきょう》な手に終始すると宣言されてしまい、この場で説き伏せるのは不可能と判断する。すぐに僕はノスフィーを頼るのを止めて、回復魔法をラグネちゃんにかけつつ止血の方法を探る。

「――魔法《キュアフール》！　ラグネちゃんも自分で回復魔法を使ってみて……！」

「うぃ、うぃっす！――《キュアフール》！」

　しかし、この世界の万能な回復魔法でも、傷が塞がる様子は一切ない。

　何重にも巻いた布から血が滴るのを見て、僕は歯噛《はが》みする。

「渦波様、ラグネさんの傷が治らないことを確認したら、わたくしのところまでお願いしにいらっしゃるとよろしいでしょう。どうか治してくださいと渦波様が頭を下げる姿を、わたくしはとても楽しみにしています」

「頭ぐらいならいくらでも下げる！　でも、どうせおまえは――！」

「ええ。もちろん、それだけでは治してあげません。流石《さすが》は渦波様、わたくしの考えることは全てお見通しなのですね」
顔を歪《ゆが》ませて答える僕を見て、ノスフィーは心底嬉しそうだった。
この僕の顔を見るために生きているかのような表情に、彼女の『未練』の正体が少しだけ見えてくる。
けれど、いまはノスフィーよりもラグネちゃんの止血だ。
ノスフィーが無償で治してくれないのはわかっている。必ず、何か条件を出してくるは
ずだ。さらに僕を苦しめるための条件を何か――
「いいえ、条件なんて考えていませんよ？　いまわたくしが考えているのは、必死に治療
をお願いする渦波《かなみ》様の前で、笑いながら「考慮する」とか「善処する」とか、適当に繰り
返し続けること。それのみです。ふふっ。ああ、想像するだけでとても心が躍ります。必
死にわたくしに懇願するけれど、決して届かぬ想《おも》い。そして、自分が原因で友人の血が流
れ続けて、弱り、死にいく様を見届ける渦波様……。ふふっ、ふふふふふ――！」
「おまえぇ!!」
嫌がらせのためだけに治療しないと言われて、頭に血が上っていくのが止まらない。
屋根上で好き放題に話すノスフィー相手に、僕は我慢の限界が近かった。
「ふふっ、他の守護者《ガーディアン》たちにしたように、言うことを聞くまでわたくしを弱らせますか!?
それとも、別の方法を探しますか!?　お好きなものを選んでくださいませ！　当然、わた
くしも好きにいたしますので!!」

我慢の限界だったのは家屋の壁に張り付いていたライナーも一緒のようで、怒る僕に向かって叫ぶ。

「ジーク！　いいから『経典』を奪ったほうがいい！　それが一番先だ!!」

目に見える解決策がある。いまノスフィーが手に持っている『経典』だ。

僕は優先順位を繰り上げて、『経典』奪還に集中しようとする。

「ああっ！　結局は『経典』を取り返せばいいんだ。やることは何も変わら――」

「本当に一番優先すべきはファフナーの『経典』でしょうか？　渦波様、いいのですか？

あちらの様子は見なくても……？」

その集中を、ノスフィーは乱してくる。

まだ用意した手札はあると、わざとらしく視線を逸《そ》らしていく。

彼女の視線の先に見えるのは――空まで立ち昇る火柱。

大聖都の街中、家屋の高さを優に越える巨大な炎だった。まるで塔のように天まで伸びて、僕たちのいる市場からでも、はっきり視認できた。

「ひ、火柱だって……？　街中に!?　もしかして……」

あれだけの炎となると自然現象はありえない。

魔法による炎なのは明らかだ。その魔法の炎が、丁度僕たちのやってきた方角から立ち昇っている。自然と一つの答えに行き着いてしまう。地下から天まで届く炎の使い手なんて、一人しか心当たりがない。

「ええっ！　渦波様の想像通りです！　あの地下街で、いま！　みなさんが争っています！　あれは、その余波ですねぇ、余波。余波だけで、あれなのです。ふふっ、本当にみなさんはお強い。……ああ、そう言えば、去り際に見ただけですがラスティアラさんは死にかけていましたね。あのままだと、そろそろラスティアラさんがみなさんに殺されている頃かもしれません」

その炎に曝《さら》されているのはラスティアラであると、ノスフィーは言う。

「おまえ……!!　エルたちに使った魔法で、みんなを操ったのか!?」

「それは違います。《ライトマインド》は基本的に、レベルの近い相手には通じません。さらに正直に白状しますと、心の強い彼女たちには『魅了』の類も一切効きませんでした。そもそも、魔法で『素直』にできたとしても、優し過ぎる彼女たちでは争いまで発展してくれないでしょう。心の底に激しい一物はあれど、彼女たちは根っからのいい子たちですから……。ええ、渦波様が言うような「操る」なんて、そうそうできはしません……。わたくしには、到底できません」

ノスフィーは自らの力が及ばないことを認めて、わざとらしく残念そうに歯噛みする。

しかし、すぐに一文字に結んだ口元を緩めて、自慢するように話を続ける。

「しかし、幸運なことに、あの場にはわたくし以上の仲違《なかたが》いの専門家がいたのです！　わたくしはその専門家に『話し合い』で魔法を借りました！　わたくしがしたのは、それだけ！　ふふふっ、渦波様ぁ……!!　底のドロドロとした感情に火を点《つ》ける。そんな魔法に心当たりはありませんかぁ？」

心当たりはある。

かつてマリアと戦ったときの状況を思い出す。正確には、焼け落ちる家の前でマリアを抱き締める『火の理を盗むもの』アルティの台詞《せりふ》だ。あのとき、アルティはマリアを唆して、正直にしたたと言っていた。ノスフィーの使う魔法とよく似ている。

「マリアじゃなくて、ちゃんとマリアさんは彼女の魔法を借りたのか……？」

「はい。ちゃんとマリアさんは、アルティの魔法を受け継ぎ、血に刻んでいました」

あの惨劇を生んだ魔法を繰り返したと、あっさり告げられる。

その軽率な行動に、とうとう僕は怒りのままに叫んでしまう。

「どうして、あれを……!!　マリアから聞かなかったのか!?　アルティの魔法でマリアと僕は死にかけたんだぞ!?」

「もちろん、知っています」

「知ってるなら、どうして!?　あんなにラスティアラたちとは仲がよさそうだったじゃないか！　僕がいないところで、みんなと笑っていたのに――!!」

「みんなと笑っていた……？　わたくしが……？　は、ははっ、そういうの……止《や》めてくださいませんか？　どうか、勘違いだけはしないでください！　わたくしはラスティアラさんたちよりも渦波様が好きなんです！　わたくしは！　渦波様が！　大好きなんです!!」

僕の激昂《げきこう》を塗りつぶすほどの叫びが返ってくる。

ノスフィーは口を挟む間もなく、息をつく間もなく、言葉を投げつけ続ける。

「ラスティアラさんと仲が良かった⁉　いいえ、わたくしはラスティアラさんが嫌いです！　ラスティアラさんの声が、あの人を思い出させる！　『みんな一緒』がいい⁉　仲良く暮らしたい⁉　ははっ、あははははっ‼　ば、か、み、た、い‼　馬鹿みたいですよねぇ⁉　そんなのできるわけがないでしょう⁉　都合のいい妄想過ぎません⁉　ねえっ、渦波様もそう思いませんか⁉」

「…………っ！」

その凄《すさ》まじい勢いは、逆に僕が冷静になってしまうほどだった。

落ち着いてノスフィーの顔を見る。いま彼女が演技をしているようには見えない。どの言葉がノスフィーの逆鱗《げきりん》に触れたのかはわからないが、彼女の腹の底にあったものが破裂しているように感じる。

「マリアさんも、ディアさんも、スノウさんも、みんな！　渦波様を盗《と》ったラスティアラさんが嫌いに決まってます！　本当は殺したいほどムカついてるに決まっているじゃないですか！　当たり前でしょう⁉　そうに決まってます！　そうじゃないと、おかしい‼

そのおかしさを、わたくしは魔法で正してやっただけです‼」

ノスフィーは興奮で顔を真っ赤にして、限界まで歪ませていた。

息苦しくて、吐きそうで、泣きそうで……。でも、同時に心から清々《すがすが》しそうな表情。

感情を吐き出しつくしたノスフィーは、乱れた呼吸を整えながら笑う。

いつも通り、僕用の歪《いびつ》な笑顔で。

「はぁっ、はぁっ、はぁっ……、ははは。そんな目で、わたくしを見つめないでください……。嬉《うれ》しくて涙が出てしまいます。嬉しくて嬉しくて、本当に涙が……。涙が、止まらなく……。ふふ、ふふふっ……」

とうとうノスフィーは目尻から涙を零《こぼ》した。その不安定過ぎる様は、先ほどのエルミラードたち――いや、昨日会ったファフナーそのものだ。

いま、ノスフィーはどこかおかしくなっている。先ほど口にしていた計画とやらが上手《うま》くいかず、イレギュラーな事態に陥っているのだと思った。

「ふふふっ。渦波様、お慕いしております。愛しているからこそ、わたくしはあなた様に意地悪したいんです。どうにか、苛《いじ》めたいのです。だって、いま、あなた様の敵意と殺意を纏《まと》めてもらえるだけで、わたくしは胸がドキドキして止まらない。目と目が合って、お話ができる。それだけで、内容はどうあれ、身体《からだ》が歓《よろこ》びで震えている」

ノスフィーは胸を両手で押さえて、涙と笑みを顔に張り付けて、愛の告白を投げる。

少し前にラスティアラと僕が交わした『告白』と比べると、余りに暗く、痛々しい。

「いま渦波様と話しているだけで、胸が高鳴って高鳴って、本当に豊かな気持ちです。正直、独り占めできて、嬉しくて堪《たま》りません。……ええ、無視されるより、何倍も嬉しいのです！　まともにいい子になって、はいはいと何でも言うことを聞いて、都合のいい女をやって、あなた様に尽くして尽くして尽くして、それでも見てすらもらえなかったときと比べると！　何倍もっ、嬉しい!!　ふふっ！　だから、わたくしはもうっ、こうするしかない！　こうやって意地悪しちゃうのも何もかも、全て渦波様のせい!!　全部全部全部っ、全部渦波様のせい!!　渦波様のせいなのです!!　ふふっ、あはっははははは、あはハハハハ！　あはっ、ははははは……──」

どれだけノスフィーの胸の内に不満が溜《た》まっていたのかを、いま本当の意味で知っていく。

彼女は僕が好きであると同時に、強く恨んでいる。

その嵩《かさ》の高さを知る。

愛の告白の終わり際、ノスフィーは少しずつ笑い声を萎《しぼ》ませていった。徐々に視線を下に落としていき、僕への返答から自問自答に変わっていく。

「は、ははははは……。どうして、渦波様はわたくしを見てくれないのでしょうか……？どうして、どうしてどうしてどうして……？　どうして、わたくしは、あの部屋に一人……？」

次第に目の焦点が合わなくなり、同じ言葉を繰り返すだけになっていく。

そのノスフィーを前に、動くべきかどうか僕は迷う。

正直、ノスフィーが弱っているのか、爆発寸前なのかわからない。あの好戦的なライナーさえも、いまの彼女を見て動けないでいた。

最初に動いたのは、階下の民衆に紛れていたグレンさんだった。

一跳びで屋根上に移動して、その外套《がいとう》を脱ぎ捨て、エルミラードたちと同じく『魔人化』した姿を見せる。遠目に視《み》たところ、大きな変化はない。両目が昆虫独特のものに変わり、手首の付け根から針のようなものが飛び出しているくらいだった。

「ノスフィー様！　失礼します!!」

グレンさんは狂乱気味のノスフィーに近づき、膝を突いて、その針を彼女の腕に刺す。すると彼女の身体の震えと笑い声が少しずつ収まっていく。まるで注射器で鎮静剤を打ったかのような効果だ。

揺れていた視線を定めて、ノスフィーはグレンに顔を向けて礼を言う。

「はぁっ、はぁっ、はぁっ……。助かりました、グレン。無駄に『魔人化』させてしまいましたね……。思っていたよりも、詠唱の『代償』がきついのかもしれません。もっと心を強く持たないと、ロードと同じになりそうです……」

「お礼よりも先に、息を整えてください。僕の毒でも、いまのノスフィー様を抑えるのは難しいんですから」

二人の発言から、グレンさんが何かしらの毒を持つモンスター混じりであることがわかる。その毒を薬として使用して、ノスフィーの精神を落ち着かせたのだろう。複数の種類の毒を自由に扱える虫形の可能性が高い。

主《あるじ》を落ち着かせたグレンさんは立ち上がり、僕に黄一色の異質な眼球を向ける。

そして、ノスフィーの代わりに、グレンさんが僕たちと話を続ける。

「カナミ君、いまのが彼女の『素直』な本音だよ。ノスフィー様はラスティアラちゃんたちとの戦いで、光の詠唱を使い過ぎてしまい、その『代償』として僕たち騎士以上に『素直』になってるんだ」

いまのが、ノスフィーの『素直』な状態……？

その話を信じていいものかと顔を顰《しか》めると、彼は優しげな顔で説明を始める。

「光の詠唱は唱えれば唱えるほど、心が洗われる。人を救わば、自分もろとも……人々を魔法で『素直』にしていけば、同時に使用者も『素直』になるって仕組みだ。つまり、光魔法を使うことは世界から心の壁を消して、他人を疑うことのない人間ばかりで溢《あふ》れ返らせるということになるね」

「グレン、待ちなさい……。何を勝手に、話を……！」

その説明は主であるノスフィーにとって予定外だったのだろう。自分の手の内を勝手に曝け出す騎士を、ふらつきながらも彼女は睨《にら》み、止めようとする。

しかし、グレンさんは止まらない。僕とノスフィーに対して、ずっと優しげな顔を見せ続けながら、この場を収めようとする。

「よし。これくらいで、いいか。それじゃあレイディアントさん、そろそろ逃げましょう。思った以上にノスフィー様の『代償』が重症で、もうこちらの陣営は隠し事ができません。時間が経《た》てば経つほど、ノスフィー様自身の口から作戦内容が漏れちゃいます。……少し早いですが、作戦開始です」

項垂《うなだ》れるノスフィーを背負う巨大狼《おおかみ》――セラさんの肩にグレンさんは手を置き、ここから動くように頼む。その主を主と思わぬ無視っぷりに、ノスフィーは声を大きくする。

「だから、何を勝手に！　主は、わたくしですよ!?」

「ノスフィー様、大丈夫です。予定では、ラグネさんでなくカナミ君かラスティアラちゃんが流血しているはずでしたが。カナミ君の性格ならば、そう変わらないでしょう？　いや、それどころか、よりいいかもしれません。そう思いませんか？」

ようやく、グレンさんはノスフィーに返事をする。

ふわりと包み込むかのような優しい口調だった。エルミラードと違って、興奮する主を落ち着かせようとする意志が、確かに感じられる。

ノスフィーは自分が心から心配されていることに気づいたのだろう。

ゆっくりと深呼吸をして、静かに答えていく。

「……そうですね。あなたの言う通り、結果は変わりません。自分より他人が大切な渦波《かなみ》様です。とてもお優しい渦波様なら、そこの少女のために、きっと来てくれます」

ノスフィーは目を大聖都中央のフーズヤーズ城に向けた。

無防備な背中を見せて、このまま去ろうとする意志を見せる。

その背中に襲いかかろうと思えば、襲いかかれる。だが、視界の端で立ち昇る火柱を無視《せ》することもできない。足踏みし続ける僕に業を煮やしたのか、隣のラグネちゃんが選択を急かしてくる。

「カナミのお兄さん!!　結局どうするっすか!?　私はお兄さんに合わせるっす！　一人じゃどうせ誰にも勝てませんし!!」

ラグネちゃんはいますぐにでもノスフィーに詰め寄って、頬の出血の治療を頼みたいだろう。だが、それが容易でないのは先ほどのノスフィーの発言でわかり切っている。

『理《ことわり》を盗むもの』に力で無理やり言うことを聞かせるのは難しい。何より、戦いの場が向こうに有利過ぎる。いまや、大聖都はノスフィーの支配下にある。

これだけ下種《げす》な言動をノスフィーが上から振り撒《ま》いているというのに、市場に集まっている人々は聖女に見惚《みと》れ続けている。全員が『魅了』されているのがよくわかる光景だ。おそらく、この先で待っているフーズヤーズ城も同じ状態のはずだ。

様々な要因によって動けずにいる僕を見て、グレンさんは追いかける意志はないと判断したようだ。余裕を持って、長めの別れの挨拶を切り出してくる。

「カナミ君、最後に一つ聞いて欲しい。いま、ノスフィー様はありもしない勇気を振り絞って、全ての決着をつけようとしている。どうか、カナミ君にも勇気ある選択を頼みたい。君もノスフィー様と同じく、詠唱で心がボロボロなのは、ファフナーから聞いてるよ。末期の『理を盗むもの』たちは、自分で自分のやっていることすら、まともに認識できていないらしいね。……それでも、僕たちは君ならばできると信じている」

グレンさんは敵に回りながらも、僕を応援しているのが声からわかった。

ただ、その内容が少しだけ受け入れ難かった。

僕の心が、詠唱でボロボロ……？

自分で自分のやっていることが認識できていない……？

当たり前だが、そんな症状に困っている覚えはない。

「フーズヤーズ城にて、カナミ君たちを待ち受けるよ。必ず来て欲しい。我が主は、君の苦しむ姿を所望してるからね。……それじゃあ、またっ！」

その言葉を最後に、グレンさんとノスフィーを乗せたセラさんは屋根上を駆け出す。最後までノスフィーは後ろ髪を引かれるような顔で僕を見ていたが、何も言わずに去っていった。続いて、地上の魔人三人組も市場から出ようとする。

ノワールちゃんを回収して背に乗せたペルシオナさんが、エルミラードを叱咤《しった》する。

「我らも行くぞ、シッダルク卿《きょう》！」

「これ以上は我儘《わがまま》が過ぎるか……。仕方ない、また会おう！　カナミ!!」

エルミラードたちも僕たちから離れて、逃げ出していく。

去っていく敵たちの背中を見つつ、僕は隣のラグネちゃんを見る。

正確には、彼女の頬の傷の状態を確認する。

その僕の考えを察したのか、彼女は聞かれる前に傷の具合について答えてくれる。

「たぶん、結構持つと思うっす。傷は塞がらないっすけど、《キュアフール》をかけ続けることで、貧血対策になってるっぽいっす。だから、お嬢たちを優先していいっすよ」

「ごめん、ラグネちゃん。僕は先に、地下の屋敷に戻りたい。……ラスティアラを失うことだけは、絶対に見過ごせない」

見たところ、すぐにラグネちゃんが死ぬことはない。血を止めることはできなくとも、まだ時間はある。だが、屋敷のほうは違うだろう。地上まで届くほどの炎となれば、死傷者が出るレベルだ。後回しにできる余裕がない。その判断はライナーも同じだったようで、張り付いた壁から降りてきて、こちらに合流してくる。

「ジークに賛成だ。騎士であるラグネさんよりも、ラスティアラの安全は優先される。それにジークと二人だけで、五人の魔人と二人の『理を盗むもの』を相手にするのは現実的じゃない。いま城に行けば、間違いなく罠《わな》もあるだろうしな」

「ありがとう……。急いで、戻ろう。みんなのいる屋敷に」

考え抜いた末、去る敵の背中を見るのを止めて、僕は来た道を振り返る。

「うっす！」

「了解」

騎士二人の返答に合わせて、駆け出す。

空に昇る火柱を目印にして、真っ直《す》ぐ。

このまま、脇目も振らずに地下街へ向かわないといけない。

なのに、去り際のグレンさんの忠告とノスフィーの涙――そして、なぜか幼き日に見た僕の父親の後ろ姿が、脳裏に浮かんで離れてくれなかった。

ざわつく群衆の中を突き抜けながら、首を振る。

いまは仲間たちの安否のほうが、ずっと大事だ。
腹の底から湧く感情《もの》を振り払うように、僕は大聖都の街を駆け抜けていった。

あとがき

祝十四巻発売！　それとコミカライズ二巻も同時発売です！

コミカライズ二巻の初期主人公の頑張りっぷりは新鮮で、とても食べ合わせがいいと個人的に思っていますので、どうかよろしくお願いします。

前巻のあとがきでお話ししましたが、今回の十四巻からは「『異世界』中心の物語」から「『元の世界』も含めた物語」に少しずつ移行していきます。つまり、相川兄妹の物語に突入ということですね。次巻から、激動の展開です（そして、ほぼノンストップです）。なのでWeb作品ならではの予告も、今回だけは無しにさせて頂きます。

となると、あとがきの話題がなくなっちゃうのですが……、いまは世界的に大変なので（十四巻発売時には良くなっていると嬉《うれ》しい）、まずは読者さんたちの健康を祈らせてください。手洗いうがい、基本ですがほんと大事です。その上で私は、最近なんとなくお風呂多めにしています。他の小説家さんたちからは、散歩やトイレの中などでアイディアが生まれるという話を聞きますが、私の場合はお風呂ですね。詰まると、長風呂に突入して、ぼーっと妄想しています。同じ方がいらっしゃれば、お仲間です。

というわけで、十四巻もありがとうございましたー。いつも素敵なイラストを描いて下さる鵜飼先生、最高に面白いコミカライズをして下さっている左藤先生、なによりも読者の皆様に感謝しつつ、それではまたー。

コミカライズ連載中！
――【運命】に、抗え。
『異世界迷宮の最深部を目指そう』
漫画／左藤圭右　原作／割内タリサ　キャラクター原案／鵜飼沙樹
COMIC GARDO
コミカライズ最新情報はコミックガルドをCHECK!!→

OVERLAP

異世界迷宮の最深部を目指そう 14

発　行　2020年6月25日　初版第一刷発行

著　者　割内タリサ
発行者　永田勝治
発行所　株式会社オーバーラップ
〒141-0031　東京都品川区西五反田7-9-5
校正・DTP　株式会社鷗来堂
印刷・製本　大日本印刷株式会社

Printed in Japan ISBN 978-4-86554-680-4 C0193

作品のご感想、ファンレターをお待ちしています
あて先：〒141-0031　東京都品川区西五反田7-9-5 SGテラス5階　オーバーラップ文庫編集部
「割内タリサ」先生係／「鵜飼沙樹」先生係

PC、スマホからWEBアンケートに答えてゲット！
★この書籍で使用しているイラストの『無料壁紙』
★さらに図書カード（1000円分）を毎月10名に抽選でプレゼント！

▶https://over-lap.co.jp/865546804
二次元バーコードまたはURLより本書へのアンケートにご協力ください。
オーバーラップ文庫公式HPのトップページからもアクセスいただけます。
※スマートフォンとPCからのアクセスにのみ対応しております。
※サイトへのアクセスや登録時に発生する通信費等はご負担ください。
※中学生以下の方は保護者の方の了承を得てから回答してください。

オーバーラップ文庫公式HP▶https://over-lap.co.jp/lnv/